慢品人间 烟火色

钟 著

陕西新华出版
陕西人民出版社

图书在版编目(CIP)数据

慢品人间烟火色/钟钟著. -- 西安：陕西人民出版社,2024. -- ISBN 978-7-224-15586-0
Ⅰ. I267
中国国家版本馆CIP数据核字第2024GS6128号

责任编辑 李　娜
内文设计 白明娟
封面设计 任诗雅
插　　图 黄　雪

慢品人间烟火色
MANPIN RENJIAN YANHUOSE

作　　者	钟　钟
出版发行	陕西人民出版社
	（西安北大街147号　邮编：710003）
印　　刷	陕西隆昌印刷有限公司
开　　本	889毫米×1194毫米　1/32
印　　张	10.125
字　　数	225千字
版　　次	2024年11月第1版
印　　次	2025年5月第2次印刷
书　　号	ISBN 978-7-224-15586-0
定　　价	55.00元

序一

记住、记不住

大家好，我叫意意。记住也好，记不住也好，反正名头不重要。重要的是，我是本书作者的小儿子，今年12岁。

既然是小儿子，那肯定有大儿子喽，大儿子叫赐赐。还是那句话：记住也好，记不住也好，反正名头不重要。重要的是，他是我哥，马上19岁。

还有爸爸，姓Y名Y，他不让我写他名字，那么叫YY——两个树杈杈——就行。依旧是那句话：记住也好，记不住也好，反正名头不重要。重要的是，他是工作狂，年近半百。

最后出场的是我妈，钟钟。还是要说一下那句话：记住也好，记不住也好，反正名头很重要。因为她是作者，今年是她的本命年。

唠叨完我们的家庭成员，该说说这本书了。这并不是我妈写的第一本书，以前还写过一本叫作絮语流年（抱歉，我找不见书名号在哪儿）的书，可以说我妈写作有一定的经验。

为了写这本书啊，我妈真是废寝，但没有忘食。她要是忘了，那我们全家都要挨饿呢；说实话也不是全家，因为我爸在单位吃，我哥远在他乡读大学，说白了就只牵扯我。

回到正题，据我所知，我妈确实睡得很晚。不仅这样，白天也忙得很，有时在书房一坐就是好几个小时，要不是我提醒她吃饭，她就真要忘食了。在这儿，我又不得不重复一下那句话：记住也好，记不住也好，反正荣誉不重要。重要的是，你现在看的这本书是我妈辛辛苦苦写出来的。

现在轮到这本书的内容了。在这方面，我是不会透露的，要不然我可承担不起打扰你们读书兴趣这个罪责。反正都是关于我们家的，希望你能坚持看下去。

这就是整篇序了。

也许我们素不相识，但读了这本书你会了解我；也许我们永远都遇不见，也许明天就遇见了。谁知道呢。

我又想起了那句话：记住也好，记不住也好，反正名头不重要。重要的是，你曾经看过我写的序，我也向你请求：一定一定不要忘记我，我是钟钟的小儿子，叫意意。

意意
2024 年 5 月于西安

序二

仅以庆贺

我妈要出新书,我弟自告奋勇写了序;于是,我妈要求做哥哥的也写一篇。可我,自高考结束那日至今,几乎未曾写过文章。有心端坐桌前,却总无从落笔。

而我妈不一样,一有空便打开电脑,在键盘上敲敲打打,一个个字常在不知不觉间汇聚成章。这是我妈生活中不可或缺的部分,把一帧一帧的日常景象付诸文字,同时似乎也把某些时光钉进了字里行间。我妈说:人事易逝,唯纸上忆长。

即使我未曾看过本书的任何一页,我也知道,书里的故事一定是最平常不过的家事,是我们家里的柴米油盐、鸡毛蒜皮,是小事或"相对大事"。这应该是我妈喜欢的生活——日出两竿、一家欢笑、草草杯盘、昏昏灯火……

汪曾祺说过一句话:人生忽如寄,莫辜负茶、汤和好天气。我妈常引用,也在实践。

我能够想象,这本书中应不会有太多所谓华丽辞藻之修饰;若以画为喻,我妈的文字大抵是极简的水墨,寥寥几笔、勾陈点缀,无须过多沉思,闲时翻看,静心感受就是了。

写文至此,我依然不知如何言"序"。扫一眼书稿目录,我能把内容猜个七七八八,但要写序,为本书做引领梳理,我实在是笔力不足、自愧难当。任何文字，都应该是凝练自然地表达写作者的所思所想，而我，并无多的思和想。

罢了，先搁笔。

以上所言，权且充序；仅以庆贺我妈的新书。

赐赐

2024年6月于广州

自序

无意义的意义

  这本书的大部分文字写于2023年，当时和几个朋友一起，相互督促、点评，每日写一篇或长或短的故事。于我，只是记录，把日常的琐琐碎碎付诸笔端。年末，我着手整理，本想"沙里淘金"，却一度止步于"泥沙"；不敢气馁，遂辛勤打磨，做着"点石成金"的梦。

  2024年4月，勉强得六十篇文章交予出版社。暑假，收到排版好的文稿再做审定；一厚沓纸置于我的书桌，密密麻麻的文字匍匐其间，它们状如蝼蚁，演绎着我、我的家人、我的生活、我的所思所想……如此多的"我"相互碰撞、消融，刹那间只剩虚空。

  有什么意义呢？一个声音在脑海盘旋。

  翻开书稿，指尖划过一行一行文字，我的心间涌动着别样情感——一半珍视，一半厌弃。我曾把文字比拟为砖瓦、椽木，结庐隐一隅，而无车马喧。"庐"在，我在，唯有珍爱。然而，在我要将此"庐"推于人前、呈于太阳底下之时，它的逼仄和粗陋突然在我的瞳孔里放大。

  怎么办？修补！总得让"庐"里的一砖一瓦、一椽一檩看起来方正些、美观些。只是，美无上限，我又有眼高手低之嫌，遂一遍遍穷尽浑身解数，时而涂抹，时而拆换，却一直未够着心中的理想。一时烦躁，拍额自问：我做这事有意义吗？

好像，无意义。

多年前，米兰·昆德拉在一本书中写过这样一句话：无意义，我的朋友，这是生存的本质。它到处、永远跟我们形影不离……不但要把它认出来，还应该爱它。这本书的名字叫《庆祝无意义》。

于是，我知道了，我的"庐"无意义，"庐"里的砖瓦、橡木无意义，我的"修修补补"也无意义……我认出了这些"无意义"，我爱它们。因着"无意义"，心头少了若干顾忌，以至于此刻，我可以脸皮厚、信心足地把我的"庐"呈现出来；尽管我知道，"我的庐""我的"一切，于他人，无意义。

我热爱文字，笔下却囿于日常——柴米油盐、鸡毛蒜皮、喜怒哀乐、小情小爱……过往有些时候，读着记录的文字，我会突然灰心丧气，好像被一个叫"无意义"的利器戳中。是诺言社区的朋友们，看见我、鼓励我、赞美我，他们说我的故事有意思，一次次给了我写下去的动力。有意思，大概就是无意义的意义吧。在此感谢，虽不一一具名，但音容笑貌自在我心中。

感谢西北大学焦欣波教授，在看过我的几篇文章后，最早鼓励出版成书，并亲自联系出版社。在文稿的整理过程中，焦老师更是不吝赐教，从文题到篇目、字数，都给予了细心的指导。

感谢编辑李娜老师每一次认真地审稿，在我们多次的沟通中，李老师都极具耐心地听取我的问题和意见，并温柔地予以解答、回复。

本书封面设计和每章节首页插图,是我的朋友任诗雅、黄雪分别绘制完成。在她们忙碌的工作之余,能拨冗相助,以专业和品质服人。此番情谊,我当谨记心间。

感谢西财大、感谢文学院,以厚重和包容为底色,二十余年给予了我做一个独立女性的底气;感谢我的学生,一届一届,让我在教学相长中不断成长、成熟。

感谢生我养我的父母,感谢父母身后的祖先们,一代一代,把爱和能量传递于我。

我——"我"字频繁出现,以上文字千言,数十"我"嵌于其中。那,我是什么?可以这样回答,我是宇宙中一粒渺小的、微不足道的灰尘,一个独特的存在。如陶渊明所言:人生无根蒂,飘为陌上尘。由此,生命的孤独和无意义可窥得一斑。

如果"孤独"和"无意义"是注定,要怎么活?

努力地发出一些光,在"尘"与"尘"擦肩而过时,彼此有照亮的一瞬。欧文·亚隆打过一个比方:我们是在黑暗海洋上行驶的孤独船只,可以看到其他船上的灯光,虽无法碰触到这些船,但看到它们的存在,以及处境的相似,会给我们提供终极的安慰。这大概是孤独的、漫无边际的人生中的一点儿意义。

多年前,当意识到我也行驶在"黑暗海洋"中时,我最初看到的"灯光"来自我家孩子爸爸。光与光靠近,我的存在被另一个生命看见,我被见证;我知道自己来到这个世界,是真的来过,我的生命值得。于他,亦然。

之后,我们的身边又多了两位见证者,一个男孩,又一个男孩。他们是光的使者,自然率真,带着生命的质朴和欢愉;

无数次，凝固的黑夜在他们的注视下裂开一道道缝隙，光携着爱，畅行无阻。当我看见光与爱的那一刻，也看见了生命的意义。

感谢我家孩子爸爸和我的两个男孩！因为他们的存在，生活中那些烦琐的、令人有点儿厌倦的日常，一直在闪着光。

木心先生说：生命好在无意义，才容得下各自赋予意义。

那么，这本书中的所有文字，算是我赋予自己生命的一点儿意义吧。

2024 年 9 月于西安

目　录

风过故里

风过故里　/3

狗娃和明明　/15

父亲的打扰　/18

屈指又中秋　/21

我爸　你爸　/23

吃一个带皮的苹果　/28

一棵树　/30

爷孙冲突　/32

一碗酱油拌面　/37

搅团　/39

亲子同舟

"佛"是过来人　/45

生日，展信舒颜　/52

2023，高考那些事　/58

代沟　/88

"出门"与孩子的成长　/91

孩子的消费观　/94

畏缩背后　／98
不懂，但喜欢　／102
谁的大雁塔　／104
要不要做坏事　／115

欢喜部落

山顶洞人部落　／127
象棋二三事　／132
保护"案发现场"　／140
热爱与擅长　／142
挑拨离间　／145
有"二"才快乐　／147
完灯礼　／150
爱情在哪里　／153
出行，如何住　／156
走马观花六地行　／159

围城烟火

婚姻道场　／175

一封生日信　/180

惊天秘密　/183

爱与暖脚　/187

生病退行　/190

精准夸奖　/193

恭维还是讽刺　/196

愤怒背后　/199

脸白不白　/202

城里风云闹　/205

中年呓语

写给另一个自己　/221

我的47岁生日　/232

体检琐记　/236

胃痛引起的骚乱　/240

家务"黑洞"　/242

十载春秋　/245

"日更"二事　/250

心中的"八平米"　/255

寡人与"资后"　/257

弱水三千，取一瓢饮　／260

流光故事

　　鹿鸣小筑　／265

　　青春往事　／268

　　买内衣记　／272

　　清明献祭　／276

　　买车风波　／280

　　爱与看见，孰轻孰重　／285

　　一个爱情故事的三种结局　／288

　　或许，你曾有过一只黑狗　／292

　　用生命影响生命　／295

　　絮语流年　／298

后记　／307

风过故里

风过故里

微风吹拂,像母亲温柔的呢喃,院子里的油菜花开得正盛。阳光暖暖,父亲粗糙的手掌握着一把锄头,蜜蜂嗡嗡地在他身旁飞舞。这是梦中故里,一幅永不褪色的画,风见过、风做证。一年又一年,只有风,从东吹到西,从北刮到南,衔着画,趁夜潜入梦境,给一颗不安的心以慰藉。

1. 钟家村

清明节,跟父亲回村。祖父母的坟在老屋后头,荆棘丛生,父亲借来铁锹,铲出一条小径,祖父母安歇在此30年,父亲絮絮叨叨地跟他的父母说着什么。祖母去世的时候父亲刚过而立,如今亦成了祖父。孩子们在读碑文,寻找他们认识的名字。隔壁坟地立了一块新碑,长长地刻着一串又一串的名字,其中一半的钟姓,同根同族,却已不识。

父亲说,他想在村里盖一院房子。

那就在火车道南要一院庄基地,前院种花养一只狗,后院栽树养一群鸡。我边说边憧憬。回家说与母亲的时候却遭到了反对:盖房至少得二三十万,年纪大了,住不了几年,白花钱。母亲说自己是不愿意回钟家村住的。

父亲不足20岁离家当兵,近半个世纪的时间父亲都漂泊在这个村子之外。如今住在县城一栋高楼里的19层,父亲不大喜欢，他有过抱怨，却也安之若素。如果我有很多钱，可以一掷千金：盖！父亲是不愿意他的儿女们有一丝一毫为难。母亲也不愿意为建一院房子而耗尽家底。目前的衣食无忧、生活无虞不能打乱。

而我极想让父亲建一院房子，这是我的梦想。多少次我含蓄地怂恿父亲，把我的梦想悄悄掩藏在父亲的向往中。走过一座座城，住过了一间间房，唯有那个我出生的小村庄让我有故乡的感念。14 年，我的整个儿童时期，我的故乡，此刻只剩下荒芜。那残存的二层小楼岌岌可危，像风中的鸟巢，随时有掉下来的可能。有几次我路过村子，却不能停留，因为没有落脚之地。没有房子，没有家，没有亲人，故乡只是个空壳。

如果父亲建一院房子，逢年过节我将有地可去。白天，我带着儿子们走一走我小时走过的小路，夜里，我带儿子们静赏满天的繁星，并让他们去认识那个 14 岁前的妈妈。那会儿，我养了一只小羊，每天放学牵羊吃草，小羊"咩咩"叫着长大了，白色的毛软绵绵的。我坐在草地上，望着蓝天白云，憧憬着未来。到年底，羊被杀了，肉和皮卖了，剩下的杂碎煮了一大锅汤，左邻右舍大人孩子拿着碗泡着馍，美美地吃了一顿。卖羊的钱用来交下一学期我们姊妹三个的学费。

如果是暑假，我要在傍晚时分带着儿子们去小树林里摸"知了猴"，那是蝉的幼虫。夜幕降临，一只只知了猴从土里探出头，爬上近旁的树。它们在这里蜕壳，变成真正的知了在树枝间鸣唱，当然，只有雄性的蝉有美妙的歌喉。我们带上手电筒，仔细搜寻每一棵树，缴获的知了猴回家放进盆里，盖上盖子，等着它们晚上蜕壳，成为焕然一新的知了；或是把知了猴泡在盐水里，第二天捞出来冲洗干净；不管有壳无壳，它们都将成为铁勺里的油炸物，味道极美。多年前，乡村里孩子没有大鱼大肉，这算是上等的营养了。

2. 火车站

钟家村有一个小小的火车站，站名就叫钟家村火车站。

小火车站每日来往数十趟火车，只有两三趟停靠。30年前，村民都住在火车道北面，紧挨铁路的是一座涝池；火车道南是村里的庄稼地。村东尽头，有一条大路南北相通，过铁路处有扳道房，有火车路过时，挡杆会降下挡住来往的行人、车辆。大部分时候，若不拉车、不带大件的农具，村民是不走大路的，直穿铁轨是捷径。

也许，在这个世上，所有的捷径都标着代价。它需要眼观六路的机警、沉着冷静的胆量，还需要侥幸。铁轨上时有运煤车停靠，看不到车头，也不知什么时候走，村人着急去耕种，两边瞅一下，猫着腰就近在车厢衔接处的空隙里钻过去。有时，刚钻过去、直起腰，一列"呜呜"叫着的火车轰隆隆沿着面前的铁轨驶过来，气流能把人刮倒。

有一年，有个小伙子过铁道被拦腰碾死，好些村人去看，据说现场极其惨烈。

我10岁时，母亲在集市上批发了些汽水，用篮子装着让我到火车站叫卖。站台上，有乘客下车，我提着篮子走到人多处，却喊不出母亲教我喊的"卖汽水"三个字。我在站台徘徊了好久，没有卖出一瓶。后来一位工作人员注意到我，清楚缘由后，他问："多少钱一瓶？""一毛八。"我声音小小地回答。那位工作人员买了一瓶，喝完还回瓶子。我的买卖总算开张。

记得那天，我在下车的人群中发现了一个美丽的年轻女人，齐腰长发，飘逸长裙，特别美。我悄悄地望了那女人好久，忘了我的汽水。

多年后，当我跟孩子爸说起火车站经历的这些琐事时，孩子爸沉思了一会儿道："看来，那个小小的火车站，对你们来说，是文明的窗口。"

可能吧。关中腹地，落后的农村，确实是这个火车站让我及我的乡亲们看到了一点外面的世界。那时，村西，有绵延几里路的火车站家属区、工作区，有各式口音的人，有琳琅满目的小卖部。暑假的傍晚，有铁路职工把电视搬到院子里边乘凉边看，我们一帮村里的小孩早早赶去，席地而坐，在那里看《聪明的一休》《西游记》《霍元甲》《乌龙山剿匪记》……

我上五年级时，火车站的子弟小学翻修，有10多个孩子送到我们村小学临时借读；他们说普通话，下雨时，中午不回家，带着饭盒在教室吃饭。这是多么新鲜的事！

我们学校小，全校师生加起来五十来个人，我们班里插进来四个学生，三女一男。其中一个叫李晓红，个子高挑，扎着两个小辫，头发上别着一根镶着小白珠子的发卡。有一次她和我们班的一个男同学吵架，不知道男同学说了什么，她"嘤嘤"直哭。后来，校长才说，李晓红的爸爸执勤时牺牲了……一个学期后，这些"铁路孩子"回到了他们学校，我再也没有见过李晓红。

铁路职工流动性强，我曾经在他们住宅区的一堆废墟中捡到一个洋娃娃，塑料的，约一尺高，金黄色的头发少了一半，一只眼珠子不见了。我把她带回家洗干净，这是我这辈子拥有的第一个洋娃娃，也是最后一个。

若干年后,铁路职工撤离,家属区成片拆除,如今都是庄稼地。钟家村站只剩下了小小的站台,人更少,每天来往停靠的只有那么三两趟。

3. 钟家的女儿们

前几年,政府执行"合村并镇",钟家村和另外的两个村子合并,取名"新城村",钟家村这个名字从此消失。

我的二爸去世前一直在钟家村生活,早年住在火车道北面的老屋,后来搬去了铁路南面。有次二娘说:咱屋里亲戚多,5个老姑、5个小姑。那时候,老姑、小姑若要回娘家,那娘家就是二爸家。

祖父的五个姐妹曾生活在钟家村,她们长大嫁人,领着她们的使命牌在"他乡"做妻子、母亲,偶尔,卸下角色,以女儿、妹子的身份回到生她养她的钟家村,娘家总有一座院落敞开大门欢迎她们。曾祖母的女儿们,围坐在炕上,你一言我一语,东家长西家短,一台大戏俨然开演。她们是钟家的女儿,血管里流淌着钟家祖先的血液,她们惦念娘家的一草一木。正如我健在的老姑,发白耳聋,却依然能够一语道出她娘家侄子的女儿的女婿的名字。

祖父在世的时候,每到春节,老姑的儿子们定会赶大早给他们的舅舅拜年,一字排开,十多个。大老姑在邻村,离得近,经常颤颤巍巍回娘家跟祖父唠嗑;有一个老姑说话结巴,嘟嘟囔囔一大通,让人听不明白。我也有结巴,想来这应是基因所致。祖父去世后,我们搬离了农村的家,很少见老姑们。

二爸去世后,那座曾容纳钟家女儿的宅院空了。钟家村回不去了，娘家没有了。以前，钟家的女儿们像风筝一般，遨游在自己的天空中，但心有所系，那头有人拽一拽线，风筝便飞了回去。而如今，拽线的手没有了，风筝再遨游，却永远回不到来处了。不知道有没有一个夜深人静的时刻，我的老姑，我的姑姑们心头一痛，没有"娘家"可回。娘家不仅是血缘亲人，娘家还包括那个生活过的院落和村庄。

  写下这些文字的时候，我的大姑已去世四年。她是祖父母的长女，我是长孙女。小时候，大姑不喜欢我，她曾经踢过我一脚，我记忆深刻。那时我大概七八岁，和小表姐一起向老屋走着，大姑从庄后拐进来，表姐看见后喊了声"大姨"，我看了一眼大姑，没吭声。大姑走近我，在我屁股后头踢了一脚，好像还骂了一句"不懂事"。我小时不喜欢问候人，也不知道怎样问候人。因为那一脚，我非常不喜欢大姑。后来我考上大学，大姑说我是钟家的秀才，我们老钟家祖上就出人才。然而，我总觉得和大姑隔得很远，心理上不亲。后来，我在记忆里搜索了很久，我再一次温习了大姑的种种，这些"种种"我身上都有。我们都是钟家的长女。

  大姑是生病去世的。一向行动刚强有力、说话引经据典的大姑，最后的日子瘦成了一把骨头，生命之光渐渐熄灭。人生旅程一路走来，大姑年轻时的棱角一点一点被时光磨平了。大姑父很早离世，大姑好强地守着她的儿女们。有一年，她的孙子高考失利，大姑让我联系补习学校，她一个60多岁的老妇人，若干次一个人坐班车去另一个县城的中学督促她的孙子学习并拜访代课老师。要强的女人，自尊的女人，把很多的事藏在了心间。心事积多了，与血肉发生反应，成就了身体里的一枚炸弹，一引爆便无药可救。

大姑去世时，我的膝盖刚做过手术，不能在灵前下跪；跪与不跪，我想大姑是无所谓的。大姑埋葬在她嫁过去的那个村子。不知逢年过节，有无可能"魂归娘家"，祖父母的墓冢尚在，曾祖母的墓冢亦在，大姑也算有去处！

4. 钟尽娃，老姑的名字

2023年初始，我的老姑（父亲的姑母）去世，走完了她90年的坎坷人生。也许有遗憾，也许有解脱，祖父最小的妹妹，终于去天堂与她的父母兄弟团聚了。自此，祖父那一辈的老钟家人均已离去，父亲已升为家族里最长的一辈人。

两年前，我计划为老钟家的女儿们写篇文章，从当时在世的老姑开始，写了两段文字后搁笔，至今未续。再次翻出这些文字，老姑已静静地躺在了土冢之中：

我的祖父去世已整整30年，他有一个亲妹妹尚在人间，年近九十，我叫她老姑。70年前，老姑嫁到离钟家村五六里外的另一个村庄，像一棵小树移栽到了新的土地，慢慢扎根，长出庞大的树冠，长成粗壮的老树……长长的岁月，妙龄小媳妇变成佝偻老祖母。老姑耳聋却手脚利索，至今在厨房忙活。2022年老姑送走了她曾中风过的大女儿，丧事从简，入土为安。老姑没有儿子，大女儿招的上门女婿，如今身体亦不好，生活中下过大苦的人早年落下了病根儿；老姑的小女儿，一直住在后院一间独立的小房子里，因幼时患病烧坏脑子，老姑没舍得傻女儿嫁人，60多岁了，白白胖胖，只知吃喝。

我刚走进她家的院子，"军军（我的小名）来了。"老姑皱皱的脸笑成一朵花，转身回屋搬出了小凳子。老姑记性极好，上一次见老姑，是在我的婚礼上，19年的光阴没有模糊她的记忆，她不仅记得我，而且一口叫出了19年前那个跟我结婚的小伙子的名字。父亲说，老姑对娘家的人记得清清楚楚……

去老姑家吊丧，门口挂着黑色的挽幛，几个大字"送别姑母大人"，落款是我的四个姑姑的名字；她们送别她们的姑母，我、我的姑母、我的老姑，我们都是老钟家的女儿，流淌着相同的血液，散落四处。院子里数十花圈，写着"韩老夫人千古"，我问我的一个姑姑，老姑的名字叫钟什么。姑姑一脸疑惑，绞尽脑汁，终是想不起；而提起老姑，父亲只是说"南姚村姑"。是的，祖父的妹妹们嫁到四处，提起她们，都是村名在前，所以，真正的名字没人记得。

我不甘心，拜托堂弟帮我打听。堂弟发消息：户口本上写的是"钟尽娃"。哦，老姑叫钟尽娃，她是祖父最小的妹妹，是曾祖父最小的女儿，是否用"尽"字表达？老姑未出阁时是不是有小名，她的父母唤她什么……

从老姑家吊丧离开之时，我突然想看看老姑的"书"，老姑的孙子拿来一本厚厚的《圣经》，几个小点的笔记本。老姑不识字，却能把《圣经》背得滚瓜烂熟，只要报书页，她就能背出内容。别人帮抄的一些基督教歌曲的小本子，老姑已摩挲得泛黄掉页。

很多很多年前，钟家村走出了一个姑娘，她的名字叫钟尽娃，在南姚村扎根，辛勤劳作，遇过战争，遭过年馑，中年丧夫、老年丧女，终于走完了她90年的人生。我不能为老姑做什么，只有记住这个名字，一个老钟家的女儿：钟尽娃！

5. 老姑有个傻女儿

老姑有三个孩子，准确地说是三个女儿，在20世纪五六十年代的农村，没有生个儿子的老姑，不知受了多少婆家人的责难、村里人的嘲笑。孩子们长大后，老姑给大女儿招了上门女婿，算是有人顶门立户。老姑的二女儿，七八岁时生了一场病，据说是脑膜炎，由于医疗条件差，病虽好，但智力受损，成了人们口中的"瓜子娥"，"娥"是老姑二女儿的名字，"瓜子"在我们的方言中是傻瓜的意思。

老姑一直硬朗，近90岁依然忙着家务，蒸馍、烧炕、打扫家里，什么活都干。母亲在，傻女儿就有依靠，不会饿着、冻着。想来，命运多舛的老姑之所以长寿，一定有一股精神支撑着，她要走在她的傻闺女后面。可这一年的寒冬腊月，对老人太不友好，老姑终究没有扛过去。娥在屋后的小房子里呆呆地坐着，听着前屋的喧哗吵闹，不知道是否意识到她的母亲走了。

我的姑姑们说，没有把娥嫁出去，可能是老姑一辈子最大的失策。娥知道吃喝拉撒，见人呵呵傻笑，不会干家务；有时家里来了认识的人，她从门缝里看到，会走出小房间，偶尔还能叫出熟人的名字。娥成年后，有一些上门求亲的人，其中有瘸子、瞎子等残疾人以及偏远山区的穷人家。但老姑一概拒绝，她不想女儿在别人家遭嫌弃、被虐待。

老姑的担心不是空穴来风。听亲戚说过一个故事，一户人家给残疾的儿子娶了一个智障老婆，有一天，因一件小事，婆婆和大姑子狠打了智障女人一顿，可能是下手重了点，智障女子死了。这家人在村里宣称，人病死了，也给女子娘家报了丧，第二天便草草入土，谁也没有去计较。之后，那家人像没事人一样继续生活，只是她们的残疾儿子再也没娶老婆。

老姑一定听说过类似的事，她是不会舍得她的女儿在别人家受苦的。老姑亲自照顾娥，一日三餐顿顿不落，隔几天擦洗换衣，晾晒被褥，娥一向穿戴整齐、白白胖胖。要是不说话，谁也看不出这是个"瓜子"。

姑姑们说，娥要是嫁人生子，老了就会有人照顾，不会让老姑一直操心到死。娥是后天的"傻"，如果遇到一户善良的人家，应该会生出健康的孩子，"子不嫌母丑"，孩子们长大了会为母亲养老送终吧。如此种种，只能成为假设。娥一辈子的命运，都困在了屋后的小房子里。

娥66岁，是一个老年妇女了，她靠墙坐在她的小炕上，一床脏旧的被子盖着腿，头发花白，眼神茫然。"你冷不冷？"有人问。娥摇了摇头答："不冷。"眼睛无神地看了看四周，随即低下头，好像要睡着了。

6. 父亲的悲伤

老姑去世，父亲悲伤不已。我打视频给母亲时，听见了父亲痛苦的声音：我难受、难受……母亲说父亲一早起床就躺在沙发上"发疯"，来回反复地说旧事，说自己自私，他这一辈子幸福了他一个、害苦了所有人……我安慰父亲：有空了给我慢慢说，我帮你记录下来。

那天中午，父亲在家族群里发了两段信息，表达了自己的心情。近几年，每次亲戚聚会，父亲总提往事，一句一叹息，餐桌上总有人落泪。若母亲在，会坚持不懈地制止父亲，母亲不愿意开心的聚会让父亲的言辞搅了；若姑姑们在，也会打断父亲的"发言"，过往之事总带伤痛，谁也不想回顾。而父亲，一直想说。

父亲好酒，一喝就高。元旦前的某一天，父亲来省城参加一个战友儿子的婚礼，与另一个久未谋面的战友你一杯我一杯喝到酩酊大醉。据弟媳说，父亲回到家时，直接躺在地上，什么也不知道。母亲为此愤怒不已，每次父亲喝酒她都千叮咛万嘱咐"少喝、饭后喝"。可，一旦上酒桌，母亲的话于父亲永远是耳旁风。

我一直在想，父亲贪酒，是否要借助酒精来麻痹自己？！只有喝酒了，父亲才能毫无顾忌地"旧事重提"，才能敞开地批评自己，痛诉自己不是个好孙子、好儿子、好父亲……

父亲于1953年初秋出生，是老钟家的长男，万千宠爱于一身。父亲之前有两个姐姐，二姐（我的二姑）长父亲六岁，据说二姑与父亲之间有男丁夭折，这个好不容易盼来的男孩让曾祖母、祖父分外兴奋。所以，他们赐给了这个男孩一个很威武的小名：老虎。这个捧在手心里长大的男娃，体魄如虎，性格亦如虎。

父亲说他是祖母（我的曾祖母）管大的，从小就睡在祖母炕上，直到18岁当兵离开。曾祖母极其疼爱父亲，在当时缺吃少穿的岁月，一家人都会尽着父亲吃饱穿暖，甚至幼时，每日一个鸡蛋是父亲独有的专利。1976年春，曾祖母去世，父亲远在千里之外的部队，未归。曾祖母走时也没能看到她心心念念的孙子一眼，这是父亲一生的痛。

父亲的内疚主要是因为，他当年不管不顾去当兵，让家里失去了一个壮劳力。父亲18岁时，两个姐姐已嫁人，五个弟弟妹妹尚小——大妹二妹、一个15岁、一个10岁，大弟12岁，小弟8岁，最小的妹妹5岁。挣工分的年代，父亲是这个家里的顶梁柱。祖父母坚决阻止父亲当兵，苦口婆心劝说、气急败坏责骂，所有这些都没有动摇父亲的决心。据说，父亲为当兵的事曾踹碎过家里的一口瓮，祖父气得跺脚长叹。

父亲认为自己忤逆了父母，没有替这个家着想；他是父母看重的儿子，是父母骄傲的长子，然而，他伤透了父母的心。祖母早逝，8年后，刚过完70岁生日的祖父也突然离世。父亲的悲痛还在于，作为兄长，他没有照顾好两个弟弟，他们年纪轻轻却撒手人寰⋯⋯

父亲把一切的错失都归结到了自己身上，痛在心间，常常一声一声叹气。回望岁月，一路坑坑洼洼，父亲在这一坑一洼里看到了自己一生的若干错误和遗憾；错误不能改正，遗憾无法弥补，这可能是父亲最大的心结。

风，一趟一趟吹过田埂，树叶绿了黄了，麦子收了、苞谷熟了⋯⋯曾经备受宠爱的少年已至人生暮年。而埋藏在心里的旧事，像汩汩冒泡的地下温泉，总得有出口。

故里旧事，上一代需要的是倾诉，下一代人需要倾听。人生所有的经历，那些认可不认可的过往，都已成为生命里的柱石，在每一个时刻支撑着当下的我们。

狗娃和明明

一只叫"明明"的狗死了，误食了别人家的老鼠药。女孩给明明裹了一片破布，把它放进刚挖好的土坑里，一座小土包渐渐鼓起。明明埋在庄后，与家一墙之隔。

这幢粗糙的二层小楼是曾经的家，楼上的走廊没有围栏，一帮孩子比赛着爬上去，小心翼翼里伴着各式尖叫。后来，孩子们走了，房子空了，只留下时光在屋里横扫，日复一日，潮湿的屋角长出了青草，蚂蚁三五成群来赶集，更有几只蜘蛛在房顶"圈地"忙碌；后屋厨房，一口水缸稳稳地守卫在灶台旁，几只麻雀叽叽喳喳，一阵风吹过，窗棂呼啦啦响……

后院是半人高的蒿草，不知谁撒了一把油菜籽，绿茵中怒放着一簇簇金灿灿的花，吸引着蜜蜂、蝴蝶嬉戏其间。隐约传来一声狗叫，熟悉又陌生，庄后已不见埋葬明明的小土包，那只见人即摇尾巴的小黑狗，已在这片荒草地安眠了30年，尸骨融进了大地。

明明是邻居狗娃送给女孩的。狗娃是一个男孩的名字。狗娃家里养着一只大黑狗，他经常举个大蒸馍自己一口狗一口。"黑子，接着。"狗娃掰一口馍扔出去，在半空画一条优美的弧线，叫"黑子"的狗一跃而起，准确无误地衔住那块馍。

女孩讨好地跟狗娃说："黑子接馍的动作跟女排健将一样。"
"那是！"狗娃洋洋得意。

关于女排的故事，是他们一帮孩子在火车站职工家属区蹭人家电视看的，虽然没见过排球，却不影响他们激烈地讨论谁胜谁负。

有一天，狗娃神神秘秘地问女孩："黑子下崽了，你要不要？""要——"女孩兴奋得蹦起来。

明明，曾是女孩跟母亲坐火车去父亲部队时遇到的一个小男孩的名字，那一定是个大城市里的孩子，穿得漂亮，长得俊俏，美丽的妈妈抱着他："明明，真乖，明明，笑一个。"小男孩笑得咯咯响。女孩一脸羡慕，并把"明明"记在了心里。

女孩从狗娃手里接过小狗的时候，心"怦怦怦"直跳，这个软糯糯、黑黝黝、眼珠闪着亮光的小生命……明明，明明，多好听，她的小狗就要叫这个美丽的名字。因着明明，女孩甚至愿意长大了给狗娃当媳妇儿，只要他不再用袖筒擦鼻涕就行。

初中毕业，狗娃外出打工失踪，家人找了好久没有结果。几年后，一个衣衫褴褛的人在火车站要饭吃，有眼尖的村民看着像狗娃，遂领回家。一阵风全村人都知道了：狗娃可怜，像个叫花子，一路吃尽苦头，头发乱七八糟能孵鸡娃，黑棉袄破成了絮絮子，烂鞋连帮子都不见了……他被人骗去了黑煤窑，遭毒打，趁机偷跑出来，顺着铁路走回家……

女孩上师范时有一次回村里看到狗娃。"你回来了。"狗娃语速极慢，说完圪蹴在一堆砖头上，肥肥圆圆的脸仰着，"呵呵"直笑。隔壁婶子悄言：狗娃在煤窑让人把脑子打坏了……

狗娃结婚了，不久后媳妇离家出走再也没回来。狗娃会突然间脾气暴躁，像一只疯狗一般打人骂人。

黑子早已老死。明明也死了。

女孩已长成女人，却永远不曾忘记那些人那些事，童年里最温暖的记忆早已定格。明明大一点的时候,每天上学放学,都陪在女孩身边。女孩偶尔背着母亲,偷偷在书包塞一个馍,带着明明,在没人的地方,掰一块掷向空中,画一个漂亮的弧。狗娃突然出现,"看,这样扔。明明,接着——"当明明终于跳跃起来接住那口吃食的时候,狗娃下巴略仰,嘴角翘起,吸了吸鼻涕,像一个打了胜仗的将军。

如今,一切都不在了。

30年的时光,裁成条条缕缕,纵横交错间凸出了四个字:物是人非。

父亲的打扰

晚饭时，弟媳打来电话，让我劝父亲。父亲这周在弟家帮忙接送孩子，弟媳刚回家，父亲便收拾衣服准备回去。弟媳说她周末开车送父亲，可父亲不愿意，非要坐第二天一大早的火车走。

"我有急事要处理，等不到周末。"父亲说，种的菜要揭塑料膜，晚了不行；战友的儿子结婚，答应了必须去；钟家村翻修的房子需要开窗透风……

父亲决定的事，谁也阻挡不了。"好吧，我给你买火车票，今晚住我这儿，离地铁站近。"我跟父亲说。

晚7点多，父亲到，他说在弟家已吃过饭，让我忙我的，不用管他。儿子们在各自卧室写作业，我在书房备课，父亲一个人坐在客厅看手机，他刷着视频，却点了静音。

我悄悄怂恿大宝找爷爷玩，大宝担心他的水痘传染，我信誓旦旦："绝对不会。"大宝戴着口罩喊爷爷下棋，父亲撂下手机，迅速在茶几上摆好棋子；许是看见大宝额头上的痘痘，父亲忧心地询问大宝的身体状况，又切切叮嘱大宝要多运动多锻炼。一盘棋结束，大宝回房抹药，父亲又语重心长地跟我说："不要让娃学习太累，能考上什么大学上什么大学，身体健康最重要。"

小宝得空也出来跟爷爷对弈。父亲喜欢这个乐呵呵的外孙，祖孙俩很投缘，一会儿笑，一会儿嚷，下盘棋和唱戏一样热闹。这一老一少都酷爱下棋,若在假期,会轮番"开战",可今晚只下了一盘,小宝有未写完的作业。

家里又一次静悄悄,客厅只剩父亲一人,他拿起手机开始翻看。

我第二次出来接水时,发现客厅黑漆漆,沙发上闪烁着一抹手掌大小的亮光。我打开灯:"爸,不能黑着看手机,伤眼。"

"没事,我就看一下,这就睡。"

"小宝床收拾好了,你住小宝房间,小宝跟我们睡。"我告诉父亲。

还没听我说完,父亲立即坐起:"不,不,不了……"边说边摇手。他说自己睡沙发,沙发比娃的硬板床舒服,娃明天上学,要好好休息,不能打扰。

我把火车票信息发给父亲,最早一趟,7点半。我担心父亲一人搞不定,他让我放心,他早就熟悉了坐地铁、火车的程序,让我不用管他,他早上起来就走。

"爸,我再取一床被子给你盖着,半夜冷。"

"不用,有暖气哩,我都出汗了。"父亲摸了摸他的额头,似是要验证真的热出了汗。

等我安顿好孩子们睡觉之后,再回客厅,父亲已在沙发上打鼾,他侧躺着,枕着靠垫,没有脱毛衣,也没有脱外套裤子,被子压在脚下。我轻轻抽出被子,盖在父亲身上。

第二天一大早,我在迷迷糊糊中听见了一声咳嗽,赶紧起床出卧室。父亲在沙发上坐着,我开了灯,墙上钟表的时针指向"5"。

父亲低声说:"昨晚上睡得踏实,一觉到这个点。还早哩,你回去睡,我坐一会儿就走。"

我打开饮水机,给父亲杯子灌满热水,让他去卫生间洗漱,我去做点吃的。"我不吃,不用做。"父亲压低嗓音、急切地阻止,也不去卫生间洗漱,不想弄出响声。

"我不做饭,就煮两个鸡蛋。"我强调。

"唉,"父亲叹息一声,"你看,净给你添麻烦,打扰得你都睡不好。"

6点整,父亲背包出门,说他下楼锻炼一会儿,就去地铁站。"爸,我开车送你。"我说着便穿衣换鞋。父亲急了,挡在门口:"你再睡一会儿去,一天天又管娃、又上班……"

我在门里,父亲在门外,电梯到了,"砰"一声,父亲拉上门,走了。

天色暗沉,有鸟儿"叽喳"叫了一声,似是呼应,"咳——",这是父亲典型的咽炎咳嗽。我努力地透过阳台玻璃往下看,灰蒙蒙一片,连个背影都找不到。

转身,看到餐桌上两个落寞的鸡蛋,似在低啜。

屈指又中秋

1076年的丙辰中秋，东坡先生欢饮达旦、大醉，大笔一挥："明月几时有，把酒问青天。不知天上宫阙，今夕是何年……"

900年后的另一个丙辰中秋，我在母亲的子宫安睡。一场大地震的阴影还在人们心底残留，祖父母让母亲睡在最外面的房间，离大路近，若有风吹草动，笨重的身体也能逃命。

在我的家乡，中秋要阖家团圆包饺子吃。1976年，粮食短缺，为了有个节日气氛，祖父母狠心舀出几碗白面，和在玉米面、荞麦面、红薯面等等之中，包了三笼屉的蒸饺。那时，我的叔叔、姑姑尚在家，都是十来岁的年纪，最大的渴望是吃饱肚子。

母亲是孕妇，父亲在部队未归，祖母先送一碗饺子到母亲房间。难得的美食，叔叔姑姑们狼吞虎咽；二叔调皮，趁人不备在笼屉抓了四五个饺子藏在他的裤兜，又飞快转移到他的书包。每顿饭每个人的份额是定的，吃完就没有了。三叔和小姑年纪小，倚在母亲房门口，眼巴巴地瞅着母亲碗里剩下的几个饺子。三叔问："姐，你吃够了吧？"小姑问："姐，你不吃了是不是？"母亲可能点了头，两个孩子立即冲进来，一人抓了一个饺子塞进嘴里。

母亲把自己的回忆送予我，我把"回忆"铸成文字，却在文字里看到了一幕一幕的黑白影像。一大家人的熙熙攘攘，厨房的柴火、吵闹的孩子、祖父的期盼、祖母的忙碌；后院的七棵枣树一字排开，枣子挂满枝头。母亲正缝一件婴儿衣服："男孩，女孩？"母亲思忖，应该是男孩吧，希望是男孩。

而我，在黑暗的房子里等待光明。72天之后一个凌晨，我用嘹亮的啼哭惊醒了炕洞边沉睡的一只老猫，它"喵——"了一声，抖了抖浑身的毛发，盯着家里不断晃动着的人腿。老猫不明所以，发愣。一阵绵绵不绝的叹息飘来，像怪兽的呜咽，像蜘蛛的叫嚣，老猫倒下又睡。

流年似水，水无情。那些熙攘的画面、亲切的人颜，一日日模糊了。

1097年的中秋，已至耳顺之年的苏子瞻再发感慨："世事一场大梦，人生几度秋凉。夜来风叶已鸣廊，看取眉头鬓上……"他端起酒杯，问：中秋谁与共孤光？

2023年9月29日，农历八月十五，屈指又中秋。我在家族群发了祝福，发了红包。弟和弟媳回老家看父母，妹安家南方常不归；我在自己的小家，目送夫上班儿上课，佳节亦忙碌。

下了几日的雨终于停了，云依然多。不知今夜，是否有十分好月照人圆。而我，默念着苏先生的词，终有了一丝的抚慰。

不管今夕何年，但愿人长久，千里共婵娟！

我爸 你爸

——写在父亲节

1

有一年冬天,我爸带我弟去看焰火,那时候,陕西蒲城的焰火很驰名。为了看得更清楚些,有些人爬梯子上到一户人家的平房顶上,这些人中就有我爸和我弟。焰火结束后,人们陆陆续续爬下了房顶。我弟小,在房顶站到最后。我爸下到地面后对我弟招着手喊:"往下跳,爸接你,不怕。"我弟咽了口唾沫,义无反顾地冲着我爸飞扑下来。

夜里,月光不明,又似飘过一缕寒风,导致我弟的降落角度偏离了我爸最初的预设,随着一声"啪",我弟斜着身子猛降到了距离我爸不足半米的地上。我爸看着趴在地上的我弟说了一句,男子汉,不怕疼。那个夜晚,我弟肩膀骨折,打了半年的钢钉固定。

后来我妈得知真相,看着她儿子遭这样大的罪心疼得都要哭了。那时那刻,我弟瞅了一眼我爸,我爸乜了一眼我弟,然后,这个十来岁的男孩子挺了挺胸,咬着牙关,像刘胡兰一般铿锵有力道:"妈,不疼!不疼!一点儿都不疼!"

2

我家大宝 1 岁左右时,有一天我早起出门,走时跟孩子爸说,我去买菜,一会儿就回来,留心着娃。几十分钟后,我刚开门进屋,就听见孩儿爸唉声叹气地嘟囔:这可咋弄呢……我急忙进卧室,娃站在床一角,看见我后手舞足蹈地喊着"ma、ma"。而床单上一片狼藉。

"我出门了,你就没起床看娃?"我生气地吼孩子爸。

"你走后我睡着了。"孩子爸自知理亏,嗫嚅道。

"娃醒来你不知道?"

"知道,娃抓我头发了,我想着娃自己玩就好。一转身又睡着了……"

睡梦中,孩子爸隐隐约约记起了自己的责任,又好像一时没听到娃的动静,遂伸手摸娃,却触到了一片黏糊糊的东西。孩子爸说他当时心里纳闷:有人把稀饭倒床上了?一瞬间,惊觉不对,猛坐起,娃吓了一跳,"啊、啊"地指着孩子爸枕头旁边的那摊东西,孩儿爸看向自己的右手,正在滴答滴答着一些黏糊糊的东西……

3

大概是 1991 年暑假,我爸带我们姐弟三人上城,那是我们第一次去西安,心里充满了好奇与兴奋。那天,从动物园出来后,我爸自顾自走在前面,大概一站路后,我突然意识到我妹没跟上来。20 世纪 90 年代初的西安城,熙熙攘攘的人群中,一个9岁的小女孩丢了。我爸着急望向四周，喊了几声我妹的名字，没有任何回应。他狠狠地吸了一口烟，顺手扔掉烟蒂，顺着原路返回，边走边问人。多亏我妹聪明，待在走散的地方一动不动，终于等到了我爸。后来，我爸叮嘱我们：这事回家后不要跟你妈说。

前几年，我家孩儿爸拥有了一辆新车，他得意扬扬地拉着儿子们去郊外兜风，一路说说笑笑。后暂停车于一宽阔的庄稼地旁，大宝一时兴奋，把头伸出窗外，对着茫茫的庄稼地高歌。就在这时，孩儿爸用手摁向了开关窗的按钮，看到玻璃上升，大宝道："爸爸，别关我这边窗。""知道。"孩儿爸回答，手指却一直在按钮上，感觉到玻璃一直上升，大宝下意识地用双手扒着玻璃，边喊边往回缩头。孩儿爸一下子松开手指，而大宝的下巴上已经硌了一道印。孩子哇哇哭了，孩儿爸还直愣：明明自己关的是前面的窗啊……

4

我当年谈恋爱的时候遇到一个穷小子，我爸不同意，这个一向"跋扈"的大老粗退伍军人很优雅地说了一句话："你要分清喜欢和同情，不能因为同情嫁给任何人。"我说我知道。我爸没有成功说服他女儿分手，也没有乱棒打鸳鸯，大概是想着他女儿心高气傲说不定自然而然就散了。

随后，我要继续去省城进修学习，为了在一起，穷小子也要进修，可学费实在是一笔大数目。不知怎么我爸知道了这事，开学前几天，他叫来了穷小子，掏出了8000元钱，说是给我们两个的学费。而那时，我弟妹也要开学，上高中；我妈一直是家庭妇女，无工作。

我生下小宝的第一天晚上，孩子爸陪床。那时候正是他"开拓江山"工作繁忙之时，在单间的另一张床上，他头一挨枕头就打起呼噜，为了不让自己睡着，他直直地坐在床上跟我有一搭没一搭地聊天。后半夜，小宝时不时地哭，孩子爸下床坐在小床边，一直哄着说着摇床到天亮。

小宝大一点的时候，孩儿爸周末若在家，一定会带着孩子们出去玩，脖子上架着小宝，手里牵着大宝，爷仨儿嘻嘻哈哈、开开心心。大宝10岁时，要去广州一所私校体验一学期，那天，孩子爸送大宝到机场，目送工作人员领走了大宝，自己躲在卫生间哭红了眼睛。

5

我爸一辈子好酒，年近七十酒量不减，因血压偏高，我妈不得已时时刻刻监视着我爸。但是，每次爸妈来我家，一到饭点，孩子爸定会变出一瓶好酒，完全无视我妈的各种眼色。有时他会郑重地向我妈保证："妈，你放心，今天我爸交给我，绝对不会喝多。"转过身，又悄悄给我爸说："爸，你今个儿喝尽兴，有我在呢，我妈不会骂你。"

觥筹交错四五杯后，我爸话多了，开始"授课"，第一部分，回忆部队岁月几多峥嵘；第二部分，教诲子女忠党爱国守清廉；第三部分，孙子们努力向上学业成……

孩子爸不胜酒力，话也慢慢多起来，爸正直善良爱助人，爸吃亏是福心自安，爸言传身教是表率……顶顶重要的话在这里——爸你培养了个好女儿：知书达理、温柔体贴，进得厨房、出得厅堂，能提建议、会解矛盾，懂教育、会管娃……

酒后，他们必对弈一盘。我爸下棋爱说，孩子爸下棋爱悔，下到胶着处，我爸的催促响起：快些，快些；孩子爸的不甘传来：重来，重来。这时候，观战的大宝小宝常问："妈妈，你说，到底是你爸赢还是我爸赢？"

"你们觉得谁赢？"

"唉，你爸、我爸都是赖皮，谁也赢不来谁，他们就打个平手吧。"儿子们夸张地摇头叹息。

行伍出身的我爸，一辈子信奉流血不流泪；穷小子出身的孩子爸，做个胃镜都吓得嗷嗷叫。两个一点都不一样的男人，经过了20年时间的洗礼，竟然越来越像了！

我爸、你爸，老年的爸、中年的爸，父亲节快乐！

吃一个带皮的苹果

刚刚，我特别想吃一个不削皮的苹果。多少年来，已经习惯了削皮吃苹果，而且早已练就炉火纯青之刀工，刀起皮落，长长地挂起，犹如缎带。可今天，我就想吃一个不削皮的苹果，用水冲一冲就好，不管它是否还有农药残留，也不管它还有别的什么细菌。我捧着这个带皮的苹果，一口咬下去，清脆的响声里是满心的知足。

就在我很享受地嚼着第一口苹果的这一刹那，我想起了我的三爸。很多很多年前，我还是个十三四岁的学生，在父亲工作的那个小城镇，单位近处有一片果园，那些虫眼多的、有伤有疤的果子卖不出去，父亲便以很少的钱装上一蛇皮口袋苹果带给我们吃。那时候，我们从来不介意苹果的缺陷，用小刀剜出虫子或者切掉伤疤，我们大快朵颐。

那年，三爸探亲回家，仔细地用小刀削掉苹果皮给我们吃，三爸说："苹果一定要削皮吃，要讲卫生、讲礼貌。"我不知道三爸为什么把削苹果皮和讲礼貌联系在一起，大概是给别人削苹果皮就是礼貌的体现吧，我没问。那个年纪，我很崇尚军人，对这个年轻俊美的军人更是仰慕至极，从他嘴里说出来的话一定是真理；是的，带皮吃苹果是不对的。

每一个做长辈的可能永远不知道，你说过的哪一句话会被某一个孩子记一辈子。下雨了，窗外淅淅沥沥，我嚼着那个带皮的苹果，打开阳台的窗子，一阵凉气袭来，我哆嗦了一下。

不知道故乡下雨了没，我的三爸，在家乡县城的一处陵园里已经静静地躺了四年半了。那个小小的木头匣子，装着灰烬粉尘的木头匣子，是三爸的最后归宿。

1990年4月，祖父猝然去世，远在合肥一部队里的三爸赶回来时祖父已下葬。趔趄着进家门号啕痛哭的三爸，没见到他父亲的最后一面，应该是三爸一生的遗憾。回部队后，三爸写了一篇《钟老汉的一生》，用钢笔抄在方格纸上，厚厚的一沓。可能是三爸寄给了表姐，表姐又拿给我看，那时候我并不完全理解三爸的心情，我只是在文字中看到了三爸对祖父母的怀念、对兄嫂的微词，大概他是在用这些文字抵御内心遗憾的侵蚀。

我见了三爸最后一面，那天他静静地躺在冰棺里一动不动，脸稍失形，颧骨明显。头一天他才出院，据说心情很好，还给其他病人分享经验。突然就走了。通讯录里一直储存着三爸的手机号码，却再也没有响起过。

30年前，堂妹尚是个幼儿，在那个名叫罕井的小镇，在一栋二层楼的职工宿舍里，三爸休探亲假在家带孩子。有一天，我去他们屋，看着爬来爬去的小堂妹，我说："倩倩，穿上裤子，姐带你去大伯屋里吃饭……"

三爸打断我，道："不能那样子给娃说话，要这样说：倩倩，穿上裤裤，去大伯那吃饭饭，穿裤裤、吃饭饭……"堂妹睁着明亮亮的眼睛盯着她的爸爸，小脸蛋像花儿一样。

一棵树

　　一棵粗壮的垂柳，树干顶部满是疮疤的"头颅"齐刷刷长出数十根细枝丫，直戳戳挺向天空。

　　她猜，一定是被移栽时，为了方便运输，它只被保留了树干和根。砍去的所有枝丫，可能已弃于故土，当了一根打狗棒、板凳腿，或者去灶房做了柴火……

　　粗壮的树干被植于城市公园一侧，它努力长出新的根系，往土壤深处、更深处钻，想汲取和故乡相似的水土！

　　它的身前是高楼大厦，身后也是，那是水泥钢筋堆砌的杰作，在夜里闪着星星点点的光；不远处有铁路，火车咣当咣当，常吓得野鸭从水里飞起，揉碎了水面整整齐齐的房子。

　　它在新的环境里想起旧事：麦浪滚滚，欢快的风把叶子拨弄得哗哗响，一条毛毛虫在睡眼惺忪里松开手脚，"蝴蝶会飞。"它想。"啪！"什么东西从树上掉下，一只老母鸡咯咯叫着跑近，随即向它的孩子们报喜："一条虫子，咯咯，美味大餐。"屋檐下的小狗汪汪地叫着，小鸡们有点儿害怕，纷纷躲到了鸡妈妈身后。"狗，狗，不许叫。"一个小女孩从门里走出，训斥小狗……老树凝思，不知自己陷入了回忆还是梦幻。

　　一年又一年，在春姑娘的抚慰下，新的枝丫一个接一个长出，细细长长，像极了美丽的头发。她在树旁立了好久，用手摩挲着粗糙的树皮，突然心生疼痛，仿佛自己被剁去了手脚一般。很多年前，她还是个小女孩，爷爷在场院里栽了一棵小小的垂柳，"好孩子，这是送给你的小树，爷爷要看着你们一起长大！"爷爷抚着胡须笑呵呵。

爷爷食言了，去了一个没有病痛和苦难的地方，奶奶说那是天堂。她把对爷爷的想念写成诗，一遍遍地读给小树听，小树嗖嗖地长着，她也呼呼长着。

"昔我往矣，杨柳依依。"多年后，那个场院早已破败，她的树亦不知去向。每次想起离家那日的情景，她的脑海里就会浮现这句诗。

它看着老树桩上一簇新枝丫想，自己应该是长成了人们喜欢的样子，否则，为什么这个女人要给它拍照？正面、侧面、近景、特写，都有。它不喜欢被拍，觉得自己像个老怪物；要是故土的杨树、槐树们看见了照片，指不定要笑死。

一个打扮得花枝招展的小女孩远远跑来，脆生生的声音问道："阿姨，你在这里干什么？"

"给这棵树拍照。"女人答。

"妈妈，妈妈，快来，我也要给这棵树拍照。"小女孩转过身，扬起小手，朝后面的一个年轻女人喊着。

它在心里叹了口气，想起了很多年前的一个小女孩，她说好与它一起长大，却被大人早早带离了场院，再也没见过。

她看着可爱的小女孩，在心里轻叹了一声，女人的小树不知去了哪里，不知变成了什么模样。

"我也变了，变成一个中年妇女，谁也不认识谁了。"

小女孩在树旁蹦蹦跳跳。

有自由真好，被呵护着真好，它想。一阵风过，它的头顶发出"哗啦啦"的响声。

有自由真好，被呵护着真好，对人是，对树亦是。她在心里说。

爷孙冲突

普通的周末相聚，在我的大舅家，济济一堂十四五口人。

大舅家宽敞。父母天暖后一直住农村老屋，两家相距三四里路，妗子经常招呼我妈过去。逢着周末，大舅家分外热闹，妗子忙前忙后，总是欢喜。

大儿已在老家待了三四天。上周我随意提了一句，爷爷收拾好了农村的房子，还给一间卧室买了新床、装了空调，等着孙子们放暑假回去住。儿子听后动心，立即买票、收拾东西，坐第二天一早的火车回了老家。走时约好周末接他，下周他要跟同学一起去玩。

这是个充实的周末，我们在父亲的老屋住了一晚，又在大舅家热闹了大半天。

晌午饭时，男人们坐一桌，大舅劝父亲先吃几个饺子再喝酒，父亲说他不饿，只喝酒吃菜即可。散"席"，菜见底，酒瓶空，父亲盘子里的饺子满满当当。

酒一喝多，父亲时不时唾沫四溅，开始"训话"，强调他这一辈子很知足，古代的皇上都没有他过得好……大舅坐在旁边倒茶递烟，表弟、表妹夫和孩儿爹各在一旁顺着父亲搭话。

父亲晃了晃脑袋，"我家赐赐（大儿小名）考上了大学，我每学期给我娃1万元，不要让他爸妈知道……"表弟开玩笑接话："姑父，我哥我姐在这儿坐着呢，你还不让人家爸妈知道，你都说了。"

小儿听见了爷爷的嚷嚷，赶紧拿过手机伸到父亲眼前，笑呵呵道："爷爷，刚才说什么了，你再说一遍，我录下来。以防你酒醒后忘了。你说我哥上大学你给多少钱？"周围人一起起哄。父亲抬手在餐桌上敲了一下："爷爷没醉，爷爷清醒着。爷爷每年给你哥1万元，爷爷说到做到……"

"你看你看，我姨父没醉，刚才是一学期1万，现在录音呢，就是一年1万。"表妹夫打趣道。大舅和三姨也跟着开父亲的玩笑。大儿坐在一旁的沙发上瞅着这一伙人笑。

事情到此刻都是欢欢喜喜、热热闹闹的。

父亲喊大儿上桌，说他有几句话要对孙子讲。孩儿爹也赶紧招呼大儿："快来、快来，爷爷要给大学生讲课了。"

父亲前言不搭后语地重复了几句他这辈子很知足、赐赐考得不错等话，"赐赐，你要有抱负，好好念书，要入党，要为国争光、为家争光……"儿子笑着回复爷爷，他没有那么大志向。

"赐赐，你什么都好，但有一个缺点，爷爷要给你提出来，"父亲用手指点了点桌子，舌头好像有点儿不听使唤，说话费力，却一字一句用力在表达，"你有些傲气，是傲，自以为是，这不好……"

儿子看着爷爷，没说话。表弟接话："姑父，哪有你这样说话的，你得先说优点……"

"让我说完，"父亲打断了表弟的话，继续道，"你是站在你爸妈的基础上奋斗的，你看你爸妈给你创造了多好的条件……我那时候就没有管过你妈，也没有条件。你不知道你爸妈奋斗得有多艰难，用了多少力才到现在这样……以你这条件，稍微努力下，清华北大都没问题。你就是傲……"

孩儿爹悄悄在桌下踢了我一下，使眼色让我注意大儿。我和大儿并排坐，只能看到侧脸，没觉着有什么异样。孩儿爹打哈哈起身："爸，爸，咱说完了，打牌时间到了，打麻将。"

父亲没有理会孩儿爹，也不顾大舅和表弟的劝说。

"你说你学的啥信息专业，以后进华为还是啥，你要有更大抱负，你要超越华为、领导华为……爷爷不懂，可是人家研究5G、6G，你就要想9G、10G，要争光……"父亲大声说着，一句话重复数次。

"赐赐，你高考629，你妈发在家族群里我看到了，我就不满意。村里人家那谁他娃考了667，我就说我娃要是想考700也没问题，你就是傲……"

屋子里突然一片沉静。

"你啥也不懂，说什么说。"儿子突然站起来，带着哭腔冲爷爷吼。

父亲一愣，孩儿爹赶紧过去拽儿子。父亲起身，身子晃了晃，径直走向儿子："爷爷觉得你很棒，这个缺点……"父亲抓住了儿子的胳膊。

"啥缺点，谁说我那是缺点……"儿子喊着，试图挣脱开爷爷的手。

"你听爷爷说，你听爷爷说……"

表弟拉开了父亲，孩儿爹拽着儿子出了大门。父亲坐在沙发上唉声叹气，母亲劈头盖脸就是数落："娃回来三四天了，你不说，偏偏今个儿这么多人，你说。娃都十八了，成人了，你把娃臊得脸往哪儿搁……"

父亲坐在沙发上，头沉沉地垂着。"爸，不要紧，爷训孙子正常，没事儿。"我安慰着父亲。三姨、大舅也在说父亲的不对,不该当着众人数落娃,而且娃考得并不差。

我解释:可能是我爸戳到了赐赐的痛处,成绩出来后,小伙子也难过了好几天,确实没有考出他平时的水平。我和赐赐爸都说很好了,后来他才慢慢缓过来,我爸这么一说……赐赐平时不这样的……

半个小时后,孩儿爹带着儿子回来,说是去村头庄稼地里走了一圈。表弟招呼着儿子一起去有空调的房间打麻将。

父亲吐了两次,母亲端着盆蹲在沙发旁。大舅要搀着父亲回房躺炕上休息,父亲拒绝,继续坐在沙发上低着头,不知是鼻涕还是口水,滴落到地上。

我问父亲有没有哪里不舒服,他摇头:"没事,不用管我。"一会儿,看父亲用手捂嘴,母亲赶紧递过去脸盆,已经没东西可吐,却还在"嗷嗷"地咳。

一阵大雨,房檐上滴滴答答,父亲躺在沙发上鼾声如雷。

我们走时,父亲依然在酣睡。

晚上回到家,小儿悄悄问我:"妈妈,你说哥哥今天为什么要'爆发'?"

"你觉得为什么?"

"哥哥可能是为了捍卫他的自尊。"

"如果今天爷爷说的是你,你会怎么做?"

"听不下去了,我就跑出去,不在爷爷跟前待。"小儿答。

"你怎么看哥哥的'爆发'?"

"有点儿伤到爷爷的自尊。"

睡前,孩儿爹又谈这事,说他以前只知道父亲这个退伍老军人善良、正直、好酒、爱憎分明……现在又看到了一点——不会说话。他问我,如果这个事发生在我年轻时,看到儿子顶嘴,我会不会直接冲过去扇儿子一巴掌?

我没回答。孩儿爹又似自言自语道:因为咱俩都没有说过那样的重话,赐赐猛一听受不了是正常的,我们出去后,娃在苞谷地里哭得呜呜的……

"你也说说吧。"孩儿爹执意要听我的看法。

"你想要我说什么?一边是生养我的父亲,70岁老小孩,血压高,有心脑血管问题;一边是我生养的儿子,18岁大小孩,独立不羁,我一直鼓励他勇敢做自己……"

"哦,"孩儿爹似乎明白了我的处境,"爸也是,真的不会说话。"

"嗯,我们就是这样长大的。"我小声说了一句,转头裹紧了毯子。

一碗酱油拌面

中午，一个人在家吃饭，洗了几棵青菜，下了一碗挂面。切了些蒜苗，热油煎后，放入盐、醋、酱油，一起拌面。

吃了几口，与记忆里的味道相去甚远。

很久以前，我8岁多，寒假跟母亲去父亲所在的部队。一天，父母不知道有什么事，把我和弟送到父亲的一个战友那里。

那时候，父亲所在的连队，有一排排的平房，每排都有两三间大宿舍，一个班的战士住在一起，是大通铺。也有好些单间房子，家属来了可以申请。

父亲战友住得较为宽敞，有好些人在他们家。中午吃的是挂面，女主人盛了多半碗给我和弟吃。人多桌子小，我把碗放在一个小凳子上，我和弟蹲在旁边吃。

一碗冒着热气的面，飘着黄灿灿的油渍、绿油油的蒜苗，拌着香喷喷的酱油（女主人告诉我的），我给弟喂一口，我吃一口，极香。

那时，我们农村老家没有酱油，也从未吃过，所以，第一次尝到这么鲜香的面条，三口两口，碗便见底。

当我还想再要一碗时，女主人说没有了，似乎还跟其他人说了一句：这俩小娃，一碗还不够。我小时长得瘦小，8岁了看着跟五六岁的孩子差不多。

回家后，我跟母亲描述，说那是最好吃的面。母亲尝试着做过几次，却没有那样的鲜香。长大后，我自己做过多次酱油、蒜苗拌面，总是少了滋味。

当时，女主人说没面了，我懂事地放下碗，拉着弟去门外玩。可不到3岁的小男孩不愿意，他不动，眼巴巴地瞅着我，说"还要吃"。我怕人听见笑话，硬把弟拽了出去。

部队的生活要比老家农村好些，母亲在煤球炉子上做饭，有时也去食堂打饭。食堂的馍白、碱面馍，放在煤球炉子下面一烤就干黄酥脆，我们总抢着吃。有时别人的剩馍，弟、妹都会捡回来烤在炉子里。

我们一家五口挤在单间房子里的一张大木板床上，孩子会闹腾，常招来暴脾气父亲的训斥。我已是小学生，父亲每天让我写字，没有课本，他自己想几个字用粉笔写在门上，我照着读写。一次，父亲在门上写着"不尿床、不撒谎"，让我念熟后抄写。熟人路过会好奇，父亲解释，大女子尿床了。

天，极阴郁。母亲说给我擀面条吃，她去食堂要了些酱油，热腾腾的面拌着蒜苗酱油，我却怎么也吃不下，倒是便宜了弟、妹两个小屁孩。

几日后，下雪了，接着，过年了，后来我们回了老家。迎春花开了，麦苗绿油油，清明、小满排队走，儿童节里放忙假，布谷声声麦香浓……

一年又一年，两个小屁孩已过不惑年纪，而有些事只有我替他们记着。

该吃午饭了，我下了一碗挂面，袅袅的热气唤起了岁月深处的记忆。我夹起面条送进嘴里，却突然生出嚼蜡之感。

"欲买桂花同载酒，终不似，少年游。"想来，有些情境是古今相通的。

搅团

我有一个女同事,河北石家庄人,她有一天跟我说:我实在想不通,竟然有那么多人喜欢吃搅团,那稠面糊糊在嘴里怎么嚼?我都咽不下去……

哎哟哟,你一提搅团,我都流出哈喇子了,那是我的至爱。我在同事的惊讶中,吸溜着嘴。

这真是:汝之蜜糖,彼之砒霜;我甘之如饴,你弃之如敝履。

西安有专门的"搅团"店,比如李记搅团、长安搅团、秦家搅团等,我有时会去打打牙祭。之前曲江不夜城的银泰四楼有袁家村,离家和单位都近,我常在中午赶过去吃一碗热搅团,再加一碗凉的搅团鱼儿,一热一凉,一辣子汁一浆水,吃得口腹欢喜、心满意足。

后来,银泰的袁家村搬走了。其他搅团店离得远,出去一趟太浪费时间,于是,我就在家里学着做。

"搅团"二字,重点是在"搅"。搅的工具,以前人多用长的擀面杖,配之以大铁锅;现今小锅,多用筷子。

做搅团的步骤——首先,锅中接适量水,开火,和面水,水沸面水进锅,大火烧开。然后,关火(也可文火),往锅里均匀撒面粉,同时搅动,打散面粉溶于面水。搅拌是技术活也是力气活,要顺着一个方向画圆搅动,大圆小圆无数,深深浅浅不一,要快且不停歇。这活看易实难,很多人发力不对,胳膊晃、身子摇、手腕酸困，总之是累。

那什么时候停止搅拌？这需要经验，面粉打散，面糊糊变稠，搅拌的筷子受阻越来越大，此时无须再撒面粉，但搅拌还要持续一小会儿。当锅里看不到干面粉，也无小面糊糊后，停止搅拌，盖锅盖，开火，中火烧至冒泡，转小火20分钟左右可熟。我平时用的是高压锅，气阀响，转小火10分钟即可。

搅团要好吃，汁水至关重要。首先，油泼辣子备好；然后锅里热油，倒进切好的葱末、蒜末，可以加一点豆腐丁、肉丁，我平时还会切点白菜叶或包菜，一同翻炒至八成熟，转至文火，油泼辣子进锅，根据口味放适量盐、醋、酱油、鸡精等，再加水大半碗，烧开，关火。

若不能吃辣，可以炒西红柿出汁，加调料和适量水。要说明的是，这种汁子做法是我自己的胡乱特制，搅团店里主要是调料水和油泼辣子，再配炒韭菜。当然，家里也可以炒韭菜。

汁子到位，搅团出锅，盛上一碗热气腾腾，浇上红艳艳的辣椒汁，红白相间，再夹上一筷子韭菜点缀其上，那简直是人间美味、色香俱全。

若做得多，可盛在盘里晾凉，第二顿切片吃；亦可漏鱼儿，漏勺（瓦盆漏勺最好）置于凉水盆上，盛搅团于漏勺中，白色的搅团鱼儿一条一条穿过漏勺眼儿，跃入水中。搅团鱼儿拌上汁子，大人小孩都爱吃。

我的父亲喜欢吃搅团，隔三岔五会让母亲做，他们常把麦面和玉米面混在一起，说是更养生。父亲吃搅团不嚼，直接入口吞咽，常常呼噜呼噜一大碗。父亲说搅团又名"哄上坡"，因为撑肚子易消化，吃饱搅团，拉一趟架子车上坡的工夫，肚子就空了。

我的姑姑们也喜欢吃搅团，逢年过节来家里，她们总会提前声明："嫂子，今儿饭给咱打一锅搅团就对哩，不弄肉弄菜……"

我也喜欢吃搅团，有时候不方便去外面，就在家里学着做。一次两次三次，终于做出了"成品"，虽然跟母亲做的搅团差距甚大，但因着自己的亲自动手，每次吃都欢喜。

人常说，一方水土养一方人，如此，一方水土也养一方"胃"。我想，每一个游走他乡的人，总会有某个时刻，回望故乡，思念从胃里蔓延。是啊，从来故乡连着胃，此言不虚！

亲子同舟

"佛"是过来人

1

我中学毕业后,上了一所初级师范学校,那时我未满15岁。父母说,毕业就是小学老师,铁饭碗稳在手了。师范学校学费少,每月还给学生发饭票、菜票……

若干年后,我的儿子长到了15岁,他毫无顾忌地跟父母争论、吵闹。早几年,学校老师已说,孩子进入青春叛逆期了。我好奇地看着他一天天长高,承受着他某些时刻的情绪变化……与此同时,我总在记忆里对比,30多年前的那个女生有青春期、叛逆期吗?没有!她是好女儿、好学生、好姐姐、好舍友……她一直努力让身边的人满意。

那个时候,总觉得日子过得慢,一天天地熬着。没有学业压力,没有明媚未来,人像突然掉到了井底,看不到日出日落。师范二年级时,有个外班的男生对我极好,晚自习常出现在我们班;记得一次我在公共水龙头下刷鞋,他看见了,夺去刷子,说冬天水凉,他帮我洗。

情窦初开的年纪,我的内心充满着欣喜、纠结、矛盾和担忧:一方面,我挺喜欢他无微不至的关心;另一方面,我觉得好学生不可以早恋,且前途未卜,我不能跟他有任何关系。一学期的时间,我过得忐忑不安,心里的两个我常在打架,学习也随之退步。我曾给一个杂志的"知心姐姐"写信倾诉过,未收到回复。

某天傍晚回家,母亲在床上斜倚着,我鼓足勇气道:"妈,有个男生喜欢我……"母亲腾地一下坐直,盯着我:"谁?给你吐核(可能是表白的意思吧)没?有没有把你咋?"母亲机关枪般的问话让我始料不及,我突然就不想说了:"没啥,人家就是帮过我几次,对我挺好。"母亲吁了口气,叮嘱我了好些话;我一边听着,一边默默地关上了心门。

此后余年,我再没跟母亲谈过心,当然也不会把自己的困惑、苦恼、痛苦告诉她,所谓的报喜不报忧。如今回首,母亲并没做错什么,可当时敏感的我,却让那一刻成为我与母亲关系的转折点。

做母亲真不容易!那个傍晚回家的女生,一定不会想到,若干年后她成为母亲,这个"转折点"已成为她生活里的警示,在每一个重要时刻都提醒着她怎样待孩子、爱孩子。

2

儿子上初三时,有一天告诉我,他谈恋爱了。我心里一惊,但还是由衷地祝贺他有了一份美好的感情。儿子与我分享他送给女同学的小礼物,给我看女孩写给他的字条,他说:"妈妈,你看,她的字跟你写得一样好。"分享他们怎样在老师的询问中装聋作哑……我会在用心的倾听中告诉儿子规则和底线。

有一个周末,儿子的女同学因被一个家长误解躲在宿舍哭,儿子知道后央求我:"妈妈,我不知道怎么安慰她,请你帮我说一说。"我赶紧摇头,对于早恋,我不干涉,也不会鼓励和参与。儿子的赖皮劲儿来了:"你是老师,又是妈妈,还是知情者,只能你帮我……"儿子拨通电话,说了句什么后把手机递给我,我遂听到了电话那头传来抽抽噎噎的一声:"阿姨……你好……"那刻,我一下子想到了很多年前的那个女生。

中考前,儿子跟女同学分手,后来他们上了不同的高中。儿子没考上重点高中,我问是不是恋爱影响,回答不是。

上高中后,那个狂放不羁的少年收了性子,以前的叛逆所剩无几。他开始专注于学习,成绩在学校一直名列前茅。

有一天跟儿子聊天,儿子说他的几个同学最近行事低调隐秘,因为学校在查早恋。我趁机问儿子有没有女朋友,他说没时间谈恋爱,他要努力学习,如果拼命一点儿,兴许能上清北。儿子说某某打游戏,被他爸揍了一顿,鼻青脸肿;某某跟她妈在家吵架,因为她妈翻看她的日记……

我发表感慨:"孩子大了,手机问题好好谈,怎么还上手?那谁谁妈妈也太闲了,翻娃日记干吗,每个人都有自己的秘密……"

"妈——"儿子打断我,似在嗔怪,"你以为所有的家长都跟你一样'佛系'。"

我心里一动,眼眶突然湿润!

是儿子,是他一路陪着我,以童年观照童年、以少年审视少年,让我重走了一段自己的岁月,疗愈了生命早期的一些创伤。然后,我成了孩子眼里的"佛系"妈妈。

3

那年的雨多,透过教室的窗户,外面一切灰蒙蒙。17 岁的女生走出教室,伸手轻轻抹了一把栏杆上的水,冰冰凉凉的感觉侵入身体,女生不禁打了个寒战。雨淹透了 17 岁的年华,多年后所有夏日的炙烤也没能将它晒干。

我终于不能忍受自己做个"坏女孩",于某一日,我告诉那个男生,以后别来找我,我们没有可能、没有希望、没有未来。他很难过,他说知道前途渺茫,所以从来没对我说过什么,只是默默待我好;他梦想以后要好好奋斗,闯出一片天地……

几天后,男生和他的一个朋友结伴"出走"了。我听到这个消息的时候学校已传得沸沸扬扬。1994 年,在一个小县城,这是一件大事,两个面临毕业的小伙子、马上有正式工作,却逃学了……"出走"前一晚,我在教学楼下遇见过那个男生,他递给我一支旧钢笔,什么话也未说。

"丢"了学生,老师担心,各方调查;"丢"了孩子,家长痛苦,到处寻找。

我觉得自己做了件错事,那男生来自贫困山区,集一家之力供他上学,而我,无意之中,好像毁了一个人,毁了一个家。我不知道要怎么办,常常蜷缩于宿舍,有时盯着窗外的一棵老树,想着一头撞死该多好。

一夜一夜不能眠,我睁大眼睛,在黑魆魆的夜里等待天亮,像僵尸一般动弹不得。没人可以诉说,没人可以帮我。

师范毕业前夕,两个男生被找了回来。据说是另一个男生的家长凭着邮戳在深圳附近的某小城蹲守数天终有所获。毕业典礼上,两人被记大过,不予颁发毕业证,以儆效尤。我只远远地看到过男生的背影。

那年暑假,我一个人住在农村老家,静夜里,有老鼠跑过竹席吊的顶,突突响、吱吱叫;村子里只要有一只狗叫,便会引起一片吠声……我总想起那个男生,不知道他可否保住了工作,我打听过他家住址,写过一封信,石沉大海……

4

高考前的五一节假期,当我和儿子淹没在大雁塔景区熙熙攘攘的人群中时,儿子说:"妈,有一件事,我不知道要不要跟你说。"儿子强调不是他的事,但与他有一点儿关系,他没经验,想听听大人的看法。

"你说吧,妈妈听着。"

"是我女朋友的事,妈,我以前跟你提过我有女朋友,你没多问,对,就是这个女朋友,我昨天放学后见了她,一起吃了顿饭。她跟我说了一件事,让我很震惊,我想不到现实中还有这样的事情,以为只是小说里的情节。就是,她上那个一对一补习班,她长得比较漂亮,那个男老师在上课的时候抱了她……"

儿子絮絮叨叨地讲,我像个心理咨询师一般倾听、问询、引导、开解。儿子终于释然。

"妈,我跟你说这么多,你不会担心吧,这快高考了。"儿子说,"其实我昨晚都想跟你说,不知道怎么开口,怕引起不必要的担心和麻烦。"

"哦,你这样想。妈妈郑重地告诉你,所有问题只要你想都可以告诉妈妈,不会引起担心和麻烦。"

儿子轻笑一声。五一假期,车马喧阗。我们隐在一个角落,谈了一件重大事情。离开时,儿子奖励了我一个冰激凌。

"妈,还有,嗯,我想再问一下。"儿子稍有吞吐。

"说,跟自己老娘客气啥?"

"妈,假如,假如有一天你见到她,说的是假如,你能不能把她当作跟我没有任何关系的陌生人,去帮助她?或者,把她当成很久以前那个17岁的你,跟她说说话聊聊天?妈,你明白我的意思不?"

"明白。我以前跟你说过,十七八岁,是妈妈人生的一个低谷,我对前途迷茫,也有点儿小抑郁,那时我特别希望有人能为我指点迷津,能拉我一把。我知道低谷的日子很难过。所以,我愿意帮助任何一个人,就是那句话:我淋过雨,我愿意为别人撑起伞。"

"妈妈,谢谢你啊,我也替她谢谢你……"儿子搓着手,难得一见的羞赧。

5

儿子17岁生日时,我写了一封长信,其中有这么几段:"……你足够真实、足够勇敢,能够在他人面前表达自己、不委屈自己,这是我和爸爸做不到的,更是若干年前那个17岁的女生望尘莫及的。

"有时妈妈会想,如果真的有时空隧道多好,我要带着17岁的你去看望遥远岁月里的那个17岁女生,我将温柔地对她说：你受苦了，你会走过泥淖的；看，我是未来的你，我这么好；瞧，这是你未来的儿子，他这么棒……

"一路陪你，让我同时看见并陪伴了内心里那个女孩，你一年年长大，她一岁岁强壮。因你的存在，才有了这份有意识的关照，我也才能越来越有力量地活出自己想要的模样。宝贝，谢谢你！"

想起儿子生日前几天，班主任老师打电话给我，说儿子可能在学校谈恋爱，让我劝说并监督。那天儿子放学后得意扬扬，绘声绘色地描述着老师抓他们几个学生训话的场景，当着他们的面给每个家长打电话告状，他的一个哥们当时就吓傻了……

"哈哈，老师要是知道你是这样的妈妈，一定会气死的。"

"啥样的？"我问。

"从不干涉孩子私事的'佛系'妈妈啊。"

很幸运，我依然是儿子眼里的"佛系"妈妈。这么多年，我养育一个身边的孩子，也养育一个心里的孩子，他们彼此看见、彼此关爱，一起长大了。

那，儿子，知道妈妈为什么"佛系"吗？

因为，"佛"是过来人。

生日，展信舒颜

1. 写给儿子17岁生日的信

宝贝赐：

生日快乐！岁月倏忽，17年过去了。

前几天，妈妈参加一个社团的"五月青春"征文，数次提笔均滞塞于曾经的17岁。那年那月回忆里总是阴雨绵绵，青春的悸动、前途的渺茫让那个17岁的女生不堪重负。多年之后，每每回望，总有心疼和感伤漫溢心间。

一转眼，今天，我的儿子17岁了。我至今都觉得幸运至极，命运之神厚待我，在5月的温暖里赐予了我心心念念的小男孩，我成了妈妈。小时，你调皮捣蛋，我骂过打过，想来甚悔，却因做到护你自由才有了些许慰藉；初中，你任性叛逆，我焦虑却只能旁观，看你在青春期里赴汤蹈火；高中，一切向好，你活出了我这个中年妇女梦寐以求的境界。

17，是烙在妈妈心底的数字。在隐隐的内心深处，我偶尔会担心你，我怕学业压力让你不适，我怕未来不明令你困顿；我甚至想，有些年少的恋情、喜欢你或你喜欢的女生可能影响你的学习、阻碍你的进步……而每次，当我的担心无意识地悄悄冒出时，你总露出"睥睨"的目光，顺口一句经典的老庄名句，询问当老师的妈妈是否理解。于是，我便确信了你的独特,你不会受他人影响,你非常清楚自己要什么,你一直在做独一无二的自己。

是的,妈妈很幸运,因为你是如此地好!

这学期过了学考,你终于可以专心地徜徉在数理化中,你说学习使人快乐,这话给了弟弟无限力量。有时,我们夸你,你会说,这成绩跟牛校的学生还差着。我不知道你是不是在暗示,不要对你期望太高。那,妈妈要郑重强调:你永远可以轻松上阵,不用背负父母的期待;无论怎样,你都是我们心爱的大宝贝。你心系南开,我们高兴;你若固守长安,我们也欣喜;只要是你的意愿,皆佳。

上个月的一个周末,我跟着小视频学会了一种酸汤面,尝试几次,自我感觉美味无比。那天下午,我特意做给你吃,几口下肚,你平静地说"一般般,不好吃",之后又找借口不吃。我当时真的有点儿生气和失望,你回校时我都没在电梯口送你。后来,就这件小事,我跟爸爸长谈了一次,尽管你没有"照顾、体谅"到妈妈的感受,但我们都认为你足够真实、足够勇敢,能够在他人面前表达自己、不委屈自己,这是我和爸爸做不到的,更是若干年前那个17岁的女生望尘莫及的。

你住校的这两年,生日都在周内;每年爸爸都提前殷勤地表示要去学校给你送生日蛋糕,你总坚决拒绝。没想到老师前两天突然通知,分批开的家长会5月12日有一场,妈妈赶紧预定了蛋糕,弟弟昨晚上还给你写了信,并用胶带把信封贴住;爸爸也把他早早准备的礼物放在最显眼处。宝贝赐,17岁生日快乐!

有时妈妈会想,如果真的有时空隧道多好,我要带着17岁的你去看望遥远岁月里的那个17岁女生,我将温柔地对她说：你受苦了，你会走过泥淖的；看，我是未来的你，我这么好；瞧，这是你未来的儿子，他这么棒……

谢谢你，赐，一路陪你，让我同时看见并陪伴了内心里那个同龄女孩，你一年年长大，她一岁岁强壮。因你的存在，才有了这份有意识的关照，我也才能越来越有力量地活出自己想要的模样。宝贝，谢谢你！

这封信写到一半的时候，爸爸过来看到了，他顿生嫉妒，却苦于没有时间，更苦于无论他怎么想写，妈妈已经"崔颢题诗在上头"了。于是，爸爸贿赂我修改措辞，要以父母两人的口吻给你写信，并叮嘱我在字里行间合适的地方都添上"爸爸"二字，哈哈。我不想改了，嘘，悄悄地，你懂爸爸心意就好！

最后，再祝我家大宝贝生日快乐！在学校吃好、睡好、锻炼好！

爱你的爸爸妈妈
2022 年 5 月 12 日

2. 写给儿子 18 岁生日的信

亲爱的赐宝贝：

此时此刻，我坐在书桌前，抬头看窗外，高楼参差中葱翠掩映。我遂对时间折服，它乔装打扮从我身边溜走，我没有看见。而每每站在你跟前，我才不得不感慨一句：时间过得真快！今天，我的赐宝贝 18 岁了！我是一个成年人的妈妈了。

千言万语，先汇总成一句：谢谢你，宝贝，谢谢你做爸爸妈妈的孩子；我们很幸运。

18年前的今天，你呱呱坠地，哭声婉转。你被裹进襁褓，半睁着一只眼睛，茫茫然瞅着前方，我们取笑你为"独眼龙"；似为抗争，你"哇哇……"直哭。在你的哭声里，爷爷乐了，奶奶笑了，爸爸手舞足蹈，妈妈心里开出了一朵花儿。

你随时光亦步亦趋，牙牙学语，蹒跚学步；小时的你古灵精怪、调皮捣蛋；10岁，你早已独自出行，走遍了大江南北。记得广州游学那半年，你穿梭闹市卖杂志、荒岛求生杀鸡摸蛇、万圣节里挨家挨户敲门要糖……那时，我说你有太多小聪明，爸爸说你独立有思想自会长智慧。果然，一年一年，你的个子猛窜，高过了妈妈，又高过了爸爸；你的智与慧齐增，一出口引经据典，左手"逍遥游"，右手李太白，这些大概是你喜欢的吧……

18岁，成年了！

3月份时，学校组织成人礼，你因生病错过了。我要给你补成人礼，几次三番，你都拒绝。上周末，我说周五接你出来过生日。你说学校不放假，可能出不来。我说18岁生日一定要过。你始终摇头。"18岁生日顶顶重要，18岁，代表你成人了，"我挽紧你的胳膊央求，又话锋一转，"这个生日一过，妈妈可就轻松了，以后再要钱，你须打借条：兹有某某人借妈妈钱……"你笑着挣脱我，伸出手，竖起大拇指和小指，蜷起中间三指，在我眼前晃了晃，说："6！"真是有代沟，你说的"6"我不明白。

高考在即，我看到了你的辛苦和压力，也看到你的自律和努力。我常说，你尽力就好，什么样的结果爸爸妈妈都接受，在我们的眼里，儿子比成绩重要千百倍。父母肯定会有期待，或多或少，尽管我们不多，但我还是要强调一点：我们的期待只是我们的，与你无关，任何时候，你都不必为了满足别人的期待而去勉强做一些事情。宝贝，你为你负责，请轻松"上战场"，这是你人生的特有经历。将来的某一天，当你回顾往昔，它们都是你的财富。

宝贝，再次谢谢你。陪你一路走来，童年、少年、青春期。表面上，我在陪你，实质上，是你在陪我。这18年，你带给我很多的成长，特别是青春期里，你用"动荡"，唤醒了藏匿在时光隧道里的一个忧郁女孩；你让我看见了她，我于是像爱你一样爱她。养你的过程，我养好了自己。如今，我还算一个有力量的妈妈，这是你和弟弟成就的。

18岁，成年了。

今天之后，我将视你为有责任有担当的男子汉，我会远远地看着你，看你用有力的臂膀、广博的知识、宽阔的胸怀去拓展自己的未来。希望你上一个心仪的大学，希望你可以像小时那样，多出去走走，看看不一样的地方不一样的人，多交些朋友，人生多三五个知己，便会少一二分孤寂。

你常跟我说"都是聪明人……"背后的意思大概是说话不要太透太直白。所以，道理我不讲了，你都懂，即使不懂，随着时间也会慢慢懂。只是，"我吃的盐比你吃的米多"，写出这句话，想起你的嘲讽"吃那么多盐，咋不变成盐鳖鳖（蝙蝠）"，我一个人笑出了声……以后，你还是可以多跟我沟通的，因为那些"盐"已沉淀成了我的人生经验，这个你得服气。

宝贝，18岁生日快乐！

这是妈妈最后一次喊你"宝贝"，你长大了，"宝贝"二字不该再是妈妈出口闭口之词。所以，赐赐同学，今天，我把喊了18年的"宝贝"二字拱手相让了。不过，在我心里，你永远是我的大宝贝。现在、将来，总会有人喊你"宝贝"，如果是女孩子，请一定尊重她、善待她。爱情令人憧憬，但只有你足够成熟，才会品尝到爱情之酒的醇美。聪明的小伙子，你一定懂得，对吧？嘻。

最后，我把辛弃疾的几句词拼于此，祝福我儿：鹏北海，凤朝阳。禹门已准桃花浪，月殿先收桂子香。明年此日青云去，却笑人间举子忙。

妈妈
2023年5月12日

2023，高考那些事

1. 青春的眼泪在飞

你突然搂着我的肩膀号啕大哭，眼泪、鼻涕滴落在我的衣服上。我轻拍着你的后背，鼻头发酸。过了好一会儿，哭声渐止，你说："妈妈，没事了，我好了。"

联考失利，你考出了史上最低的成绩，到现在我依然不知多少分，你说自己说不出口，太差。说这话时，你的眼泪一滴一滴往下掉，你重重地吸了下鼻子，用手抹了一把眼泪。

难得有一整天的休息时间，你去医院看鼻炎，回来后窝在卧室不出门。我去找你，你放下手机问什么事。我随意说着晚饭和天气，像突然想起似的问了一句："联考成绩早该出来了吧，怎么没见你说？"

你立即坐直，像是穿上了无形的铠甲，逼我后退，"你跟我爸就关心分数。"你嚷道。我说，对的，爸爸妈妈肯定会关心孩子的学习成绩，想知道孩子考试的分数；如果我告诉你我不关心，你也不会相信。

你低头不语。我想你心里清楚，我并不是很关注分数，一直以来，在一定的成绩范围内，都是你随意。我只是好奇，这次你没有给我们看分数条。

你说自己心态有些差，一心想保住名次，考出更好的成绩，结果，一紧张，擅长的数理化也考砸了，平时会做的题都错了……"我是不想让你和爸爸操心。"你说着，又有泪水在眼眶里打转。

我知道你难过，如果愿意，可以说一说。你努力想考好，拿第一，让爸爸妈妈开心。其实，是因为你开心，我们才开心。重点是你，我们关注的是你，是我们的儿子，成绩是你的附属品，有它好，没它，也没关系。

你说自己"报喜不报忧"，这点像我。我所有的忧从不告诉姥爷、姥姥，不想徒增他们的烦恼。但是，儿子，我不愿意让你像我一样。我想分享你的开心，也想分担你的烦恼。我自有办法消解你跟我说的烦恼，你大可放心。现在如此，将来，你上大学了、工作了，无论什么时候，我希望你都可以跟我说，即使不能出谋划策，至少可以做到倾听……

你突然号啕大哭，似乎打开了心里的一扇闸门，洪水汤汤。

这是你青春期以后，第一次在我跟前如此恣意地放声大哭。那一刻，我心疼你、羡慕你。谢谢你能卸下"铠甲"，呈现内心的挫败与悲伤于我跟前；在跟你一样的年纪里，我也有同样的挫败，却从未示人。

你是个酷酷的小伙子，在家没大没小，你唤我"钟女士"；我买件新衣，你说适合跳广场舞；我换个发型，你说这叫夕阳红；我用美食引诱你说点好听的，你说自己不为五斗米折腰……但我最清楚，你不羁的青春外表下藏着一颗敏感而柔软的心。

初三时，你早恋，说与我听，我没有评判，只是告诉你不能影响学习；后来你失恋，中考也没发挥好，你躲起来哭了好几回，我看到了你红肿的眼睛。问你时，你总答没什么、好着呢。后来，你上了高中，成绩有了大的起色，你开心，我和爸爸也跟着开心。

上学期，老师告诉我，你在谈恋爱，会影响学习。老师是当着你的面给家长打电话，你心里暗自得意，你回家时告知我："老师要是知道你是这样的妈妈，一定会气死的。"

"啥样的？"我问。

你说就是从不干涉孩子私事的妈妈，老师告状不顶用。但那天，我还是很严肃地跟你谈了，你说自己明白轻重。

是的，生活不止有高考。这话，我是悄悄跟爸爸说的。

再过一个半月，你就满 18 岁了。我也即将成为一个成年人的妈妈，想来只能感慨时间的飞速。

每每回望，我都会由衷地感谢，感谢你做我的儿子。一起走过近 18 年，是你带着我心里的小女孩一步一步地成长，你忧、她忧，你痛、她痛……

青春的你，号啕大哭；时光隧道的另一端，18 岁的女孩，泪眼婆娑。

2. 你终于走进了我的世界

你近来情绪不稳，上周末晚上，我跟你随便聊了会儿，可能多提了几句学习，你立即变脸，"我感觉到了你的焦虑。"你直言不讳。我一懵，急忙辩解："没有啊，妈妈只是问下你需不需要找老师，或者其他什么帮助。"

你眼睛一红，说了句："可能是我的投射。"

这几次模考成绩不理想，你不能接受这种落差。我宽慰你没关系，成绩怎样都可以，可这话似乎并不能安慰到你。

我打电话跟一个心理咨询师朋友倾诉。"我女儿高三时也这样，"朋友说，"有一次，成绩从 A 退步到 C，娃把自己关到房间里哭。我跟她说不要紧，什么样的成绩妈妈都接受。结果，人家指着我直呼其名，让我别装，让我真实点，说骂她一顿都好过我这种假意安慰……"

"你的意思是，虽然我不过问娃的成绩，但可能内心深处挺在意，故意不问。娃敏感，他能感觉到，对吧？"我说。

"可能。你们在学校附近租房，大老远地每天轮流过去陪娃，还经常变换着好吃好喝，全家围着高考转，你们两口子还周内分居，一人管一个娃……所有这些付出背后一定是有期待的，娃能感受到，你想他成绩下滑后咋能不急？"

我自己想了好长时间。

中午，你用老师手机打来电话说个学校通知，我顺便问你想不想出来逛。"当然想。"你说。我遂跟老师请了假，让你回家先睡一觉，随后我们逛公园、转商场。

你说想吃必胜客，还在网上查询什么原神主题餐厅，"太火了，主题餐厅根本预约不到。咱们就去附近的必胜客吧。"我不大懂，只能是你说哪儿就哪儿。

你在店里点了一份原神套餐，让我看装奶茶的杯子画面。"一个卡通娃娃呀。"我说。"真是 out 了，这是中国最好的游戏，原神中的人物。"你鄙夷地看着我说。

在我的意识里，游戏能有什么好，只能是让很多人沉溺其中而忘了本该做的事。所以，我从不主张孩子玩游戏，曾在你六年级时摔烂过一部手机；后来因为你大了，手机时间才相对宽松了点。

亲子同舟　061

你搜到一段视频给我看,动画场景,几只鸟儿跃跃欲飞,有一段画外音,"……他们高兴地对风神说:原来如此,我们缺少的正是强风。风神却回答道:重要的不是强风而是勇气,是它让你们成了世上最初的飞鸟。"

你兴致盎然地向我普及原神知识,如数家珍,看得出,你是真喜欢。我们面对面坐着吃饭,为了更好地给我解说,你搬过椅子跟我并排坐,搜视频、找文案、介绍攻略,像个热心的老师。有几次话到嘴边,我想问你是怎样在我的眼皮底下玩了那么多游戏,但为了不破坏气氛,我忍住了。

回家已近晚上8点,我本打算写日记,可你意犹未尽,搬来电脑,又给我一通讲授。过程中,我几次哈欠,你却始终沉浸在兴奋里,没有注意到我偶尔的精神不济。有一阵正讲着,你突然从沙发上跃起,"让我缓一缓,太燃了,太激动了,太冲击心灵了。"你眉飞色舞、唾沫四溅。

晚9点,你第二天有考试,我的日记也没写,想着该结束了。可你只是去上了个厕所,又兴冲冲过来跟我讲:"岩王爷那段配音极有特色,我给你听一听……还可以亲自弹琴,音乐好听极了……"

10点,你说要去洗澡:"你还有什么不理解的,等我考完试了再讲,你这几天有空先在咱家电脑上玩一玩。"

"好,赶紧去洗澡。"我立即应答。

"妈,这是你第一次听我讲游戏。"我刚回卧室,你手捧浴巾跟了进来,"你终于走进了我的世界。"

"你终于走进了我的世界",我的心里重复着这句话。我以为自己已做得足够好,好到有时可以穿行于孩子的世界,殊不知,我可能只是在外围打转,青春期里曾经那么多的碰撞冲突,你应该早已把父母推得远远的,亦如我当年。

我上床打开笔记本,准备写点东西。卫生间的哗哗水声戛然而止,你裹着浴巾到我卧室门口:"妈,以后你和爸爸不用天天过来陪我,我一个人可以,我最近状态还不错。"你说,"等周末回家了,我带你玩游戏。你别熬夜,早点睡。"

如此温暖的语言,与你平时的"酷"区别甚大。大概,只是因为我走进了你的世界,听了你的游戏分享。

3. 高考前的家长会

午饭后,我收拾完厨房,站在客厅窗前向外看,雨雾蒙蒙。我只觉得疲乏。

大宝在他的卧室,门关着,不知道是否在学习。他已经连续三四天不去学校了,"别的学校高三早都放假了,"一早起来大宝便声明,"我不去学校,我就想在家里复习。"

我有些不悦,觉得儿子不省心,别的孩子都能坚持到最后,为何他不可以?老师要求学生必须在校复习,我只得硬着头皮跟老师请假。

上午,老师打来电话,确认准考证信息,又叮嘱孩子在家要规律作息、管控好手机。我把这话转述过来,大宝不屑,"你们什么意思,我都18岁了,肯定会管好自己。"

"陶老师是怕学生玩游戏耽搁最后的复习。"我解释。

"好,就算现在管住了,上大学后疯狂再玩,能管得了一辈子?你们这些家长、老师为啥不信任人……"小伙子气呼呼地说。

我本想辩解几句,发现孩儿爹在使眼色,遂转身回了卧室。"就这几天了,顺毛捋,他要咋就咋,不去学校就不去,在家能复习多少就多少。"孩儿爹跟进来说。

雨,一直下,玻璃上的水珠儿,滑落出一道道水线。我在沙发上躺了一会儿,迷迷糊糊打了个寒战。"妈妈,爸爸带我去上奥数课。"小宝说着,跟孩儿爹一起出了门。我也起身,两点半开家长会,小伙子高中的最后一个家长会,要早到。

雨淅淅沥沥,很快打湿了裤脚,我使劲攥紧伞柄,怕它被风劫走。到校门口时,只看到斜风细雨里一张张撑开的伞。我拿出手机,拍了张照片,想着以后不会再来这所学校,太远了。

教室的多媒体全屏显示着一幅鲤鱼跳龙门的图片,图片上嵌着四个大字——金榜题名。老师强调考前的注意事项,回顾走过的三年岁月;说至动情处,老师哽咽,家长掌声不断。

"明天、后天(6月4日、5日),下午1点半到6点半,尽量来教室上自习。"老师要求。

家长会结束,我迅速离开教室,从一个拐角的楼梯走下,好像不是来时的路,我一时恍惚,不知道学校的大门在哪个方向。冷风、冷雨,我绕了一大圈,一个路过的学生热心,告诉我走反了。

到家蹬掉鞋,才发觉袜子也湿了,我回卧室,换了衣服,打开电热毯,半倚在床头,支起手机刷了会儿《琅琊榜》。只有钻进热乎乎的被窝,沉浸在喜爱的电视剧里,我才觉出了生活的惬意。

"妈,家长会说啥了?"小伙子走进卧室问。

我简单地交代了注意事项,他说他都知道。

"妈,小区门口新开了一家砂锅米线,特别好吃,今天不用做晚饭了，我等一会儿请你吃米线。"小伙子说。

雨还下着，我不想再出去，可小伙子如此真诚，不能拂了他的好意。

5点多，我们出门。家里只剩一把伞，小伙子撑着，尽量地举在我的头顶上方。他一路讲着学校趣事，还不忘提醒我脚下的水洼。

到了小店，小伙子径直去柜台点餐，又给我递过来纸巾、筷子；听到叫号，他去端饭；我的米线要加醋，小伙子起身取醋瓶……柜台后的老板娘笑着说："你儿子可真孝顺。"

小伙子撑起伞，我们又一次走进雨中。望着漫天的雨雾，小伙子随口吟了一句词："莫听穿林打叶声，何妨吟啸且徐行。"

"回首向来萧瑟处，归去，也无风雨也无晴。"我接话。

雨打在伞布上"铮铮铮"地响着，伞边一圈，水帘晶莹……

4. 高考第一日：我像个没事儿人一样

2023年6月7日，上午10点，送小宝去学校后，我直接去了游泳馆。

"姐，我看到你朋友圈了。这高考呢，姐怎么像个没事人一样还来游泳？"前台的姑娘笑着招呼我，"我爸妈当年就守在校门口，比我还紧张……"

"哈哈，我会装，装得像没事儿人一样。"我自嘲。

下午单位开会，要好的同事看见我，诧异道："你咋来开会了，像个没事儿人一样？你是不是拎不清重点……""你不知情，我这完全是被逼的。回头给你细说。"我答。

高考确实重要，从去年9月，大宝升入高三起，孩儿爹便把高考定为我们家的"第一目标"；任何事，只要跟"第一目标"相撞，皆须让路。

一周前，孩儿爹几次三番撺掇我高考这星期请假："别去上班了，就待在家里好好陪娃，再给娃做几顿好吃的。"我哼哼哈哈表示这样做不妥，孩儿爹立即搬出"第一目标"原则，对我一通批评教育。

"高考那两天给小宝请假，别去上学了，咱都住到酒店。"孩儿爹说了9次。

高考前一天，周二，孩儿爹下午已早早去了酒店，住在大宝房间的隔壁。

"大宝能喝凉饮料不……"他打电话问我。

"大宝只带了一件短裤，你觉得冷不冷……"又一个电话。

"你啥时候来啊……"手机又响。

当我带着小宝趁着夜幕赶到酒店时，孩儿爹长出了一口气，先跟我罗列了一串他下午做的事情："你不知道，可把我累坏了。"他刻意地伸了个懒腰。

晚上，一家四口聊天说笑，两个小伙子又是一番打闹，喊着"胖猪""瘦猴""屎尿屁"，一会儿跳到床上，一会儿滚到地上。

"大宝状态不错。"孩儿爹悄悄说。

9点，大宝回房，说自己再复习一会儿，洗个澡就睡觉。孩儿爹把这边房间的两张床并在一起，大约2.6米宽，小宝高兴地上床睡觉，我搬出电脑坐在桌前想记点什么。"别写了，还有好些事情要商量。"孩儿爹合上了我的电脑。

"大宝明天午饭要吃'兰湘子',这虾呀肉呀敢吃不,万一拉肚子咋办?酒店二楼就是餐厅,这娃不知道咋回事,说人家饭太清淡,不想吃。"孩儿爹皱着眉头说。

我于是打开美团,搜到大宝要点的菜品,平台显示外卖中午11点半能送到,不过可能时间会有波动。孩儿爹一看到"波动"俩字,立即急了:"这可咋办,万一送不到,娃11点半就考完,外卖耽搁时间了咋办?"

"我去找大宝商量,看能不能就吃二楼的饭。"我宽慰孩儿爹。结果,大宝坚持要吃外卖:"你们整天瞎担心。"

"好好好,听你的。"我退出了大宝房间。

"陶老师在群里说要给娃们带一瓶花露水,哎呀,叫我赶紧买去。"孩儿爹又急了。老师让提前在校门口的花坛边集合,怕有蚊子,让带着花露水喷一喷。"太晚了,不用买,总有娃带着,相互喷一喷就好。"我说。

"不行,要买。"孩儿爹说着,拉门出去了。

晚上11点,我有些困了,孩儿爹还坐在桌前刷手机,"不知道大宝睡了没?叫我去看下。"孩儿爹说。一会儿,他又说:"大宝一天都不喝热水,你看这能行不?"

"我给你转过来一个高考注意事项,你看一下。"

"老公,平时咋样现在就咋样,"我开始语重心长劝慰,"咱就以平常心待之。"

孩儿爹转过头,瞪着眼:"你厉害,你睡你的觉。"

一晚上,我在迷迷糊糊中,总感觉孩儿爹一会儿躺下一会儿起来。我早上醒来的时候快6点,看那父子俩还没醒,便抱着电脑悄悄地去了一楼大厅的茶座写文章。

开头一段还未写完,孩儿爹便从电梯里走了出来,"你的文章真重要。"孩儿爹走近说。

"我醒了，怕打扰你和娃，就出来了。文章还没写呢。"我谄笑着说。

孩儿爹坐了一会儿，面无表情地走了。我继续坐了一会儿，实在没有心情再写，便回房。

我刚洗了把脸，孩儿爹端了两盘早餐上来，有蛋有肉有菜，还有一碗粥。"你用勺子搅着粥，凉得快。我去叫大宝来吃。"孩儿爹吩咐。我认真地搅着粥，大宝进来，"我早跟你说过了，我不喝粥，我就不爱喝粥；我说了我早饭吃面包喝水就行，你咋就听不见我的话呢？"大宝跟孩儿爹抱怨道。

"不吃就不吃，弟弟正等着呢。"孩儿爹笑着说。

7点20，一家四口步行去考点，早上阳光正好，不热不凉，路边三三两两的家长、考生络绎不绝，路过一个菜市场，有几个卖水果的小商贩在吆喝着。

校门口已聚集了很多人，大宝融入人群，跟他的老师同学待在一起。我和小宝上了天桥，俯瞰着校门口的一动一静。

学生排队进校，家长们陆续散开。回到酒店，我和小宝去二楼想再吃点东西，孩儿爹一个人先回了房间。等我们上去时，孩儿爹在大宝房间整理东西，"酒店有服务员打扫房间。"我说。

"大宝东西多，我不放心。"孩儿爹说着，捡起大宝扔在床下的袜子，拿去卫生间洗。

"那边房卡呢？我和小宝过去。"我问。

"就在那儿。"

"在哪儿？"

"我手机旁边。"

"没有啊。"

"你自己找去。"

大概,孩儿爹吃了枪药,把房卡扔到了桌子底下,让我一阵好找。

回房间,小宝写作业,我又一次打开电脑,孩儿爹过来时瞥了我几眼,"一早上写2000字了吧?"他腔调怪异。

我合上电脑,从包里掏出了一本小说翻看。"你还能看进去小说,佩服,"孩儿爹说,"你好好看,我睡一会儿,就出去到店里取外卖。"

"意意,咱们回吧,老师说下午可能有公开课。"小宝本来就不愿请假,听到回去,欣然同意。我遂收拾东西、叫车,出门时,孩儿爹终于开口说了句话:"到家后打个电话。"我什么也没说,也没回头,带着小宝出了酒店。

"咋被逼的?说。"刚开完会,同事便问我。

"还不是娃他爸,人家嫌我不重视高考,嫌我啥事都不干,可压根儿就没有我干的事呀。大宝说没毛巾,人家一阵风跑出去买一条;大宝说要喝维他命水,人家腾腾腾搬回来两箱,各种颜色的;大宝说酒店枕头不舒服,人家二话不说开车回家把被子、床单、枕头全部拉来……多亏我没请假,我就喜欢上班……"

"那你晚上还过去不?"

"不过去了,反正有人操心着,我就当个没事儿人。"

5. 高考第二日:此后看你渐行渐远

送你至考点,校门西侧花坛边,老师正在点名,你迅速跑过去，我赶紧打开手机拍了一张你的背影。在你一天天长大的日子，你总是拒绝我拍照，但这次你不知道，你向前跑，我落在了你的后面，我们之间的距离越来越远。

学生们排队进学校了，目送你过了安检，我站在护栏边，踮起脚，远望，却没有再看见你。

早上你吃得少，爸爸担心你饿肚子，你嘲讽我们文科生不懂科学，"肚子饿着脑袋才清醒。"你宣称。我本想用人生经验再说服你吃点，想了想还是忍住了，平时都放任你做自己，今天不能变，想怎样就怎样吧。

中午你要吃肯德基，爸爸10点半就出发去商场踩点。在吃饭问题上，你总与我们意见不合。有一段日子，觉得你辛苦，爸爸每天晚上带一个做好的海参或鲍鱼给你补身体，你浅尝辄止，说不好吃。有几次，你说不吃就不吃，爸爸拿你没办法。

想起你十一二岁时，一天我们在"徐记"吃饭，服务员推荐海参，爸爸点了4只。因为怪异的外表，你和弟弟都不吃，爸爸说这个东西老贵了，一只能换我们一桌的鱼虾。你大吃一惊，抓起海参送进自己嘴里，嚼吧嚼吧、咽了。

而现在，不管我说某个东西多好、多有营养，你若不喜欢便一口不吃。你也从来不会看在我们辛苦做的份上勉强自己一点点。有时我会因此生气，觉得你太"自我"，爸爸却说你有个性，你的"自我"是优点。

中午回来，你有点儿不开心，理综是你的长项，大概是哪里出了问题，我们也没问。高考注意事项里提过，考一门过一门，不再提，不能影响接下来的考试。昨天考语文回来，我多问了几句，想知道题难不难、作文什么题目，"想知道去网上查,别问我。"你一句话怼回了我。

你又说自己上午考试时耳朵疼,会影响下午的英语听力,要买药。我想着若不严重就坚持到考完试去看,你却说可能是上火,自己要买点牛黄解毒片吃。我说牛黄解毒片吃了会拉肚子,你不耐烦地辩解几句,"算了算了,不说了。"你低头大口吃汉堡。

大概,你也紧张、有压力,所以有时说话很冲。以往,我会跟你"一较高低",可这个特殊时期,我看到爸爸时时"臣服",在你跟前笑呵呵打哈哈,我明白应该接住你的所有。

终于等到下午5点,我和爸爸、弟弟早早等在学校门口。爸爸捧着鲜花眼巴巴地望向校园,弟弟打开手机视频时刻准备录一段你飞奔出来的视频,妈妈带着你喜欢喝的饮料夹在人群中。

5点钟的太阳依然毫不吝啬倾泻着它的炙热,爸爸和弟弟的T恤已经湿了几片。学生们一窝蜂拥了出来,家长赶上去拥抱送花,人群混乱,始终看不见你。学生散了,家长散了,只有三三两两的考生往出走,"哥哥还没出来。"弟弟都等着急了。

爸爸手机响,原来你早就出来了,此刻借了个电话打给爸爸。你站在天桥上,我们远远望着你,你似笑非笑,挥着手。

"唉,妈,考得并不好。"你说,"题不难,才没办法估出位次。"我说考成什么都可以,我们去考点门口照张相留念。你嫌热,但还是被爸爸和弟弟拽了过去。

回家路上,路过商场,你去买了两杯DQ冰激凌。你说自己不饿,直接去学校,老师让7点集合一起估分。

你下车,走向学校,背影在夕阳里轻晃。目送你渐行渐远,我想,这将是以后无数次我要体验的场景,我要好好适应。

十几分钟后,我和爸爸同时收到你发的微信:"你跟我爸好好休息下吧,一年了";"你跟我妈好好休息下吧,一年了"。

6. 高考后的五天

门铃响,大宝顶着一头鲜亮的棕色头发站在门口,娘揉了揉眼睛端详半天,礼貌问道:"请问小哥,你找谁?"小伙子嬉皮笑脸拍着娘的肩:"您老人家好好瞧,您儿子回来了,帅呆了吧?!"

"嗯,"娘说,"有些帅出天际了。"

"您老眼光不错。"大宝兴高采烈,完全听不出娘话里的讽刺意味。

此刻,小伙子化作希腊神话中的纳西索斯,伫立于梳洗镜前,爱慕地看着镜子里那个小伙子的飘飘二寸长发,"漂亮!"赞美之声响彻卫生间。

"其实,你染成彩虹——赤橙黄绿青蓝紫会更好看。"怕小伙子自我沉迷,娘适时提醒。

"这主意好,下周我再换个色。"大宝答。

娘摇了摇头,走开。

18岁的小伙子,好似笼中鸟儿终获自由,一下子飞出,停在不远处的树杈间,抖抖翅膀,再飞,又停在前面的屋顶,扇扇两翼……好像在确定自己是否有翱翔蓝天的能力。

高考结束第一晚,小伙子抱着手机打游戏至凌晨3点,第二天10点多起床,径自去银行给自己办了一张借记卡和信用卡,"我以后就是有钱人了。"小伙子用大拇指和食指夹着崭新的卡晃着、炫耀着。

"18岁就是好。"小宝一脸艳羡地说。

"那当然。"大宝嘚瑟,"我现在马上出去攀岩,还要蹦极,你小子不够年龄不能玩。"

"去吧去吧。"小宝不服气,"到时你可能就要坐着轮椅上大学了,我可不推你。"

大宝穿上新买的T恤、短裤,还给自己的胳膊腿抹了一层防晒霜,"这位小哥面若桃花、肤若凝脂,怎么长得这么好看?!"盯着眼前的小伙子,娘似笑非笑道。"你不懂,这叫天生丽质难自弃。"小伙子甩了下头发,眼珠儿向上斜挑。

晚间,大宝归家,小宝守在身旁检视,惊讶道:"竟然没残疾。"大男生拍了拍小男生的头,道:"我这是老天护佑、吉人天相,你这非人类理解不了。"

近几日,大宝顶着他飘逸的棕发,出,天高任其翔,娘不闻;入,窝床打游戏,娘不问。刚刚,娘正忙,小伙子到跟前,"妈,《瓦尔登湖》和《百年孤独》在哪个书柜?我以前草草翻过,现在想好好读一读。"娘心里窃喜,却平静道:"等我有空了给你找。"

"能看这么深刻的书,是一个人文素养极高的理工男。"孩儿爹悄悄夸道,他总觉得,儿子是自己的好,即使成绩不好的时候。

昨日,棕发小伙子第一次没睡懒觉,一大早出门,"我去了解一下附近的驾校。"他说。"好的好的。妈妈的车可以让你练手。"娘爽快回应。孩儿爹有点儿不放心,说他认识一个驾校的人,可以推荐给大宝。大宝接受了爹的建议,也去考察了熟人的驾校。最终决定报名另外一家。

"我选的比我爸推荐的那家省800块钱呢。"大宝说。

"不要只看钱数,要看驾校是否正规,教练的技术如何……"娘有些好为人师。

"我已经决定了。"

娘意识到自己话多了。在小伙子回家之前,孩儿爹已经提醒过,"我们都别参与意见,让大宝自己全权决定,即使吃亏了也不要紧,舍钱买经验,对他也是好的……"

18岁的小伙子,恣意舒展,像鸟儿一般扑棱着翅膀,是的,"他"的双翼已足够坚硬,只要想飞,也许一瞬间就会离巢万里。

千山万水之遥,娘的肉眼无法穿越,那时,就念诗吧——荡胸生层云,决眦入归鸟……

7. 等待高考成绩

从老家赶回来已是晚上,大宝说:"明天我要睡到12点,醒来直接查成绩,你们都别叫我。"结果,早上8点半,我跟孩儿爹散步回家时,大宝已经洗漱完毕。

"都别打扰我,我要打游戏平复我忐忑的心情。"大宝宣布。

2023年6月24日12点,高考成绩公布。这是一件大事,家里的每个人都显得有些兴奋和不知所措。大宝虽在打游戏,但时不时出来上厕所、接水。我和孩儿爹在客厅默不作声地翻看着报考指南,小宝在房间写作业。

家里静悄悄,少了往日放假时的喧哗吵闹。

小宝休息时建议:"咱们要不要赌一赌哥哥的分数,看谁猜得最准?"孩儿爹立即报出"628",小宝想了想说"631","好吧,我猜636。"我放下指南,参与"猜测"。

"分数最贴近的奖励50元钱。"小宝说。

10点半,小宝又来客厅,拨弄着计时器大声宣布:"大家注意,倒计时90分钟。"

时间过得好慢。孩儿爹起身,回自己卧室看书;我也要找点事做,便去书房写字。家里又一次静悄悄。

我欲挥毫,可写字的手不听使唤,一笔一画难以到位,一会儿横长了一会儿撇短了。我遂搁笔回卧室,孩儿爹在电脑上正敲着什么。

"哇,太佩服您老了,竟然有心情写文章。"我拍着队友的肩膀夸道。

"看,怎么样,我总结的过去岁月,畏缩自卑的少年岁月……你别打扰我,好不好?"队友说着推我离开。我不想走,看着他嘻嘻哈哈耍无赖。

"爸爸,妈妈,倒计时30分钟。"小宝进来,拿起我的手机,打开计时器,"两个一起计时。"一时间,耳朵里全是"滴滴滴"的声音。

11点45分,大宝出卧室,挥动着双臂呼喊:"快了,快了,宣判的时刻到了。"

"最后15分钟,"小宝附和,"哥哥的成绩马上出来啦。"

"放一曲《好运来》吧。"孩儿爹提议。两个小伙子立即响应,找音乐,开音响,一声声的《好运来》响彻房屋。电视里正播放着高考成绩发布会,一位工作人员一板一眼地读着文件,孩儿爹和孩子们跟唱着《好运来》,各种声音搅和在一起,凌乱而热闹。

"十、九、八、七、六……"小宝开始倒计时。

"你们耐心等待,我查出成绩后出来告诉你们。"大宝一边说一边飞快回了他的卧室。

12点整,计时器"丁零零"叫。小宝雀跃在大宝房门口,"哥哥、哥哥,出来了没?"没人应。"大宝怎么还没出来?"我看向孩儿爹,自言自语。

"有个过程,再等等。"孩儿爹安慰我。

3分钟过去了,5分钟过去了,大宝还未出卧室。我与队友再次对视,轮到孩儿爹自言自语:"什么成绩都是好的。"

大宝门响,"多少分?"小宝急切地迎上去问。"没查出来,好不容易网正常了,我又忘了密码。"大宝两手一摊道。

"不急不急,好事多磨。再去试。"孩儿爹说。大宝正返回卧室,"来了来了,"孩儿爹突然喊了一声,"来信息了。"

孩儿们迅速围了过来,三个人捧着手机定睛看,"总分629。"

"我儿考得不错。"孩儿爹说着,伸出双臂拥抱大宝。"哇,629,629,比我猜的少2分。"小宝也欢呼着贴过去。我也迎上去,四个人抱在一起。

"唉,至少应该是650分的。"大宝有些失望。

"已经很好了,这都是你努力的结果。"孩儿爹挺满足。

"629很好很好,咱们去吃大餐庆祝吧。"小宝总惦记着吃。

"好!"

于是,一家四口出发。

8. 游逛"高招会"

高考成绩未出来之前,我们一家四口游逛了一次"高招会",只是因为好奇,想知道"高招会"的模样。四个人散开,像逛集市一般浏览了一遍琳琅满目的"商品",会合时每人手里都有一个补习学校发的袋子,袋子里装着各种传单。

6月25日,我和大宝两个人又去了一趟"高招会","西工大校园里的高招会,都是一流学校。"小伙子强调。我跟孩儿爹汇总出拟报的院校,按"冲、稳、保"顺序排好,大宝过目后说不错。心仪的地方是上海、广州,喜欢的专业是计算机类信息类等,如此条件,符合的刚好凑够6个。

从西工大南门进去,一条南北大道,两旁粗壮的悬铃木郁郁葱葱,树下两排都是各地来的高校,人来人往,熙熙攘攘,每个"摊位"前都围满了人。

每到一个吸引人的"摊位",大宝就让我在路边等,他挤进人群去咨询,完后再告知我录取的概率、专业的情况等。虽有树荫,但太阳光总会从空隙倾泻下来,在如织的人群里散播着热气。

"华南理工作为保底院校没问题可以保,中山大学我有很大概率能被录取,"大宝说,"我再去看看别的……"小伙子很健谈,每一个他感兴趣的"摊位"都会驻足10分钟以上。

中午12点,大宝建议去校门口吃顿好的,歇一歇,再接着逛。如此兴致,我只能附议。出校门,过天桥,"前面有家外婆印象。"大宝说。

一点多再回到"集市",人明显少了,小伙子开始了更详细的二次咨询。离开华南理工的"摊位"时,小伙子瞅了一眼旁边的"天津大学",一位看起来年龄稍大、像个领导的老师问大宝的分数和位次。两人聊得投机,几个来回之后,大有"相见恨晚"之情。这次谈话持续了半个小时,走时,那位老师让大宝加了他的微信。

"你不是坚决不去北方的学校吗?"我不解地问。

"如果能上最好的专业,也可以考虑。"大宝答。

逛累了,大宝让我坐在路边长凳上休息,他一个人又巡游了一趟,回来时带了一杯冰茶递给我。

"妈妈,你当年如果上大学,会报什么学校?"小伙子坐在我旁边,没来由地问了一句。

"第四军医大学。"我不假思索道。

"为什么要学医?"

"救死扶伤是我的理想。"

"6!"小伙子说,"那你为什么没上?"

"爷爷说女孩子当老师好,早早上个师范,铁饭碗就有了。"

"哦……"

我们并排坐着,沉默了一会儿。眼前三三两两的人走过,"集市"快散了。

"别跟我说话,我不喜欢你选的专业,我不想听你的。"一个尖厉的声音从身后传来,转头,看见一个中年男人正讪笑着跟旁边的女孩儿说:"好好好,不听不听。爸爸这是为你好……"

"真厉害。"小伙子点评,起身,"我们走吧。妈,你先回去,我跟同学再去逛逛。"

走出树荫，太阳烤着大地，热……

9. 填报高考志愿

6月27日，大宝的高考志愿终于提交了。

从成绩公布到填报志愿的近三天，我们每天都处在一种难以言说的不安定中，有点儿兴奋、有点儿焦灼、有些释放、有些困顿……总之，每一天的每一个时刻心里起起伏伏都是志愿。

不安定导致冲突时起。前晚，朋友介绍一位报考专家，小伙子和他爹去聆听指教。这一去至零点未归，我在微信里发了个问号，孩儿爹迅速回复一长串的大哭表情，说小伙子怼他、气他。大约40分钟后，听见门响，我赶紧出卧室看，大宝面无表情地走过我身旁，"砰"一声，回了他的卧室；孩儿爹瞅了我一眼，沉默地去了卫生间。

"我觉得他的分数报华工有些亏。他说我不懂，别瞎指导。"睡前，孩儿爹幽怨道。我安慰他别跟亲儿子计较，儿大不由爹。

睡得晚醒得早，5点多，我悄悄起床，孩儿爹也起来，一开口就是报志愿的事。得知我要监考一整天，孩儿爹的第一反应是："请假吧。""不行，前天的研讨会，我都全程请假了。再不能请了。"

一上午的监考，孩儿爹发给我三份文件、打了六个电话，都是关于报志愿的相关信息。小伙子给我打了两个电话、发了一份他整理的拟报志愿。中午，我约了一个有经验的同事聊天，他的孩子去年考大学，对高考志愿研究得比较透。

其间，小伙子又发了一份更完善的文件；孩儿爹微信询问数次"怎么样""张老师怎么说"。小宝打电话让我给老师请假，他下午和哥哥待在家里，不去学校。

14点整，下午的监考开始，我站在黑板前，学生们埋头答题，屋顶的风扇"呼呼"响着，我开始哈欠连连，上下眼皮像正负极一般时不时粘在一起。

16点，一天的监考结束，我觉得自己好像得了软骨病，一点儿力气都没有了。回家踢掉鞋立即上床躺平，"妈妈，我把想报院校的所有专业等级都查了一遍，你要不要看？"大宝进来说。

"我睡一会儿起来看。"

"妈妈，哥哥给了我一本《西游日记》，可好看了，有几段特别搞笑，我读给你听。"小宝捧着一本书进来。

"妈妈睡一会儿起来听。"

迷迷糊糊中，小宝又推门进来，"妈，6点半了，我都饿了。"我拿起枕头边的手机一看，唉，时间过得真快。"妈妈有点儿累，你看有没有什么零食，先吃一点儿。"我抱歉地跟小宝说。

"那我给自己煮意大利面去。"小宝高兴地出去了。

好像听见了我跟小宝的对话，大宝踅进来："妈，我要订外卖，你要吃啥？"

"不要了，我等一会儿起来再吃。"

晚8点，孩儿爹回家，大宝打印了两份他做的志愿汇总表格，三个人开始了新一轮的讨论。

"后面报的志愿，应该把梯度拉开。"孩儿爹强调。

"第二个就录取了，后面的就是凑数，拉不拉开无所谓。"

大宝说。

"厦大、川大保底不行,万一有什么不可控因素,会滑档。"孩儿爹坚持自己的想法,"把西电写到第六志愿,以确保万无一失。"

"本来就万无一失,我不想写西电。"小伙子冷冷道。

孩儿爹还想说什么,我悄悄拽了拽他的T恤。开始看专业,"机械类放在最后吧,昨天那个专家也说了机械类不大好。"孩儿爹又开腔,我赶紧附和:"对的,妈妈同事张老师也建议把机械类放最后。"

"我已经放在第四个了,这个机械类里面的专业跟你们说的有区别,有智能机械专业,而且是本硕连读,录上也是赚。"小伙子总有理。

"你确定把华工放在天大前面?你确定不去天大?天大要比华工排名靠前多了……"孩儿爹在此处有些纠结。

"你为什么老是看不上华工?"小伙子质问他爹。

"我啥时候看不上了?"孩儿爹脸色一变,眼里的火星儿瞬间就要冒出。我赶紧打圆场:"哪里是看不上,爸爸只是让你再想想,明显地天大在学校、专业各方面更胜一筹。"

"但我现在不想去天津。"小伙子说。

"我跟爸爸只是建议,最后的决定权在你自己,你只要想好了,怎样都行。"

"冲突"算是平息,三个人又捋了一遍学校、专业的顺序和代码。

小伙子打开电脑去填写志愿了,孩儿爹刷着手机,总有各种报志愿的小视频声音响起。

今早上班前,"我再问最后一次,志愿提交成功了吧?"孩

亲子同舟 **081**

儿爹问。

"我检查了,确认了,肯定没问题。"我信誓旦旦道。

"我以后再不管这些事了,我以后啥事都不操心了……"孩儿爹似乎下定了某个决心。

小宝上学了,孩儿爹上班了,家里又一次静悄悄,我坐在书桌前,准备记录些文字。大宝推门进来:"妈,去看电影不?听说《消失的她》挺好。"

"我有事,你去吧。"我说,"对了,老师在群里通知,12点结束报志愿,让你们再检查下。"

"没问题,我刚看过。"小伙子走到我跟前,似笑非笑,"妈,你现在是不是有点儿悲伤?"

"悲伤啥?"我不解地问。

"两个月后,你儿子就远走高飞了,你见不到了……"小伙子眉飞色舞。

"这呀,我高兴还来不及呢,少一个儿子在跟前,别提我有多省心、多开心……"

小伙子蜷起右手中间三指,竖直拇指和小指在我眼前晃,笑嘻嘻说了一个字:"6!"

10. 送儿上大学

早醒,悄悄离开卧室,推开客厅阳台的玻璃门,大雨。站在广州这座酒店的26层高楼上,眼目所及之处,高高低低的楼房,都在蒙蒙的雨雾里。灰色的云,像缥缥缈缈的士兵队伍,在天空前行。马路上有零星几辆车,车灯闪闪烁烁。

儿子说我流年不利,今年不宜出门——去北京,逢暴雨;

来广州，遇台风。好不容易预约到"升旗"，天安门景区封闭；一早承诺带弟弟上广州塔，结果暂停营业。极端天气，不宜外出，于是，我们四个坐在床上打扑克牌。

儿子到学校报到的日子，学校通知9月2日、3日新生到校。可因"苏拉"（台风）虎视眈眈，手机里的预警信息不断。儿子果断决定提前一天去，9月1日早，收拾东西，绕路朋友处取回儿子提前寄过来的行李，一行四人直奔学校。

宿舍在一楼，儿子是第一个到的。俩月未住人，宿舍脏乱，桌、椅、床板上都是灰，还有好些蜘蛛网。儿子说这宿舍条件简直不能和他高中的比，爸爸接话"好大学的宿舍都一般，因为要把资金、精力放在教学育人上"，这瞬间胡诌的本领真强大。

行李搁在宿舍门口，儿子要先去办什么校园卡、取他网购的床垫蚊帐等。孩儿爹去宿管处借来拖把、抹布，我们一起动手擦洗。想起很多年前，我们上学住宿舍，8个人，上下铺架子床，当时觉得挺好；现在儿子宿舍住4人，上铺睡觉，下面是桌椅，如此好的条件，我们怎么却觉得有点儿简陋？孩儿爹说这可能就是比较的结果吧，由"俭"入"奢"易，由"奢"到"俭"难，一个理。

经过我们的打扫，宿舍算不上窗明几净，但看上去清爽了许多。儿子把行李一件一件安置好，我们去校园吃了顿饭——重庆小面，据说是毕业十多年的学生创业开的店，所有盈利都捐给学校，还给学弟学妹提供勤工俭学岗位。儿子很高兴，对于面和小吃给予了高度肯定。

学校大，有定点停放的共享单车和电动车。儿子扫了辆电动车，带着弟弟"风驰电掣"，这成语是弟弟说的，他嫌哥哥骑得太快，宁愿走路。我们到图书馆楼前，儿子带我们进去，每一层轻轻走过，不能打扰正在学习的人。前一天，我们参观了老校区的图书馆，当时就被那种肃穆安静所震撼，儿子说鞋底发出的声音都会让人觉得不好意思。在一处旧杂志书架旁，弟弟随手抽了本，坐在沙发上认真读了起来，孩儿爹路过悄悄拍了张照。

走出图书馆时，雨下大了，时而吹过的风几乎要拽走伞。我们决定回住的公寓，按照计划，这是我们一家四口在一起的最后一个晚上。住在广州塔附近，是为了夜游珠江方便，广州塔不能上，我们在塔下走了一圈，因为弟弟说这个家只有他没上过广州塔，他得离近瞧一瞧。

虽有风有雨，儿子还是建议大家出去逛逛，只要赶 10 点前（预报 10 点"苏拉"可能登陆）回来便没事。我们坐地铁到天河城，上上下下逛商场，孩儿爹出门不忘工作，看到人家的优点便拍照学习。至 7 楼，随意走进一家泰国餐厅，竟有了意料之外的欢喜，儿子们对饭菜极其满意；离开时，服务员还送了我们两包自制的泰式虾片，儿子们喜欢吃。

晚上打了会儿扑克牌，儿子们总是精神，我却哈欠连连、眼睛倦涩。

雨继续下着，不知今天的航班会如何。在这样的大风大雨天气，我们将留大儿一人在这个城市；以后的四年，他都会以这个城市为"家"。

此刻，哥俩儿还睡在卧室的大床上，一人占一边，中间留出大大的空间。我悄悄关了他们的空调，把窗帘透光的地方遮盖严实；我听到了兄弟俩轻微的鼾声，不知道他们有没有做梦……

11. 离别

2023年9月2日，我原以为我们会在酒店和大宝分别，三人去机场，一人回学校。可孩儿爹改变主意，我们和大宝一起回学校。

头一天送大宝进宿舍时，有工人在安装风扇、灯管等，我们即撤出。再次回来，宿舍已来了两个男生，一个河南的，一个东莞的，他们的床已铺就。孩儿爹和大宝立即着手干活，铺床容易，搭蚊帐有些复杂。对于从没有用过蚊帐的父子俩，看着视频，对着长长短短的金属管，一阵捣鼓。

宿舍小，我跟小宝插不上手干活，索性去校园逛。这天是新生正式报到日，校园路上家长、学生络绎不绝。我扫了一辆电动车，小宝蹲立在前，我们慢慢骑行，把整个宿舍区十四五栋楼转了个遍。路过便利店，小宝给哥哥买了瓶冰饮料。

回到宿舍，孩儿爹正在上铺装蚊帐，光着身子，前胸、后背都是汗珠儿。我一时没忍住笑出了声，孩儿爹狠狠地瞪了我一眼。大宝在床下忙碌，T恤也湿了一大片。蚊帐的支架到位，大宝也爬上床，跟爸爸一起套帐纱、挂布帘。

铺床时，孩儿爹抱怨买的床单太光滑，不能铺平整。大宝说是自己网购的，他看着评分挺高。孩儿爹半跪在床上，用手前后左右地抚平床单，又给枕头套上枕套，把一个多余的靠垫置于床头……

"你看爸爸，在家可从来没铺过床。"我跟孩儿们说。

"这事还是我妈在行。"大宝接话。

"不容易啊，终于知道了妈妈的辛苦。"我膝盖不好，爬上爬下不方便，他们只让我坐着指挥。

安顿好大宝，孩儿爹想在校园里转一转再走，可雨下大了。大宝打开导航，叫车直接送我们去机场："提前走，天气不好，以防高速封路或堵车。"

在这所985高校的北一门，我们一家四口等网约车，雨打在伞上"嗒嗒嗒"地响着。兄弟俩还在打闹，哥哥说"等我过年回来，你这头猪就该130斤了，刚好剁吧剁吧包饺子"，弟弟怼曰"那时你肯定也成胖猴了，进不去咱家门……"

我叮嘱大宝，等一会儿我们走了，他回去洗个澡，把T恤换了，这件都快臭了。大宝嬉皮笑脸，说他不嫌臭、不洗澡……

"以后没人帮你洗衣做饭，你臭死也没人管。"我笑骂。

车到，大宝打开后备箱，把行李箱和背包搁好。我们隔着车窗说再见、寒假见。小宝摇下玻璃，大宝拍了拍弟弟的头："不会打游戏的时候，千万别想我啊。"

雨时小时大，在车前玻璃上点出朵朵小花儿，却在一瞬被雨刷抹去。孩儿爹不语，大概是累了。

一个多小时后，我们到机场，雨还在下。托运了行李、打印了登机牌，我们在机场的"遇见小面"吃饭休息；孩儿爹打视频给大宝，大宝正在桌前捯饬他的电脑架，信号不稳，没说几句便断了。

登机坐定，我拿出手机给大宝发信息。坐在我左右两边的孩儿爹和小宝探过头来看，我打了一行字："赐：我和爸爸、弟弟已上飞机"，突觉鼻头发酸，扶了扶眼镜，继续写。小宝却转身看向窗外。我写完，点了发送，关了手机。然后双手遮面，有泪横流，听到孩儿爹在身旁重重地吸鼻子。

我从包里翻出纸巾,递给了孩儿爹。小宝脸贴着窗,窗外灰蒙蒙,只能看到玻璃上不断流着的雨珠儿;小宝的身体微微抽动,有那么一小会儿,我听到了他呼吸不畅的抽噎。我塞给小宝几张纸巾,他始终面向窗子,不回头。

孩儿爹拍了拍我的肩膀,打开了他提前下载的手机视频。纸巾用完了,随身的小包里没有,看我时而用袖子抹脸,孩儿爹起身去货架取另一个包。他刚站起,空姐立即走了过来,要求系好安全带,飞机在滑行……

很多很多年前,我上初中,在另一个乡镇。那时候的寒假总是开学早,元宵节前就要到学校。年没过完,春节的气息还在,我却要离家。每年开学的前一两日,我都偷偷哭很久,趴在课桌上会哭,坐在宿舍会哭……我从未跟父母说起过。隔着长长的岁月之河,我想起了那刻,一模一样的感受。

1996年9月,父亲送我来西安上学,扛着被褥、行李,安置好之后,父亲当天离开。我不知道父亲一个人坐车回去的路上,有没有什么别的感受。我仔细想了想,我没有因父亲的离去而伤心,也没有因离家半载而难过……

飞机落地咸阳机场时,已近晚上9点,我打开手机,看到了大宝的回复:我也爱你们。回家路上,小宝要给哥哥转钱,说是打牌欠哥哥的150块钱现在就要付,让我先给他,他回头现金还我。

睡了一夜,早起,孩儿爹做的第一件事是打开手机查看广州天气。"还是有雨。"孩儿爹说。

"你打电话问问赐在干吗?"我提议。

"还早,让娃多睡会儿……"孩儿爹喃喃道。

亲子同舟 087

代沟

大宝来上海，是因为抢到了什么BW漫展的VIP票，自言是他蹲守电脑前拼手速得来的。当知道我抢了几天的天文馆门票都未果时，小伙子直言老人跟不上时代。

大宝看的什么展，我不懂，只见他晚上回来带着数个印着漫画的纸袋，背着款怪异的小包，包里有一些我不懂的小玩意儿，还津津乐道自己排队4小时等了一张签名卡。

"你看，COSER，展会上的COSER非常多……"出行的地铁上，大宝悄悄地跟我说。我并不知道他所谓的COSER是什么意思，我只看到一个披着长长白发的姑娘，穿着夸张另类的服装。

一旦讲起BW，大宝立即眉飞色舞。"你都不知道，年轻人的世界是什么样。"他总会以这样的话开头，"超多人，同道中人，见面都是哥们，太美了。明年我还要来，省吃俭用也要来……"

逛南京街时，小伙子每发现一个"同道中人"，都会悄悄指给我看，标志是同样的手环、小包、纸袋等。在商场，他带我和小宝去逛手办店，热情地给我俩讲他喜欢的手办，小宝不懂，很好奇；我也不懂，装着好奇。

逛累了，看到不远处有家星巴克，我让大宝帮我买杯卡布奇诺。结果，小伙子直接端回两杯瑞幸的橙C美式："你尝一尝年轻人的咖啡，便宜又好喝。"

我尝后咋舌，这味道，有点涩，有点酸，有点甜……没有咖啡的浓香。我遵照大宝的建议慢慢喝，一小口一小口，到后来觉得还好，后味挺醇。

"人就是要各种尝试，你从来不喝瑞幸，说不喜欢不适应。你看，尝过了，也不错吧？你要打破传统，要敢于尝试新鲜事物……"小伙子总逮着机会"训话"。

商场有几家主题餐厅，其中"柯南"主题的一个月内都没有位置，大宝直感慨，大上海就是不一样，联名餐厅真赚钱。有一家主营"时光代理人"，大宝也喜欢，门口凳子上坐满了排队的年轻人，一半是大宝的"同道中人"。大宝咨询店员，被告知下午5点才能排到号。

两个半小时的等候过程中，我们一起逛了对面的商场，给小宝买了些小零碎。一路上，大宝见缝插针跟我普及：《时光代理人》是一部动画，悬疑推理，特别棒；和你喜欢的《解忧杂货店》一个水平，不，超出了东野圭吾的很多故事……等一会儿我给你看，你一定喜欢……

5点钟的主题餐终于等到了，大宝直赞精致、美味。只是量少，两份套餐，小宝三口两口光盘。大宝把他的耳机给我，用他的手机播放《时光代理人》，他断定我一旦看进去便放不下。我没敢说，看了10多分钟，我却一直没有进入故事中去。

"回酒店了你拿电脑看，真的非常好。"大宝强调。我虚心接受着小伙子的建议，我能做的也只有当下的虚心了。

大概，代沟就是这样产生的：年轻的人，不屑于回到"传统"；年长的人，理解不了"时尚"。橙C美式是不错，大宝说生椰拿铁更好，我说我改喝茶了；《时光代理人》大概真的棒，但我宁愿再看一遍《白夜行》……

写这些文字时,我百度了COSER、BW,我知道,于大宝,它们是火热的光体;于我,它们是冰冷的词语。

"沟"已在侧,我们已分属两岸,不能强求同行;而我只想,远远看着大宝的欢喜,保持尊重。如果每一个早晨或者晚上,能够彼此看见,隔岸问个好,也不错!

"出门"与孩子的成长

意意说他哥是"社牛",出门在外跟谁都能搭上话。坐个出租车,跟司机聊一会儿天,需要的信息都获得了。而意意稍显内向、胆小,能不开口跟人说话,就不开口。他哥给意意贴了个标签——"社恐",意意只是笑。

哥俩在上海的几天,基本都是哥哥在张罗出行的各项事宜。也因为哥俩时时在一起,哥哥有了不断使唤弟弟的机会。最开始在酒店,哥哥吩咐意意打电话给前台问个什么事,意意推辞说他不知道拨哪个号码、也不知道怎么说。"你这笨猪。"哥哥骂了一句,"看着,我给你教。"

第二次,哥哥便直接指使意意打电话沟通。大多数时候,意意是不愿意的,但迫于哥哥的"淫威",他不得不做。

出去逛,哥哥也时不时指使意意买东西、问路,意意被逼上阵,因为他常有求于哥哥。如果按照哥哥说的做了,哥哥就会教他打游戏、跟他一起看视频。

有些事,意意不会主动尝试,上学的日子,他也总是默默来默默去,连老师都觉得意意有点儿内向。有一次,意意去驿站取快递,零碎好几个,骑着自行车没办法拿。意意非常艰难地一只胳膊搂着包裹,一只胳膊推着自行车回到家。"为什么不找驿站叔叔要个塑料袋,全装在一起?"我惊讶地问意意,他跟我取过快递很多次,如果多,不好拿,驿站工作人员会给个袋子,或用胶带把包裹绑在一起。"我没要。"意意不好意思地笑了笑。

"一定要开口,要寻求帮助。"我叮咛意意多次。有收效,至少在取快递这件事上,意意主动了一些,但别的方面没有大的变化。

出门这些日子,在哥哥的威逼利诱下,意意渐渐地由"被动"到"主动"。离开上海时,我们与哥哥分头行动,我和意意一队,到虹桥站,跟着人流,却一直没看到高铁的指示牌。意意看到不远处保安,让我原地等候,他跑过去问路。"妈妈,往前走,上二楼,就是高铁站。"

到北京,看到夏令营的通知,营地早晚有温差,要给孩子带件长袖衣服,我们只有现买。查地图,在九龙山站下地铁,出站是商场。意意按照标识牌带我直接到儿童服装区,很顺利地买到了一件合适的衣服。

商场很大,买完衣服,下到负一层,到处找不到地铁方向。意意又一次开启了"问路"模式,饮料店的姐姐,小吃店的阿姨……问了三个人,我们才到达地铁站,意意拿着手机直接去买票。

晚上无事,因为提前预约了第二日的升旗,我们想晚上去"勘察"下地形,确定一个好位置。从天安门东出地铁,一到地面,人山人海拥向地铁站入口。我们面前护栏重重,已经不能走近了。于是,我和意意就趴在栏杆上,看远处灯火辉煌的天安门,听喷泉的音乐,用手机远远地拍了几张照片。

我有些累,想回,看着拥向地铁的人流,心里直打怵。意意拿过手机,说要查一查有没有公交。果然,52路能直达。我急忙在微信小程序搜索北京公交,终于出来一个二维码,上车扫码时被告知不能用。车上的管理员说要用支付宝,意意跟着管理员操作了一遍。到站后,还有500多米路才能到酒店。天黑,我半天看不懂步行导航。意意拿着手机让我跟着他就好。到一拐角处,不大确定路线,意意迅速跑过去看:"就是这条路,酒店在前面。"

我问意意怎么这么能干,什么都会。意意说,那还不是老哥逼的。

睡前,孩儿爹来电,聊天中,孩儿爹问意意从上海到北京都看了哪些景点。我说看景点倒在其次,出来八九天,意意的成长简直是瞬息千里。

孩子的消费观

1

周六，小宝夏令营结束。因航班起飞延迟，到咸阳机场已近晚上7点。我跟孩儿爹到达出口，儿子跟一个工作人员走来，看见我们，圆嘟嘟的脸上挂满了笑。

孩儿爹半个月未见小宝，欣喜地冲过去想把儿子抱起来，可惜没抱动。

小宝说，他们中午12点半就到首都机场了，每个孩子的时间不一样，他4点走，还有两个孩子的飞机在晚上。孩儿爹提议去吃饭，小宝说他不饿，在飞机上吃过了。

"你午饭吃的什么？"我问小宝。

"没吃。"小宝答，"我包里有几颗水果糖，在机场买了瓶饮料。"

"你是说早上8点吃过早餐后，你一直饿到下午5点多？"

"是啊。"

"为什么不买饭吃？"我有点儿心疼。

"妈，你是不知道首都机场的饭有多贵，我才不想花这钱呢。"小宝说，"我们夏令营的一个同学，点了碗拉面，我问多少钱，他说67，咱们门口的面馆才卖15块。"

"小宝，饿了就买，别管价钱，身体的需求最重要。"孩儿爹开着车,见机教诲。

"不要紧,我垫了点儿零食,不饿,我知道上了飞机就有饭。"小宝身子凑前,跟他爹说。

"妈,还有一件事,"几天不见,小宝成了话痨,"我那个同学,就是吃面的那个,他剩了一半的面不吃了。我问他67块钱的面为什么不吃完,他反问我67块钱跟吃完有关系吗,我说当然有关系,他却说没关系。我就不理解,怎么没关系了,点了这么贵的面为什么不吃完……"

我随口冒出一句话:"你是不是想吃他剩的面?"

"不是,不是,"小宝连忙否定,"我只是想不明白,他点了不吃完,还说没关系。"

"那可能,他的胃告诉他'我饱了、撑了,不能再吃了',他听到胃的声音,就选择了'剩饭'。其实,你的同学做得挺好,他照顾到了自己的胃、自己的身体,没考虑钱。"

"如果他的胃吃不了那么多面,他可以跟我一样买点零食垫一垫,这样就不剩饭了。"小宝还是有点儿想不通。

"可能他的胃在那时那刻就想要面,胃也不知道它需要多少,要是把剩下的全吃完,胃会不舒服。你觉得,是选择胃不舒服还是剩面?"

"那只能剩面了。"小宝说,又强调,"如果是我,肯定不剩饭。"

"你是大胃王啊。"

2

晚上跟小宝散步时,又聊到这一话题。

"假如再一次到机场，你很饿，机场的拉面 67 元一碗，你会不会买来吃？"我问。

"不会。"小宝斩钉截铁道。

"为什么不优先照顾自己的身体？"

"我是节俭的孩子。"小宝说。

"节俭？"我有点儿惊讶，我们的对话中从来没有用过这个词；而且，我一直觉得小宝对金钱没有大的概念，难不成是"上行下效"？

他哥，大宝同学前一周从上海飞回，说是虹桥机场的一份饭近百元，还吃不饱，他就忍了俩小时。我当时还打趣道："一张漫展 VIP 票，500 多，你眼睛眨都不眨。笔记本，上万，你丝毫不犹豫。这一份饭 100 元，竟然舍不得？"

小宝很赞同哥哥的做法，一份饭 100 元，太贵，不吃是对的。

这是"节俭"吗？

之前送小宝去夏令营，怕营地气温低，我带他去商场买外套。在第一家店试了一件，小宝说挺好，买了。我本来还想转一转，因为这件新品不打折。我提起这事，小宝解释："因为我喜欢那件外套，况且，外套是必需品。"

小宝补奥数的机构附近，有一家比萨店，小宝特别喜欢店里的意面和洋葱圈；昨天下课 11 点 10 分，小宝打电话说好久没去过比萨店了，他想吃完饭再回家。

"机场的拉面 67 元舍不得，可你一个人的午饭花了 98，怎么舍得的？"

"妈妈，这是不一样的。"小宝振振有词，"意面、牛排、洋葱圈都是我最喜欢的。"

小宝强调的是"喜欢",意思好像是喜欢的东西贵点没关系。而机场的拉面没有非常喜欢,便宜的话,可以选择;稍微贵点,就放弃。

　　但是,我还是想告诉孩子,在机场或者类似的地方,如果饿了,有时是可以"高价"买一碗面的,不能让身体受罪。

　　"不,我才不买。"小宝说,"反正我肉多,饿一饿挺好,还能帮助我减肥。"

畏缩背后

情景一

带儿子去面馆吃饭,点餐后一会儿一碗面上桌,儿子说妈妈先吃。几分钟后,另一碗面还未送到,我跟儿子说:"你去问问服务员阿姨怎么回事?"

"不用问,人家肯定正在做,按顺序排着呢。"儿子答。

又过去几分钟,我的面已吃了一半,邻桌比我们来得晚的已开吃。我喊来服务员说明情况,服务员看了单子后直道歉,说是漏掉了,赶紧去跟后厨说。

"你看你,让你早问,你就是不去……"我数落儿子。

情景二

儿子说他做的数学思维导图需要塑封,要去小区门口的打印店。下着小雨,儿子把作业装在一个大塑料袋中,骑车出去了。

十多分钟后,儿子回来,我让他收拾收拾洗澡睡觉。儿子说他还得出去一趟,刚才没塑封。问原因,答:他平时塑封 A4 纸是 2 元钱,今天是 A3,他以为就是 2 倍,只带了 4 元钱。结果,店老板说 A3 塑封是 5 元,他回来再取一块钱。

"店老板让你回来取钱的?"我问。

"没有,我先问了价格,然后自己回来取。"儿子答。

"你为什么不先赊着,明天出去再顺便给他?"打印店老板跟我们挺熟,人也和善,如果他知道儿子钱不够也会塑封的。可儿子什么都没说,直接回家。

"或者你也可以告诉他,你只带了4块钱,看老板怎么说。一句话的事,为什么不争取一下?"

我有些生气。晚上时间本来就紧张,这还跑出跑进两趟……

儿子不吭气,拿了一元钱出去了。

类似于以上场景的事儿还有很多。一次自行车出了点小毛病,儿子宁愿一路推回家也不寻求帮助;在驿站取快递,有时七零八碎小东西多,他抱回来很费力,也没有想着问驿站要个袋子装着……

儿子从小内向胆小,很多事情,只要他觉得有"风险",一定退避三舍。两三岁时在游乐园玩,假如他正开着一辆小汽车,别的小朋友想要,他会立即起身让出。如此种种,我有时会跟他讲讲小道理,但从不强迫。

随着年龄增长,儿子勇敢了好多,我曾写文章提到过,今年暑假去北京他一路带领我,问路、查地图、坐公交、乘地铁等等。

可,似乎随着孩子年龄的增长,我对他的要求也相应提高。

因为我说了孩子,孩子爸爸拉我进卧室:"你给娃好好说话,教会娃就行了,那么急干啥?"我说我就是在教他、告诉他怎么做。

"哪里是教？你明明是在指责、在批评。"

我想了想，我的确有些生气，因儿子的行为。生气的时候，说出去的话一定带有情绪，我自以为是"教"，而"生气地教"就是指责、批评。

我想起了我的"畏缩"。

我静下来想了想过往类似的事件以及我的反应。我发现自己对"畏缩"两个字特别敏感，看见"畏缩"就会有情绪。

在进一步的梳理中，我察觉到，孩子是我的一面镜子，我总能看见"畏缩"，因为"畏缩"在我这里；我对孩子生气，其实也是对自己不满。

我小时候，上学要路过一户人家，因人家骂过我，我每次上学，哪怕要迟到了，都要绕得远远的，走另一条路到学校。

我上初中时，因为弟、妹在教室打架被叫家长，父亲狠狠打了弟、妹一顿，我很伤心，遂给弟、妹的班主任写了一封信，想让她有事不叫家长。后来这个班主任带话让我去学校一趟，她了解下情况。我硬是不敢去，最后就是没去。

大学时的假期，在城中村租了一间房，交了订金100元。后来，学校宿舍可以申请住宿，住宿舍更方便。可要不要那100元订金，我纠结了好久，最终没去。那会儿我的生活费一个月200元。

太多了，这样的事情举不胜举。

每每想来，总有懊悔和遗憾，觉得自己"畏缩"。我去见见弟、妹的班主任又能怎么样，最差就是挨批，也不少我什么；我去要回订金，即使房东不给，至少我为自己争取了，不留遗憾……但我什么都没有做。

所以，当我看到孩子的"畏缩"时，埋藏在我心底的"畏缩"被唤醒，同时带出了懊悔和遗憾，再往下深挖，还有对自己的诸多不满。

我是因为不满意自己，才会不满意孩子！

当看到这层的时候，我对孩子的"畏缩"一下子释然了，一直紧绷着的某条神经松动了。

那么，我只管着眼于自己的"畏缩"，抱抱多年前那个胆怯的女孩，给她勇气和力量。至于别的，慢慢来吧；看见了问题，问题便不再是问题了。

不懂，但喜欢

意意脚崴了，妈妈带意意去中医馆针灸，随手带了一本新一期的《读库》。意意没有带书，扎上针后闲得无聊，他怂恿妈妈看手机，把《读库》让给他。

"《读库》是大人的书。"妈妈说。

"不要紧，我就翻一翻。"意意如愿拿到了《读库》。

从中医馆回来，意意继续看《读库》，午饭后，书还在手中。一直到下午4点，意意把《读库》还了回来，并问妈妈其他的《读库》在什么地方。妈妈随手把《读库》订阅套餐里的另一本书递给了意意，书名《奔袭》，记述的是发生在近半个世纪前的恩德培机场救援行动。

《读库》属综合性人文社科类丛书，强调非学术、非虚构，探究人与事，追求趣味、品位和思想深度；"摆事实不讲道理"为其特点。故，读库不发表文学作品，不重视故事情节。

妈妈觉得这样的书对孩子来说，深且枯燥。比如2401（新一期）《读库》，前面三篇文章《听妈妈的话》《两代人的战争》《婆婆》均出自女性作者之手，内容是亲子关系与家庭关系，涉及历史、政策等问题。意意平时不大接触这一类书籍。

第四篇《在五所大学当老师》，纪实性地叙述；末篇《语言争霸》，趋向专业，妈妈都没有兴趣看下去。可意意读完了整本《读库》，又加班加点读完了《奔袭》。

"你能看得懂《读库》里的文章吗？"妈妈问意意。

"有一些看不懂。"

"不懂还看,那不白看吗?"

"不白看。虽然不懂,但我很喜欢啊。"

"看不懂,但喜欢",这是意意第二次表达这一观点。在妈妈的意识里,如果一本书看不懂,大概率是不会喜欢的。孩子可能不一样。

意意9岁的寒假,偶然从书柜的旮旯角发现一套古龙的书,有《小李飞刀》《萧十一郎》等,然后用10天的时间读完了这一系列。妈妈问过意意多次"能读懂吗?"意意的答案都是"不懂,但很喜欢"。妈妈猜,古龙文字的简洁、有力、诗意化,孩子读来可能会觉得有趣,那,懂不懂故事倒不重要了。

那时,妈妈认为孩子还不到看武侠的年纪,后来把家里的古龙、金庸都藏了。但意意说的话,妈妈记在了心里。

有些书,孩子读来蒙蒙眬眬、似懂非懂,但他就是喜欢,可能是书中自有一些东西在吸引着孩子。如此看,写给孩子的书不一定非得"低就"儿童的认知水平、语言层次,不用把故事都写成"米小圈""马小跳"那样。

因为,儿童的感受力是一流的,好的文字好的故事,即使看不懂,也不影响他的阅读。这大概是意意所说的"不懂,但喜欢"的缘由吧。

谁的大雁塔

——聊聊作文

1. 谁的大雁塔

我下班回家时,意意正在电脑上操作着什么,随后,打印机响。"我给自己打印了一张大雁塔的介绍。老师布置作文,要写一个名胜古迹。"意意说。

晚饭后,我翻看了一下意意的作文本,大雁塔一篇确实是从百度搬过来的,什么位置、年代、历史变迁等一应俱全。

"意意,这篇大雁塔是谁写的?"我问。

"我呀。"意意答。

"可从头都尾都是客观的讲述,'我'在哪里?"

意意不大明白。

"大雁塔多高多宽、建于什么年代、经历了多少朝代等,这些是'客观事实',历史书上都有,百度百科里也有。写'大雁塔'需要把这些'客观'介绍一下,但如果都是'客观',你的作文就没有价值和意义了。这时候就要加一些'主观'的东西,把'我'写进去。

"比如,我们上次吃的茅台冰激凌,白色、圆球状,这是它的客观事实;你尝了一口,觉得辣,酒味冲,不好吃;而妈妈觉得酒味中有一丝甜,冰冰凉凉很美味。你看,同样的'客观存在'，我们两个感受不一样，这就是'主观'。

"参观同座大雁塔，不同的人有不同的感受。比如有人早上去，看到的是晨曦中的大雁塔；有人下雨天去，就是雨中大雁塔；若是夕阳西下时再看大雁塔，又是不同的景象……这是'主观'看到的不同，还有听到的，比如钟声；嗅到的，比如香火的味道；想到的……这些每个人都不一样，是不是？把这些'主观'加进去，才是自己的'大雁塔'。"

"哦，我明白了。明天我重新写。"意意恍然大悟。

第二天周末，意意跟我去单位加班，我在会议室答辩，意意在一间空教室写作业。中间休息时，我去教室看意意，"我已经把作文写完了。"意意说。

我浏览了一下这次的《大雁塔》，"我"非常突出、"我"什么时间去爬大雁塔、"我"看见了什么、"我"想到了什么等等。"意意，这次确实把'我'写进去了，非常好。你再读一读，看是不是少了些什么？"

"大雁塔的'客观'太少了。因为我忘了拿昨天打印的介绍，昨天的作文本也没带，我本来想问你要手机查呢，你们会议室门关着。大雁塔的那些'客观'我记得不清楚，没办法写……"意意解释。

"能看出存在问题，已经很棒了。你看，因为'客观'太少，这个大雁塔替换成小雁塔、兴善寺塔或者蒲城北塔都可以……"

意意点头，表示自己明白。

"那你来说说，这个《大雁塔》应该怎么写？"

"嗯……"意意想了下说，"就是'客观'和'主观'都重要，都要写。"

下午回家，意意又一次重写了《大雁塔》，基本上做到了"客观"和"主观"结合。虽然措辞、逻辑、细节上还存在若干问题，但思路具备，我鼓励道："意意，你可真是一学就通。"

意意抿着嘴笑。

"你能说说你这篇作文哪里好吗？"我顺势问道。

"嗯，好在，把大雁塔的'客观'写了出来，又把自己看到的、想到的也写了出来。"

"说得好。你看到大雁塔，想到它经历风雨，见过各个时代，这是你自己的感受。所以，这篇《大雁塔》才是'你的大雁塔'，而不是历史书上的、不是百度百科的。"

2. 素材哪里来

晚 8 点，妈妈喊小宝下楼运动一会儿，小宝拒绝，说今晚的作业有一项是作文，他还没写。"那赶快写呀。"妈妈催道。

"我还没想好。"小宝答。

"列提纲了吗？"

"列了。"小宝拿出本子给妈妈看。

是语文书某个单元的半命题作文："他（她）……"小宝写的是《他后悔了》，简要列出了起因、经过、结果。

"先说一下你要写的事情，按照'头身脚'的结构。"妈妈说。

"'头'写时间、地点、人物，三年级语文课时，老师在上课，他看窗外的鸟儿，被老师发现。'身'，用动作、语言、神态等描写手法写，他被老师叫起来后不会回答问题，被老师罚站。'脚'就写他后悔了，因为上课不专心被老师批评。"

"不错，结构完整清晰，那你说，头、身、脚在人身体上占的比例一样吗？"

"不一样，头、脚小，身子长。"

"那你这篇作文的'身'呢？"

"妈妈，我就是不知道怎样扩充'身'。"

"这事儿你是自己经历的还是听谁说的，或者是你编的？"

"我听哥哥说过，他有一次上课看小鸟，被老师批评，在教室外面站了一节课。"

"哥哥说得这么简单，可是，你的作文需要500字呢。"

"那就把'身'写多一些。"

"好，那你现在想象一下，当时在教室里面发生了什么事情，'他'有着什么样的表现？"

"'他'正在专心地看鸟儿，突然被老师叫起来回答问题，他拿着书瞎读，同学们哄堂大笑，老师又问了他另一个问题，他还是不会。老师生气了，把他赶出了教室，他有点儿羞愧、后悔……"

"已经写到'后悔'了，到'脚'了吗？"妈妈问。

"哦，不是……他有点儿羞愧，看着不远处的树，又听见鸟儿叽叽喳喳叫，他来了兴趣，仔细观察，这一节课站在外面还挺快乐……"

"这样看来，就不是'后悔'了。"妈妈提醒小宝。

"我想下……下午语文月考，刚好考的是老师讲课的内容，他不会答，所以考得比较差，他后悔了，觉得自己不该上课看鸟儿。"

"好，不错。两次看鸟儿，导致考试没考好，他后悔了。就按这个写，最好把具体的鸟名写上，比如麻雀、燕子等。"

20分钟后，小宝完成了作文草稿，还加了一次"看鸟儿"，是考试时窗外的鸟儿叫声又吸引"他"，导致考试失利。整篇作文口水词较多，但整体尚可。

"宝贝，你写了三次看鸟儿，第一次是麻雀，第二次是燕子，第三次是喜鹊，但用的句子都是'他的心被带走了'，如果第一次用了，后两次我们换一句话表达。你想想可以怎么说。"

"我想下，'他的心像长了翅膀飞到了喜鹊身旁'，妈妈，你看可以不？"

"哇，太棒了！"妈妈给小宝竖起了大拇指。"另一句你也琢磨下。还有，你写到被老师叫起来回答问题时，'他不知所措'，这里你可以具体写是怎样的'茫然'，不用直接概括。比如具体写他的表情、动作等。"

"他瞅瞅同桌，露出求救的目光，手胡乱地翻书，看到一句话，结结巴巴地念了起来……"

"非常好，就这样写，你脑子里要有具体的画面，把这些画面用文字写出来就是最好的。后面那段写到他'懊恼'，也可以用具体的动作、神态等写。好了，你自己修改下就行。"

睡前跟小宝聊天。妈妈问："今天写作文感觉如何？"小宝答："挺顺的，一会儿就写完了。"

"为什么挺顺？"

"因为有素材。"

"素材是哪里来的？"

"看到的、听到的，还有自己经历的。"

"如果这些素材很简略，怎么办？"

"加上自己的想象，在脑子里想象出画面。"

"对，加上自己合理的想象，宝贝，你太棒了。"
小宝躺在被窝里乐呵呵。

3. 欲扬先抑

妈妈跟意意在小区散步。

"我们昨天模拟考试了。"意意说，"我还给吴××提醒了作文。"

"哦，考试能说话？"妈妈问。

"模拟考试，中间下课铃响，有几个同学出去上厕所，老师也出去了一下。吴××给我说他的作文写的什么什么。我一听就跟他说写跑题了……"

"你怎么判断他的作文跑题？"

"作文题目是《……温暖了我》，吴××写的是《爸爸温暖了我》，他只写爸爸的外貌、语言、工作等，没有突出'温暖'，我跟他说审题要清，要重点写怎样'温暖了我'，他就把之前写的画掉、重新写了。"

"吴××跟你坐同桌真好啊。"妈妈说，"那，你写的是什么呀。"

"我本来想写哥哥，可一想哥哥回家'打'我'骂'我，这没办法'温暖'，我就另外写了一个人。妈妈，你还记得我们去年去藏区，下雨了，一个姐姐把她的伞让给我了，这'温暖'了我……"

"不错，这是'温暖'。"妈妈说，"那，假如你就写哥哥'打你骂你'，还要突出'温暖'，你觉得能不能做到？"

"嗯，"意意想了一下，"做不到。"

"以前，你写过一篇作文《我的爸爸》，还有印象没？"

"我想想，"意意答，"好像写了爸爸不会做饭，把锅都烧着了，做的黑暗料理我和哥哥都不吃；爸爸不会唱歌，老跑调，还天天在家唱，烦人得很……"

"对，我们是想写爸爸的'好'，可写的是爸爸的'不好'。做饭'不好'的爸爸因为爱家人，总是在尝试；唱歌'不好'的爸爸因为'快乐'，一直在练习；而有'爱'有'快乐'的爸爸就是'好'爸爸。看似写'不好'，其实更突出了'好'。所以，老师说你的这篇作文写得好。"妈妈总结完，问意意："你现在想想，哥哥'不好'的打骂，能不能转到'好'的温暖？"

"我想下……哥哥每次回家先'打'我一顿，戳我肚子、拍我头，还踢我屁股、挠我痒痒……"

"那时你什么感觉？"妈妈问。

"我就笑着躲、哥哥追，我觉得挺高兴。"

"这个'打'会不会是哥哥表达'问候'、表达'爱'的特有方式？"

"嗯，可能吧。"

"你想想，还有没有别的事例，表现出来的是'打骂'，其实不一定？"

"对了，昨天老师非让我上延点班，我回家晚了一小时，哥哥在小区门口等我，见面就骂我'笨蛋''猪头'，还踢了我一脚，说我不给家里打电话，他马上就要打110了……还有，上次我被王××打了，我哭着回家，哥哥骂我笨猪、没出息，还在我身上打了几拳，让我学着这样打回去，他还拉着我要去报仇……"

"从这些'打骂'里你还能感受到什么?"

"哥哥担心我、关心我。"

"如果是担心、关心,这样的'担心''关心'会不会'温暖'到你?"

"会呀。"

"那你比较一下:第一种写法,哥哥一见面就拥抱你、按时接你放学、保护你不受欺负,你感到了爱和温暖;第二种写法,哥哥见面'打你骂你',放学晚了骂你,你被人欺负了骂你,但你依然感到了爱和温暖。哪种写法更有趣更好玩?"

"第二种,有转折,让人没想到……"

"对了。写爸爸那篇作文也是,如果写爸爸这也好那也好,所以是好爸爸,这就很平常;但如果写爸爸这不好、那不好,但还是好爸爸,这就让读者有了好奇心,这样的作文就有趣。"

"妈妈,你的意思是说,如果想写一个人好,可以先写他的不好……"

"对,真聪明!这叫欲扬先抑、欲擒故纵,这两个成语你明白意思吗?"

"明白。是不是就跟《道德经》里的'将欲歙之,必固张之;将欲弱之,必固强之……'意思一样?"

"哎哟,"妈妈双手捧住意意的胖脸,一边摇晃一边赞叹,"意意,你可真棒。"

4. 重游寒窑

傍晚,带意意去曲江池散步,路过寒窑时,我提议:"今天有点累,我们就在寒窑转转,不往前走了。"

"寒窑有什么？"意意问。

"以前，门口有很多鸽子，你小的时候天天来。"

"我都不记得了。"

那时，你还没有上幼儿园，大部分的户外活动都在曲江池。你说话晚，三岁半才能说简单的句子；两岁多时，一次，在寒窑门口，一个小朋友端着一架"泡泡机"朝天空"扫射"，顿时，头顶飘满大大小小的泡泡，在阳光的照射下，五彩缤纷；你一下子陶醉了，仰着头追泡泡，嘴里突然蹦出几个词"bubble、bubble、bubble……"

"妈妈，我是怎样知道'bubble'的？"意意有些好奇。

"你小时候经常看 *Peppa Pig*，其中一集就是 bubble，你当时不知道'泡泡'这个中文词，看到天空中的泡泡，你就直接说了 bubble。"

"哦。"小伙子似乎陷入了回忆，努力搜寻，终是没有想起什么。

走过寒窑门口的亭子，沿路看到有小孩拿着小网兜在池里打捞，一只黑天鹅优哉游哉地在水面"漂游"，夕阳里，池边树影婆娑。

好久没来寒窑了，门口的闸机竟然开着，不知道从什么时候起进寒窑已经不需要买票了。意意问为什么叫寒窑，我简单地讲了王宝钏和薛平贵的故事，还说了我第一次来时，寒窑就几座土窑，周围是一片庄稼地，曲江池是村子没有水……

"那是什么时候？"意意问。

"20 世纪，1996 年的国庆，妈妈刚来西安上大学一个月。"

"27 年前，太久远了。"意意感慨，"妈妈，你跟谁去的？"

"爸爸啊，爸爸比妈妈早一年来西安，他熟悉，所以放假了就带妈妈来看寒窑。"

"哦,"意意点头表示明白,又问了一句:"妈妈,你那时候想不到将来会有我和哥哥吧?"

"当然知道了,"我跟意意打趣道,"老天爷早就告诉过我,等我将来毕业了、结婚了,他会送两个特别好的儿子给我。你看,老天爷可没说谎……"

"妈妈,你就瞎编吧。"

在寒窑里走走停停,天渐暗,"意意,咱们回吧。"我说。"还早呢。"小伙子没有逛够。我说我的"日更"故事还没有素材,需要回家好好想,"妈妈最近'江郎才尽'了。"我有意地重重叹了口气。

"妈,你可以写《重游寒窑》。"意意建议。

"寒窑有什么可写的?"

"妈妈,可以用你教我的'插叙'来写。比如,你到了寒窑门口,'插叙'小儿子在这里喂鸽子、追泡泡。"

"写过去的事,这不是'倒叙'吗?"我故意问。

"不是倒叙,不是从过去开始写,而是写现在,想起过去的某件事,又回到现在,再写过去的一件事等等。"意意解释。

"你能不能再给妈妈提示一下具体写的内容?我怕我凑不够字数。"我虚心请教。

"你看啊,你刚插叙了小儿子喂鸽子,"意意开始讲述,"现在你看到黑天鹅,可以'插叙'以前带大儿子来寒窑时看到天鹅的故事,可以编些具体的细节,时间、地点、天气等;再回到现在,你来到王宝钏住过的窑洞,想起了很多年前跟你老公逛寒窑的事,就是你刚才给我讲的,一片庄稼地……你就这样吧啦吧啦,1000 字很快就凑够了……"

"原来可以这样写？听意意老师一席话，胜我思考一晚上，谢谢，谢谢。"

意意拉着妈妈的手，笑眯眯地往前走。

要不要做坏事

——聊聊生活

1. 要不要做坏事

晚饭后,跟意意外出散步,走了四公里,一路聊天。一个话题刚结束,小伙子便接话:"妈妈,再聊点啥。"在寒风里说个不停,到家后,我的嗓子冒烟、脸冰凉。

意意所在的班级,从小学一年级到临近小学毕业,班主任换了三个,每一届老师都评价这个班孩子过于活跃,不大好管。意意讲,现在好些同学不认真听课,课堂有时闹哄哄,特别是副课,同学们压根儿不怕老师。

"昨天我们班任××在英语课上起哄,老师说他一句,他还不服气,老师让他下课去办公室,他说不想去,老师气得都不理他了。"

"你什么想法?"

"看热闹呗,"意意说,"任××学习挺好,不过,在课堂上顶老师嘴,是不对的,不尊重老师。"

我问意意在课堂上表现如何,有没有被老师批评过。意意说他不会坏了自己的"人设",不会跟老师顶嘴,老师也几乎没批评过他,即使犯了小错,老师也会"忽视"。

"人设是什么意思?"

"就是大家都认为我是什么样的人。"

"那你是什么样的人?"我问。

"尊重老师、团结同学,并且学习好。"

"你的意思是,别人画了一些框框,你就在框框内活动,框框内是'好'?"

意意稍稍迟疑了一下,说"好像是的"。

"你觉得人生如果要画框框,是自己给自己画框框好一些,还是别人给自己画更好一些?"

"当然是自己给自己画更好。"意意答,又补充,"比如妈妈画框框让我9点关灯睡觉,我觉得不合适;我自己安排9点半到10点睡觉就比较好一些。"

"所以,'人设'可打破,变成'己设',对不对?"

意意点头。

"有时候自己也不用给自己画框框,你想怎么做就怎么做,孩子就是在不断尝试、试错的过程中长大的。"意意是个处女座孩子,比较自律、内敛、守规矩,我只能鼓励他多突破。

"意意,你是不是没怎么被老师骂过,没写过检讨,上课也不做小动作、不交头接耳跟同学聊天,不迟到不逃课?"

"对呀。"

"唉,真没意思!小学六年,你连这些都没体验过,人生经历太单调。"我故作叹息,"你要赶紧做些'坏事',打破人设,将来回忆起来才有趣。"

小伙子想了想,说:"我可以试试上课不听讲,不过不能被教导主任看见,他骂人可凶了,我心里畏惧。"

"你怕教导主任骂人?"

"是,"意意答,"他一骂人,我心都突突跳不停。"

"教导主任生气时会体罚学生吗?"

"不会,学校不允许体罚学生。"

"你觉得骂人能把人骂疼、骂死吗?"

"那倒不会。"

"既然骂不疼、骂不死,你想想怎么样才能不伤害自己,才能让自己不怕?"

意意想了想:"骂就让骂,我可以选择左耳朵进右耳朵出。"

"对啊,你这么茁壮的一颗'树苗',教导主任的'狂风暴雨'根本伤害不了你,相反,还会使你更强壮。再说了,还有爸爸妈妈这两棵粗壮的'老树'护着你呢。所以,假如哪一天遇到了,不用惧怕。"

意意挽住妈妈的胳膊,铿锵有力道:"好!"

2. 正向表达

晚饭后的聊天时间。妈妈跟小宝说:"玩个游戏吧,妈妈说一句话,你照着做。"

"好呀。"小宝爽快答应。

"不要想柠檬,不要、想、柠檬。做到没,想柠檬了吗?"

"想了,妈妈说柠檬,我脑子里就出现柠檬。"

"好,妈妈再说一句,不要想黄柠檬,不要想、黄、柠、檬。"

"哎呀,我就想了黄柠檬。"

"那怎么办,怎样才能做到不想?"

"这个嘛……"小宝开启思考,"对了,只要不说柠檬,就不会想。我想苹果、想香蕉,那想的就不是柠檬了。"

"点赞点赞，宝贝真棒！"妈妈为小宝竖起大拇指。

孩儿爹过来凑热闹："小宝，告诉你一个秘密，你还在妈妈肚子里的时候，爸爸每天都想：我要个儿子，我要个儿子，果然，老天爷听到了，把意意（小宝小名）送到了我们家。"

妈妈接话："可我当时想的是：别是男孩，千万别是男孩。谁知，老天爷只听见了'男孩'俩字。"妈妈佯装叹气，拉过小宝道："不过，我那时还想着：我要惊喜，我要大惊喜，然后，我就得到了一个无价之宝，一个大大、大大的惊喜，宝贝猜猜是什么？"

"肯定是我呗！"小宝一脸傲娇。

"正确！这叫天遂人愿、心想事成。老天爷奖励我了一个这么好的孩子，大概是因为我上辈子拯救了银河系吧，哈哈……"

一阵嬉闹过后，小宝说："我在《今天》中读过一个故事，跟我们说的有点相似——1984年撒切尔夫人来中国，要去人民大会堂，她听说大会堂有可多台阶，而且没有扶手，她穿着高跟鞋，所以很担心，就在心里念叨：别摔跤，千万别摔跤。结果，下台阶时撒切尔夫人真的摔了一跤。"

"哦，真的呀?!"孩儿爹惊叹，遂问小宝，"你觉得撒切尔夫人怎样想会有可能避免摔跤？"

"嗯……我要好好走路，我要走稳当，对，我要走稳当。"

"我家小宝就是棒！"孩儿爹试图举起小宝，没成功。

"宝贝，记得上周考试，你有点儿紧张，你当时怎么跟妈妈说的？"

"我担心自己考差，去年就是因为粗心没考好，我怕自己又因粗心丢分。"

"那现在重新说,你会怎么表达?"

"我要细心,我要考好。"

"上周六送你上课,路上遇到堵车,妈妈着急,心里想的是:别迟到、别迟到。结果还好,我们只迟到了三分钟。你觉得妈妈那个时候怎样想更好一些?"

"要按时到。"

"对,这叫正向表达,说出'要什么'。我不要生病,可以怎么说?"

"我要健康。"

"我不要悲伤。"

"我要快乐。"

3. 面对"暴力",怎么办

9月底,意意月考英语成绩是班里唯一的100分。老师宣布成绩后,同学们都为他鼓掌。下课后还有小伙伴们追着他玩闹,说着诸如"你怎么考那么高"的话。但其中一个高个儿男同学某某追上意意,狠狠地踢了一脚。意意讲这件事时,眼圈红红的,还翻开裤腿,露出小腿外侧的一小块淤青。

"哦,疼吧,你当时怎么做的?"我一惊,很是心疼。

"我疼哭了,上课铃响了,我就回座位上课……"

意意说,他实在不理解某某为什么要踢他:"他自己考了70多分,又不是我造成的。"

"某某做得不对。"我抱了抱意意,"你需要爸爸妈妈帮忙找那个某某算账吗?"

"不用了。"意意想了一下说,"我已经告诉过他不可以打我。"

上周某晚，跟意意外出散步，意意说上午大课间被班主任叫办公室谈话了。数学测验意意考了 97 分，班里最高，"那个某某过来推了我一把，差点儿把我推倒，我又推了他一把，他还想推我……我俩打起来，刚好被老师看见，叫办公室了。"

"我给老师说明原因了。某某的数学也学得好，就是不稳定，他说推我是在开玩笑闹着玩，不是真的。老师批评了他，还说他不服气同学、嫉妒同学，可以努力学习考出更高分数……老师不希望班里出现打架事件，有事要找老师解决……"

"宝贝，妈妈觉得有一点你做得特别对，面对被打，直接还回去。"我给予意意肯定，"语言警告如果不起作用，以牙还牙就是护卫自己最好的方法。"

意意是个极其温和的孩子，从不跟人多嘴、动手。当我说"还回去"时，意意有些担心，觉得自己肯定打不过人家。"'还回去'不是要打得过，而是通过这一行为告诉那个人，随便打我是不可以的。"

意意说某某可能就是嫉妒心太强，谁比他学习好，他就不高兴。

"面对这样的被嫉妒，怎么办？"我跟意意一起探讨。

如果有人使用"暴力"伤害到你，不管他说什么不小心、闹着玩、开玩笑，也不管"暴力"大小，都不能姑息。要以自己的感觉为准，只要你感觉受到伤害，就一定要制止。

制止办法有三：第一，勇敢说"不"；第二，还回去；第三，告诉家长、老师，寻求帮助。这个世界上有些人跟我们不一样，可能比较容易动怒动手，也会"拣软柿子捏"，所以一定要捍卫自己的界限。

有嫉妒心是正常的，但因嫉妒而做出不合适的行为，是不能容忍的。

"妈妈，如果因嫉妒说别人的坏话，怎么办？"

"如果有人只是说你的坏话，你觉得对你有多大的伤害？"

"嗯，也不能把我咋，"意意想了想说，"不会少根头发，不会让我学习不好……那我就假装听不见，只做好自己的事情，考更好的成绩，进一所好中学……"

"非常好。"我给意意竖起了大拇指，"语言有没有伤害，由自己说了算，可以左耳朵进右耳朵出，做好自己最重要……但是，一旦有'暴力'出现，一定要告诉家长，切记切记。"

意意点了点头。

4. 坚持还是放弃

小宝的书法课，老师要求每天写一张大字，上课前交给老师批改。可直到昨晚，小宝还未动笔。想起他偶尔课前狂补6张，上课在老师那里再写6张，这"工作量"有些大了。于是，在小宝写完作业，正兴冲冲地跑去客厅书架时，我喊了一声："意意，你该写大字了。星期天要上课呢。"

"哎呀，又要写……"小宝磨磨蹭蹭地走进书房，一脸的不乐意。

"你不想写？"我问。

"也不是。我刚赶完作业，是想腾出时间看《三国演义》的。"

"那书法作业怎么办？"

小宝不吭声，我再问了一次，小伙子嗫嚅："那就写吧。"

"你如果不写作业,能去上课吗?"

"不行,王老师会打手的。"小宝答,又补充道,"妈,我明天可以专门腾出时间写6张的。"

"是吗?那行。"我说,"明天中午妈妈做6碗饭、20盘菜,让你一口气吃饱,以后的6天你就不用花时间吃饭了。"

小宝扑哧一声笑了:"那可不行,我的胃是有限的,装不下那么多饭,会消化不良、会撑死。后面不吃还会饿死的……"

"写字一样,一次写那么多会'撑死',一周不写会'饿死',手都生了。学任何知识都是一样的,跳绳、跑步也是一天天坚持才有效果。"

"可是我每天写完作业就8点多了,我还要看书,老是没时间写字。"

"既然如此,书法课可以停了。"

提到停课,小宝有点儿纠结,学了书法5年,虽然没考什么证,但小伙子总认为书法算他的特长,说不定将来选择初中还可加分。然而实际情况是,自从到了五年级,小伙子已很少主动练字,而我实在不愿每天督促他;既为兴趣班,如果不能享受、没有兴趣,那这个兴趣班的存在价值是需要重新考量的。

"来,宝贝,你现在把自己每天写完学校作业后常做的事情罗列一下。"我拿出一张纸递给小宝。

"打卡、盲算、看书、写大字、跳绳、跑步、拼磁力片、做手工、桌游、下棋、听《哈利·波特》、发呆……"小宝边想边写。

"在这些事情中,哪项是你必须要完成的?"我问。

小宝圈出了盲算、跳绳、跑步。

"为啥选这三个?"

"盲算是计划好的每天 20 分钟,跳绳和跑步任选一个完成,是运动,我要减肥。"

"好,那你最喜欢做的是哪项?"

"看书、拼磁力片、桌游。"小宝一边说一边在这三个词下面画了横线。

"那妈妈再问问你,假如你晚上睡觉时,想起自己没做某个事儿,心里就像缺了点儿什么一样;你觉得是没做哪个事儿。"

"看书。"小宝不假思索作答。

"所以,你把写书法作业的时间都用来看书了?"

"嗯。"小宝应了一声。

"那妈妈还是建议你放弃书法课。"

小宝想了一会儿,说:"你先给老师说暂停一个月。如果一个月后我想上,那我就坚持每天练习,要是我不想上就停课。"

"好,问题解决。你可以去做你喜欢的事了。"

"耶,我去看《三国演义》了。"小宝欢呼雀跃跑了出去。

欢喜部落

山顶洞人部落

1

带孩子们去看歌剧《托斯卡》，买票是一时兴起，想让自己接触点高雅艺术，回头跟朋友吹嘘。小宝没看过歌剧，想去满足下好奇心；大宝听说是普契尼歌剧，坦言他是家里唯一有音乐细胞的人，应该去。

《托斯卡》讲的是罗马的一对恋人，女主是歌剧演员，男主是画家；男主救了革命党朋友，被反派警察局局长抓住，局长威胁女主屈从于他才可能换取男主的性命……

结束后，大宝问怎么样。

"特别好，唱得好，演得好，我鼓掌都把手拍疼了。"我答。

"我看你是不懂装懂。"

"咋给你娘说话的？"我伸手欲打，小伙子躲开。

"那你知道啥是歌剧、啥是美声唱法？你知道歌剧分什么调儿吗？你知道宣叙调和咏叹调什么区别……"

"不知道，我啥也不知道。但这并不影响我看着有趣、听着好玩。"

"哎哟，你就是个山顶洞人。"大宝一脸坏笑，说完混进了人群。

回到家，孩儿爹说他的手机运行慢，喊大宝帮他看下。

"我好像几个月前刚帮你清理过手机。"大宝说着拿起手机，打开设置，告诉孩儿爹如何操作。

"你帮爸爸弄好就行，你说了我也记不住。爸爸手机的字还有点儿小，你给爸爸调一下；手机第一页的天气预报不见了，你帮爸爸调出来；你把爸爸常用的 App 放在一起……"

"我只管释放空间，别的你自己慢慢弄。"大宝想开溜。

"爸爸不懂，家里只有你这个理工男会操作。"孩儿爹谦逊道。

"啥都不懂，又一个山顶洞人。"大宝撇着嘴笑。

小宝有一道奥数题，找大宝解决。

大宝直接画了几条线段，用不同颜色的笔分别标出 A、B 等，问小宝看出眉目没。小宝答："看不出来。"大宝继续讲什么路程、速度，第二次相遇点距第一次相遇点多少米等等。

"哥，你说慢点，我没明白。"小宝有点儿蒙。

"这脑袋瓜儿，一看就是山顶洞人养的。"大宝拍着弟弟的头说道。

"那你是谁养的？"小宝反问。

"我嘛，我属于基因突变、基因变异，我是文明人。"

中午吃饭，大宝去洗手，放在餐桌上的手机响，微信电话，小宝眼尖："哥，山顶洞人 1 号来电。"

"谁？"我惊诧道。

"山顶洞人 1 号。"小宝说，"哥，我接一下啊……"小宝摁了通话键。

"大宝，爸爸问你下午去练车不……"手机那端传来孩儿爹的声音。

山顶洞人1号,孩儿爹?我一口汤直接喷到地上,小宝"哈哈……"捂着肚子蹲在椅子旁。

"哎、哎,有什么可笑的?"大宝抽了一张纸巾边擦手边说。

"喂,喂,大宝……你们笑啥?"手机里孩儿爹的声音又响起。

"没啥没啥,爸,我等一会儿打给你。"

"说,你是不是也给妈妈改了备注名?"我趁机拷问大宝。

"妈,不用问,我用你手机打给哥哥就知道了。"小宝插话。

大宝抿着嘴笑,果不然,微信音乐响,"妈,是山顶洞人2号。"小宝报告。

过了好一会儿,餐桌才安定下来,我们正常吃饭。小宝似乎想起来了什么,抬头问:"哥,你给我的备注名是啥?"

大宝看了弟弟一眼,一字一句道:"山顶洞人的家畜。"

2

大宝去广州上学后,基本上每天会给家里打个电话,有时打给妈妈,有时打给爸爸,当然,一般情况下是跟妈妈聊天。有一天下班回家,孩儿爹忧心地问:"大宝这几天也不打个电话,都不知道过得怎么样。"

"每天都给我发微信,汇报各种情况。"我答。

孩儿爹一听,气哼哼道:"你们怎么能这样,什么事都瞒着我?"

说完,他立即在我们的"山顶洞人部落"四人小群里发了

欢喜部落 129

一段公告,主旨是"所有的聊天都在群里进行,不再两两点对点"。然后,他又拿起我的手机,点开微信,在群里回复"遵命",并置顶此群,一番操作行云流水。

自此,我们的"部落"每天热气腾腾,有美图飘扬、语音绕梁、文字堂堂皇皇:起床了吗?吃饭了吗?睡觉了吗?跑步,洗衣服,上课,做作业;某校长演讲、某公司上市、某爹思子心切……

只要打开微信,"部落"群右上角总有红点。"我们群里真是废话一片啊……"我随口一句评判。孩儿爹瞪我一眼:"你这女人,笨起来要不得,这都不懂,说废话就是最好的沟通。"

好吧,说吧,随意说。

我们的"山顶洞人部落"成立于2023年7月4日,大宝建"部落"功勋卓著,手握命名大权,给自己起了个"唯一的开化人",孩儿爹和我分别为"山顶洞人1号""山顶洞人2号",小宝为"山顶洞人的家畜"。

"部落"成立60日,一直安于一隅,无声无息;只因暑期繁忙、无人经管。直至"唯一的开化人"远行广州,"山顶洞人部落"才再次激活。

小宝对自己的昵称十分不满,于某日放学做作业的空隙,偷偷改名"正在开化的人"。

"为什么不直接写个开化人?"我问。

"我不能超过哥哥,我是正在开化。"小宝答,还专门给自己换了一张跟哥哥类似的动漫头像。

孩儿爹不想当"山顶洞人",不愿跟我为伍,"我的名字要跟儿子们一致。"很快,我在群里看到了一个名字——"永不开化的人"。这还不如山顶洞人呢。罢了罢了,你们都"开化"吧,我来当"部落盟主"。

因为头像区别不大,每次爷仨儿一说话,我还得仔细辨别哪个已开化、哪个正开化、哪个不开化,眼花缭乱。

"能不能像盟主我一样光明磊落,把自己照片当头像?"我数次动员,均未奏效。后来,经过我不懈的探究,终于发现了真相,那三个相同姓氏的男人之所以不换头像,可能是因为长得丑,不敢以真面目示人。

"永不开化的人"每天早上都要把他运动的照片发在群里,并配上一句话:美好的一天,从运动开始。"正在开化的人"上学的日子不看手机,那个远在广州的"开化人"挺忙,常常忽略信息。

每每此时,我的微信总有私信过来——"快去群里说句话",孩儿爹的留言。唉,真麻烦,还不如我跟他一起去运动,他可以拿我手机自己回复自己。算了,我再麻烦一次,总不能让人家当爹的晾在那儿?!我遂按那人平时的模板发了四个字:"老公威武"。

我们的"部落"尚"年轻",时常生气勃勃,逢周末热闹非凡:"开化的"和"正在开化的"两个总会抽空"吵架",你一言我一语,唇枪舌剑,还有个"永不开化的"老男人在一旁煽风点火、轮流助威。只有我,"盟主大人",稳坐中军帐,看戏!

象棋二三事

1. 龙虎争霸赛

晚上散步回家,很累了,小宝却嚷嚷着要下象棋。他自己不下,只想观战,给爹娘当裁判。只因前几日,他跟娘对弈,大败而归,顿觉娘的棋艺非比寻常。这事一传二、二传三,孩儿爹一百个不服气,再三强调这个家的象棋冠军非他莫属。

棋子码好,爹娘就位。小宝拿起手机现场直播,开场白讲得极其流利,命名此次象棋比赛为"龙虎争霸赛"。赶巧他爹属虎,我属龙,"龙虎争霸"实在贴切。

多年来,我写过数篇关于"象棋"的文章。我的老父亲好下棋,我年少时,父亲偶尔会指导我们姊妹切磋。有男友后,象棋像我们之间的黏合剂,在小吵小闹中,一盘象棋太平来。成家有孩子,有时开局布阵,两个儿子由观战到参战,家分两派,"争雄动战争",不劳金鼓大兴兵。

小宝慢慢长大,也好下棋,每个周末找他爹对弈。只是,他爹"棋德"不佳,每每战火纷飞,总有各种疏忽,车在马蹄,炮在象田……小宝以为自己的棋艺甚高,常摇旗呐喊庆祝胜利。

后抽空回老家,进门先喊一句:"爷爷,下棋。"老祖父问外孙最近下棋水平可有长进,小人儿得意扬扬:"有大进步,比我爸水平高。我爸说，他跟爷爷打平手。"老祖父摸着胡茬呵呵笑："你爸啊……"

随即，祖孙开战，"车坚马肥炮冲突，壁拥士象辕列卒"；尽管老祖父不断提醒、不停指点，但命运早已注定，小人儿只有呼天抢地："将帅死亡太倏忽。"再整军、屡出师，然无一不败北不覆没。小宝疑惑不解："爷爷，我爸到底是怎样跟你打平手的？"

老家归来，小宝似乎悟到了什么，他说："妈妈，以后你当我师父吧，我跟你下棋。"问他为何要弃他爹而去，"有两点原因：第一，我爸老让我，太明显，我都看出来了。第二，我爸水平确实不行。"

"儿子终于慧眼识珠了。"我欣喜，并悄言，"知道你爹的象棋是跟谁学的吗？是我，你娘。你跟我的徒弟学习，那水平可想而知……"

于是，每天放学回家，小宝总是抓紧时间写作业，完后央求："妈妈，下盘棋吧。"我若忙想拒绝，那孩儿便一直萦绕在身边："妈妈，你水平那么高，教教你的小徒弟吧，我跟爷爷都说好了，再练两个月就回去找他，你可不能见死不救啊。"这话深得人心。

又一次排兵布阵，我当仁不让，杀得小徒儿落花流水。再来，依然无还手之力，小徒儿脸色越来越不好，一会儿红一会儿白，一会儿眼泪汪汪。师父我慈心升起，缓缓落子，悄悄位移，让出几子，终打平手。"妈妈，你看，我输了就输了，不像爸爸那样老悔棋。你回头教训教训爸爸吧。"

孩儿爹总想在孩儿面前树立他棋艺高超的形象。开局前，先自吹自擂，说自己所向披靡、百战百胜。他大概是想从气势上压我，但我又不是吃素的。遂任他装腔作势，我只沉着应战。"马行二步鸿沟渡，将守三宫细柳营。摆阵出车当要路，隔河飞炮破重城。"第一局，他爹败，自言是疏忽所致，又言是他"承让"。

小宝在群里播报战况："龙胜虎败"。再战，"扰攘交错眼花乱"，我一个没注意，孩儿爹架起炮山、双马连环逼宫而来，至此已无回天之力，我主动缴械。孩儿爹乐得手舞足蹈，似乎已经戴上了他的"冠军"花环。

再布阵，狼烟起，搏杀酣，相持方互有杀伤，最终握手言和。小宝不甘，指定来日再战，却不知爹娘头昏眼花，困从心头起，乏自胆边生。

小宝播报战绩，"龙虎争霸赛"落下了帷幕。我们三人相视一笑，敲棋罢，一番战事过云烟。

2. 棋德第一，棋艺第二

大宝和他爹对弈至深夜。最后一局，棋盘上冲杀一阵后，大宝明显处于劣势，小伙子几次力挽狂澜，终因敌众我寡而败北。

大宝站起，主动缴械："我输了。"然后收拾棋盘棋子。

孩儿爹感慨："大宝，你的棋德怎么这么好?! 输不恋战，心境平和。"

大宝用手拢了拢他的长刘海，答："这等小事，我早已波澜不惊。"

我插话说，小伙子表面平静，说不定内心正暗流汹涌。

大宝神色鄙夷，撇着嘴笑道："你说的是你和你老公那样的人吧,哈哈。"

我们是什么样的人?

前几日,小宝写了一些"条约",贴在了我们床头,又名"主卧条约"。条约的题目是《棋德》,主题是"棋德第一,棋艺第二",并详细制定了六条规则。具体如下:

1. 输后不许缠人。
2. 只有三次悔棋机会。
3. 没落子不算。
4. 尊重他人意愿,若没人想下则不可强迫他人。
5. 输后不许胡说,如对方怎样怎样。
6. 不可以在象棋方面吹牛。(补充条约)

"吹牛"这事说的是孩儿爹。

孩儿爹平时工作忙,一有空闲便会吹嘘他的棋艺如何高,俨然就是棋坛霸主的模样。小宝看不惯爸爸大公鸡一般的骄傲,可苦于自己的棋艺暂不敌爸爸,便常撺掇爹娘开战。

小宝写条约的前一日,孩儿爹得空又叫嚣,说是跟门口棋摊的老刘学了几个绝招,"妈妈都吓破了胆,从此就是我的手下败将了。"他跟小宝说。

我明知是激将法,但碍于小宝在跟前,娘的面子得保住。遂排兵布阵,小宝当裁判,兼做娘的啦啦队;一时狼烟四起,有枪林弹雨,有短兵相接。不到一炷香的工夫,尸横遍野,死伤均等,无胜负。

我沉下心来思考片刻,出其不意上马,马蹄下正是"敌方"的车和炮,车若要护着炮,我的马将独闯蹊径,下下一步便卧槽。"敌人"可能窥见了我的意图,挪开了他的炮,大概是想直冲下来将军。我的相士俱全,炮来亦无用。

欢喜部落 135

"走好了?"我问。

孩儿爹扫了一眼战场,答:"走好了。"

他的话音刚落,我的马立即跳上去吃了他的车。

"不行不行,我咋能把车白白送给你?"孩儿爹伸手要。我攥紧车,藏于身后:"不给,说好的不悔棋,不能耍赖。"

"就是就是,爸爸你悔棋,是你没看见,不怪妈妈。"小宝在一旁帮腔。

"拿来拿来,你这跟偷吃有什么两样?"孩儿爹说着站了起来,看来要武力夺车。我赶紧侧开身子后退两步,带着车就想跑,孩儿爹堵我在沙发上,抓住了我的胳膊。我大喊小宝来帮忙,小伙子身体笨拙、立场坚定,抱着爸爸的腿就往后拽。我趁机脱身坐到了餐厅椅子上。

孩儿爹挣脱了小宝后,又奔向我,大喊着:"拿我车来。"我见势不妙跑进书房,他劲大、破门而入,裁判小宝及时跟进,口号嘹亮——"妈妈加油!"

我最终屈服于武力,还了"敌人"的车,重新入战场。可能是一场"夺车大战"消耗了孩儿爹的元气,车虽然回到了他的战营,但却挽救不了他失败的命运。

"再来一盘。"孩儿爹不服气。而我,见好就收,不再起战事。小宝还想继续看热闹,又见我态度坚决,遂一锤定音:今天下棋到此为止,妈妈胜。

"胜之不武啊。"孩儿爹仰天长叹,"我算是开了眼界了,竟然把人家的车拿着跑路了……"

孩儿爹痛陈我"棋德"不佳,可他恰恰忘了是自己不佳在前。到第二天,他也没忘他的车,逮着空就叨叨叨,像个男版祥林嫂。然后,我们床头的墙上,就赫然出现了一张 A4 纸的条约——棋德第一,棋艺第二。

"大宝,爸爸可不是那样的人。"孩儿爹赶紧澄清,"是妈妈,以小人之心度君子之腹。你不知道,前几天妈妈跟我下棋,拿了我的车就跑……哈哈哈……"

孩儿爹绘声绘色描述,全程颠倒黑白,还指着墙上的"条约"给大宝过目。父子俩笑成一团。

笑吧笑吧,再笑也改变不了事实。我始终坚信,公道自在人心。

3. 失眠与象棋

凌晨 1 点 50 分,我打开小台灯,在 keep 商城挑了一款运动手环。因为睡不着,脑袋里车、马、炮、兵纷纷出动,拉扯着我的脑细胞各处跳跃。

我幻想一把扫帚进了脑海,三下两下清除完毕。却又来,一次一次,驱之不去。没办法,我得花钱解决。摁亮手机时,页面上正是我昨晚打开的 keep,我喜欢页面正在广告的手环,遂付款,欢喜充溢心间。象棋子终于落寞而去。

关灯,睡觉。我在被窝里辗转反侧,一旁的鼾声时起时伏。

张展晖在《跑步治愈》中强调轻松跑步,要在心率范围内运动。前几天早上,我跑了 5 公里,配速近 10 分钟,大腿正面一直有些酸痛。思来想去,我需要心率表来保证我"轻松跑",我得在手腕上戴一个漂亮的手环。这个愿望终于要实现了,可以安心睡觉。

可是,依然睡不着。

多少年了,我们有无数次血的教训,可孩儿爹依然重蹈覆辙，拉我下水，打破规则就要受到惩罚。老天不公，让真正的凶手逃之夭夭，让我这个被胁迫者背了锅。

我们家明文规定：睡前不下棋。只是……

近来，意意痴迷下棋，每天晚饭后，便去小区门口的棋摊"执勤"，混在一帮中老年男人中，一站就是一个多小时。

据说，有一晚，一老者见这孩子天天来，便邀其对弈一局；一老一少开战，观棋人七嘴八舌。

"那才是高手，下得我苦不堪言。"意意说。

意意每天都要把他的"执勤所得"在家里实战一番。哥哥瞧不上他的实力，不屑于交手；爸爸太忙，没时间上阵；只有妈妈，能满足一个好战者的渴望。

昨晚8点多一点儿，我正和意意下棋，孩儿爹回家。一看到我们，两眼放光，衣服都不换，一屁股坐到意意身旁，"爸爸给你助威。"看到意意明显处于劣势，孩儿爹急了，口头指点不够，拿起棋子就要亲自冲杀。意意警告他爹观棋不语，再犯规就逐出家门。

我和意意对战结束，孩儿爹赶紧码好棋子，说他要给意意"报仇"。我催促意意睡觉，瞪孩儿爹一眼，让他别打扰娃休息。

孩儿们都睡了，我们也洗漱完毕上床。我打开笔记本准备记日记，孩儿爹却端来棋盘放在床中。

"下一盘，咱俩切磋切磋。"

我说我忙，不下，况且，睡前下棋影响睡眠。可能我说得不够坚决，抑或是他看出了我的"半推半就"。

"这才10点半，咱就一盘，输赢都一盘。"孩儿爹信誓旦旦。

男人的嘴、骗人的鬼。

一局结束,孩儿爹输了。他说自己没看好,被我捡了漏,必须再来一局证明实力。再战,这次孩儿爹占尽优势,洋洋自得,胜利在望;可惜,他一个疏忽,被我"闷宫",又败北。

"不行,我不服。"孩儿爹又码棋子。

意意贴在床头的"主卧条约"昭昭,我指着第一条连读了三遍:输后不许缠人、输后不许缠人、输后不许缠人。

深更半夜,"条约"失去了威慑力。

于是,一局又一局。到第五局时,对战颇久,势均力敌。"算了算了,睡觉。"孩儿爹终于熬不住了,说自己头昏脑涨,不能思考,他谆谆教诲,"你记着啊,下棋最多三局。你要提醒我,你要拉着我,以后睡前咱不下棋……"

夜半,家里静悄悄。

不多一会儿,孩儿爹在一旁鼾声如雷。

我买了手环,脑细胞们又开始集结一起,叽叽喳喳争论着跑步和运动。

早6点准时醒,一晚上迷迷糊糊,也不知道我的脑细胞们有没有换班休息。我起床去厨房准备早点,不一会儿,孩儿爹出了卧室,穿戴整齐,说去打球。

"以后睡觉前,我再也不陪你下棋了,缠我也没用……"走前,孩儿爹跟我说。

啊?!这还倒打一耙了。

保护"案发现场"

回到"阔别"十多天的家，熟悉的气息扑面而来。

我走时喝了一半的雪碧，正矗立在餐桌一角，一脸委屈，似乎脚被固定了。我遗落在鞋柜上的太阳镜，被我开门的声音吓着了，紧紧贴在一双旧拖鞋身上不下来。电视墙左边的小挂钩掉了，随它一起掉落的是两个奖牌，我十多天前目睹了这桩惨案，没来得及处理，此刻，它们还躺在原地。小阳台，晾衣架，一件裙子孤零零悬着，宛若风烛残年……

我一阵恍惚！离家十多天，经酷暑、历大雨，走了长长的路，见了多多的人……这一切，莫不都是"梦里南柯"？而此刻，是梦醒时分？！你看，打开的快递盒子在客厅地板上，茶几上孩儿爹过生日时的一束花已干枯，走廊里有个盒马的袋子……进卧室，斜倚在我枕头边的是翻看了一半的杂志，我的凉被胡乱窝在床上，床头柜上是发带、手表、签字笔……跟睡前的景象一模一样。

如若不是梦，那是不是有了神话故事里的时空转换，所谓"地上十年、天上一日"？换到我这儿，应该是"外出十天，家里一秒"？！

小伙子比我早回家四五天，我问他有没有感受到家里的时间停滞了，小伙子不解，我说："这个绊脚的快递箱，我走时在客厅，现在还在。"

"你指这个呀，"小伙子霎时明了，一脸坏笑，"那可不，要保护'案发现场',我都是跳着走过去的。"

"你爹也跳着走?"

"那是,'案发现场'不能破坏。再说,也破坏不了,你老公一心扑在工作上,每天早7点出门,晚11点回家,压根儿就不来客厅。"

我把这话转述给孩儿爹。"你不在,没人跟我说话,我就起床上班,回家睡觉。"孩儿爹一脸无辜。我质问他怎么睡的觉,不扫床叠被吗?那人幽幽答道,他回来晚,只用手拂拂他那一半床,我这半边他没敢动。

没敢动?难道我这半边发生过"命案"?十几天了,竟然可以夜夜毗邻"命案现场"酣睡。这胆量、这魄力,我佩服得五体投地。

老Y家真是人才辈出,天赋异禀,特别会保护"案发现场";如父如子,这俩人这辈子不当警察,是政府的损失。

今早上,我买了包子带回家;中午,我点了外卖。小伙子不愿意了:"我天天吃外卖,都吃厌了,你都回来了,为啥不进厨房给咱做饭?"

"厨房还能进?"我问,"你不是说要保护'案发现场'吗?"

"啊?"小伙子惊道,"妈,你6……"

热爱与擅长

春节前,我买回来一沓对联纸,写了几副对联,主要是想看看自己能不能写大字。意意看到后,一一指出我的问题,只因他之前在书法班学习过对联书写的各种格式。

"你觉得妈妈写的贴到门上怎么样?"我问意意。

意意想了一会儿,委婉地给予了一句评价:"妈妈,我觉得你还是适合写小楷。"

意意大概是不愿意挫伤我的积极性,但我还是听出了言外之意。好在,我清楚自己的程度,公正的评价我是能够欣然接受的。

这一年写小楷,在两厘米的格子里运笔,大字实在驾驭不了。我在十七八岁时,日子过得抑郁,有空时会写毛笔字,练过几年的柳体。到如今,近30年没写过,原先有的一点功力也消失殆尽了。

说老实话,写之前我还心存侥幸,我的钢笔字、粉笔字都不错,兴许大字也行。遂扛枪上阵,却溃不成军。

晚9点多,孩儿爹加班回家。看到满地的对联纸,意意正在一张横幅上涂抹,孩儿爹来了兴致,拿过一支毛笔,挽起袖子,气昂昂地加入写字的队伍。

"咱家人可真热闹,水平都有限,却总是乐此不疲,"孩儿爹呵呵笑着说,"就像象棋……"

哈,象棋是我们家的至爱,正因都不是高手,才能战书不断、狼烟四起，轮流为王，各生欢喜。看来，热爱并不一定擅长；有时候，热爱可以走向擅长，有时候，热爱只是热爱，与擅长隔着天堑。

象棋之外，书法也勉强算是我们家的共同爱好。

孩儿爹上大学时，有两年特别迷恋书法，所有的课余时间都消耗在了笔墨之间。只是，他一味地下工夫写，"学而不思"，有点儿走入误区，没什么进步。毕业后，他放弃写字，不再动毛笔。

孩儿爹平时写的字，潦草、笔画硬、斜度突兀，孩子们总嘲笑爸爸的字乱七八糟，认不清。孩儿爹对自己的字也不大满意，常自嘲缺少天赋，白瞎了两年工夫。

大字写得快，一沓对联纸不经用。意意一张一张摆、一层一层码，"妈妈，爸爸是不是在单位偷偷练字了？"孩儿爹去洗笔，意意贴近我耳畔，悄悄问。很明显，孩儿爹写的大字，超出了意意的预料。

"我好多年不写了，但还是懂章法的。"孩儿爹爱说教，他说写大字需要手臂的力量，要悬腕，要盯住结构……

我们都见识过好字，孩儿爹知道他写得一般，我也清楚他写得一般，但有个事实得承认，他比我写得好。我说我明年写小楷的同时也要练大字，孩儿爹泼冷水：都这把年纪了，还想写出什么花来……

我纯粹热爱，不可以吗？

"你答应给人家社区的春联写得咋样了？"睡前，孩儿爹问。

"我已经退出了。"我答。

"罪过罪过，"孩儿爹突然说，"我今天犯了个大错……"

"啥?"

"我本该示弱……"孩儿爹满脸堆笑,"我应该随随便便写几个字,歪歪扭扭就行,不该拿出真本事,把老婆的字比下去,哈哈哈……"

"滚!"我飞出一脚,踹在那人屁股上。谁想到,笑声更响。

挑拨离间

午饭后,妈妈正在厨房打扫战场,大宝进来。

"现在要去补课吗?"妈妈问。

"还早还早,"大宝说,"我就是想问问,怎么周六了还是你洗碗?"

"爸爸下午有会,去午睡了。"妈妈答。

"哎哟哟,我记得有人刚刚还在饭桌上说:'我可体贴我老婆了,只要我在家,绝对不让我老婆洗碗。'"大宝阴阳怪气地说。

"爸爸说的话谁敢信?!"妈妈顺口一句。

"所以,老妈,你是嫁错人了!"大宝拍了拍妈妈的肩膀,一脸同情。

下午,妈妈给爸爸发微信,问什么时候回家,半天未收到回复。妈妈抱怨了两句,大宝凑过来,说:"你看你老公,不及时回复信息就是不关心你、不爱你、不把你放心上,他肯定是故意不理你……"

小宝听见了哥哥的言辞,立即接话:"那爸爸妈妈是要离婚了吗?"

大宝乐了,回头,给弟弟竖了一个大拇指。

"你们是盼着爸爸妈妈离婚?要真离了,可有你们的苦日子过。"妈妈怒曰。

"非也,非也!你们离婚了都搬出去,每月把生活费转来,我跟我弟在家过,想干吗就干吗,自由自在。"大宝一脸憧憬。

"那我可以随便吃辣条和冰激凌吗?哥。"小宝问。

"想吃啥就吃啥。"大宝气势恢宏作答。

"耶,太棒了!"小宝高兴得要跳起来。

"你俩,"妈妈指着两个小伙子,吼道,"给我滚出去。"

俩人相视一笑,迅速踅回各自房间。

大宝要报一个网课,妈妈让爸爸转钱过来。

"老爸给你转了多少钱?"大宝问。

"我要1000,爸爸转了1900。"妈妈如实答。

"看看,要是我,就转1999.99。你老公一点儿情调都没有,你是咋忍了20年……"

晚上,一家人在客厅看电影,爸爸说他喝了点酒胃不舒服,妈妈做了一碗热乎乎的疙瘩汤,爸爸感动:"谢谢老婆,你对我真好,这么晚了还专门给我一个人做饭……"

"停停停!"大宝打断,嫌弃道,"同志,能不能别撒狗粮?"

爸爸疑惑:"啥狗粮?"

大宝带着鄙夷的笑看向妈妈:"瞧瞧你老公,跟个文盲一样,啥也不懂。"

小宝附和:"爸爸就是啥也不懂。"

"谁说啥也不懂,我懂工作。"爸爸笑呵呵纠正。

"听见了吧,你老公的眼里只有工作、没有你,你看,你是不是嫁错人了?! 哈哈哈……"大宝幸灾乐祸。

妈妈起身,坐到了小伙子身边,一字一顿道:"就冲着能生下你和弟弟这么好的孩子,我也绝对是嫁对了。"

小伙子一时语塞,一脸笑意,环顾左右,吐出了一个字:"牛……"

有"二"才快乐

——一份脱口秀稿

大家好,我是钟钟。

从报名节目的那天开始,直到昨天,我还是不知道要说啥。我给自己加油,我一定行。瞧,我这把年纪,要经验有经验,要知识有知识,要才华有身材,要智商有沧桑……

我家老公听了,朝我竖起了食指和中指,表情符号里的"耶"。我说谢谢,他说:你理解偏了,我想说的是,你真"二"。

二?我茅塞顿开、灵光乍现,瞬间知道我要说什么了。今天,我走进婚姻22年2个月零22天,五个"2",说明了什么?婚姻要长久,生活要快乐,"2"很关键。

话说,我嫁人后的前2年,我们是二人世界;紧接着的2年,依然是二人世界。二人一屋,看多了,生厌。

怎么办?转移注意力。

某天,我发现一个对战项目,敌我双方,楚河汉界,是为象棋。

那会儿我20多岁,带"二"的年纪,我特别热爱下棋,吃饭时想,睡觉前下,梦里喊"马走日,象走田",醒来各种复盘研究。那状态跟东方不败练葵花宝典有的一拼,而且,我们结局一样,东方不败练成后呈现出不男不女的状态,我练成了女汉子(是女又是男)。

带"二"的年纪戾气重,二人世界里一句话说不好就战事升级、战火蔓延,到最后,我直接吼:不过了,离婚。

离就离,那人不示弱,补充说:下盘"散伙棋",就去民政局。

谁怕谁?来!排兵布阵,全身心投入。下了一盘又一盘,太阳落山、民政局关门。

20年里,我们说了200次离婚,都没成,因为那些车、马、炮、兵集合起来,成了我离婚路上的绊脚石。

有一次,凌晨已过,我家老公才回家,一身酒味,我生气,跟他吵架。他吵不过我,转移话题说他在酒局学了一招棋,可秒杀我。

这牛吹的?是骡子是马拉出来遛遛。一盘毕,那人果真赢了;我不服,再来,平;再来,第三局,我绞尽脑汁,当头炮,卧槽马,终于赢了,我手舞足蹈,敲着棋子哈哈笑。

突然,咚咚咚,有人敲门。哦,邻居同事。那时我们住在单位分的筒子楼,一家一间,隔音不大好。同事意味深长地说:"你们的动静有些大,吵到我睡觉了。"我赶忙解释,对不起,我跟老公在下棋。

几天后,一个要好的同事跟我说,我们单位近来流言纷飞——钟钟可真二,经常半夜三更,大呼小叫。哎呀,这还了得?我于是逢人解释,我半夜没有喊,真的,我只是在下棋……

二年又二年,数个"二"年后,我们二人世界,变成了二乘二世界,多了两个儿子。儿子们热爱象棋,酷似娘。

我一说这话,他们也伸出食指和中指,弯一弯,表情"耶"弯弯腰,这不就是"点头 yes"?!

但他们说这个动作是要挖掉我的双眼,因为我歪曲了世界。他俩的存在,是为人类进化做贡献,属于基因变异,与爹娘无关。

唉,失败啊。以前我生活在父母家,都得遵守着"君君臣臣、父父子子"之道,轮到我当家长,全都没大没小了。儿子们在家常喊我"二"娘,我一度怀疑他们的爹藏了个大娘子。

瞧,真够"二"。

今天,我以22年的婚龄来告诉大家一个经验:"二"起来,有"二"才快乐。

最后,插一段,今早上,知道我要说脱口秀,我家老公想让我先说给他听听。我拒绝了。我的第一次脱口秀,怎么能随便说给不相干的人听?

我珍贵的第一次,要送给我心里最最最重要的人,就是你们。

谢谢大家,我是钟钟。

完灯礼

终于忙完了一件大事。

2024年2月17日（农历正月初八），给小宝意意举行了"完灯礼"，中午12点宴会正式开始，到下午3点多客人陆陆续续散去，意意说很满意。

"完灯"是我家乡的一个习俗，指的是：孩子12岁时（比如属龙孩子逢龙年），要举办一个庆贺仪式，亲戚朋友要来为孩子"完灯"，时间一般在春节。也可以理解为，12岁是孩子由儿童到少年的转折点，这个仪式相当于"少年礼"，跟18岁成人礼一样。

"完灯"，顾名思义，灯"完"了。按我们家乡的习俗，每年春节初五后元宵节前，孩子的外公、舅舅等人要给孩子送灯笼，从出生那年的春节送到12岁。12岁后，孩子长大了，"完灯"仪式后不再送灯笼。

我是个怕麻烦的人，本来没想着"完灯"，大动干戈宴客，我不大擅长。腊月二十六那天，跟朋友聊天，她说起前一年给儿子"完灯"，再三强调这个仪式的重要性。我一下子心动，回家后就跟孩儿爹说要给意意举办"完灯礼"。

年三十，我们才定好酒店，初步预订时间为初八。至于要请哪些客人，我和孩儿爹几次碰撞几次小冲突，直到初五从郑州回来，我们才一一通知亲戚。

初六初七两天，我们准备"完灯礼""物料"，做12张意意从小到大的照片，一份循环放映的PPT、宴会厅指示牌等。初七晚，布置会场，屏幕两边用气球搭建一座拱门，12张照片，一米见方，按年龄顺序贴在宴会厅周围。

"完灯"仪式聘大宝为主持人，小宝有演讲，爸爸妈妈有发言；大宝说到时也要请爷爷、伯伯等上台讲话。

初七晚上10点，孩儿爹的兄长、侄子侄女等一行十六七人到西安。他们路远，怕早上走跟不上。我们本来计划只大姐、兄长来，老家的侄子侄女们就免了，可意意是他们老Y家下一辈最小一个孩子，他们要来给小弟弟祝贺。

初八上午10点，我还在家。我的二姑打电话说她们已经到酒店，因为离得远，怕堵车，结果一路顺畅。我二姑腿不好，走路颤颤巍巍，我原本不想叨扰她，可老人家听表姐一说，当即表态无论如何都要来。

10点半，我到宴会厅时，孩儿爹的几个侄子侄女正在给每个桌子分发瓜子糖果、酒、饮料。客人们陆续到来，屏幕上已开始播放意意的成长照片，有喜庆的音乐点缀。意意躲在角落沙发，和表哥玩三国杀。

宴会开始，满满当当6桌人。主持人大宝拿起麦克风喊"安静"，他请大家再次欣赏PPT后，开场请爷爷讲话，又插科打诨请另一桌的伯伯们上来一个人，三个伯父相互"推诿"，意意点名"二伯"。

意意的讲稿是提前写好的，我帮着做了部分修改，可来酒店时忘了带。意意拿起话筒后，简要地问候了大家，发言内容临场发挥，整个过程稍显羞怯；之前准备的关于自己旅游、见识等都没有提到。只是说他自己作为今天的"主角"非常荣幸，他想讲一讲他的家——

我爸爸属虎，却是条龙，神龙，经常见首不见尾，早上上班我没起床，晚上回家我已睡着……我妈妈属龙，却是只虎，大老虎一声吼，我们三个都乖乖的……我哥是猴，只要老虎不在家，他就称大王，使唤我干这干那，经常欺负我……我属龙，是真正的龙、要腾飞的龙，可我哥说我是一头猪，根本飞不起来，不过，当猪也不错，吃吃喝喝快快乐乐……

　　掌声一片。

　　开吃，孩儿爹带着意意各桌敬酒。四五个亲戚的小朋友上台表演节目，唱歌、跳舞、朗诵诗歌，还有打拳、说唱的，整个会场很是热闹。

　　我的父亲，看着"祖国的花朵们"如此绽放，自告奋勇上台为客人们演唱了一首《我是一个兵》，还对后辈们说了一些勉励的话。

　　孩儿爹不胜酒力，多喝了几杯，捧着麦克风呼应着他的老丈人，把一贯的含蓄内敛换作了豪迈张扬。

　　摄影师忙碌不停，在宴会尾声，更是为每一个家庭拍照留念。

　　意意跟着我，送走最后一位客人。

　　"感觉怎样？"我问。

　　"挺好。"意意答。

爱情在哪里

——写在 2024 年 2 月 14 日

1

春节档电影《第二十条》，容我游离主题，只看主人公韩明和他的妻子李茂娟。

这是一对中年夫妇，日子琐碎，时而鸡飞狗跳。孩子被打，韩明说话不当，被妻子骂"畜生"，两人唇枪舌剑，当着孩子的面不避讳。

出任务时，韩明受小伤，额头擦破皮，他给自己套了一顶网帽，回家告诉妻子得了脑震荡。哼哼唧唧躺上沙发，把头枕在李茂娟的腿上。

初恋吕玲玲的手机号码，他备注名为男同事"王铁军"，几次来电，他都撒谎。其中一个场景，吕玲玲把受害人母女安顿在韩明家附近小宾馆，想求助韩明妻子照看。电话打了一次又一次，韩明不接，以至于吕玲玲亲自登门。"王铁军"真相大白……

李茂娟心性急、说话直，吵架是一把好手，委屈时会哭、做出哭状，韩明不耐烦：又哭，又哭，哭出来啊……韩明是市里检察院的挂职干部，没办法给儿子"平事"，回家被妻子数落，逼他一次次找人……

教导主任不撤案，儿子的事摆不平，挂职也不知能否转正……家里家外都是事儿，有难有烦；有所求才会有顾忌，韩明想到了回县城，儿子在哪里都能考上大学，李茂娟可以去上班，自己也不用委曲求全。

太过真实的夫妻相处：有慰藉、有怨怼，有心疼、有争吵，有咄咄逼人，有阴阳怪气……那么，爱情在哪里？

有一句常被引用的话：问世间情为何物，直教人生死相许。然而现实中，没有那么多生死考验，寻常百姓，日常琐碎，夫妻之间的爱情在哪里？

2

晚上出去吃饭，我和儿子们先到，孩儿爹去停车。饭店门口七八米远，有两个女孩在卖花，一捧一捧红的、粉的玫瑰，包装纸很漂亮，我不觉多看了几眼。

大宝打开手机："我给爸爸打个电话，看要不要我帮他买束花。"

"不用打。"我说，作为一个居家过日子的女人，有花儿没花儿无所谓，赶趟儿在节日高价买花儿，不划算。

"我饿了，咱们先去点菜，爸爸一会儿路过这里会买。"小宝说。

"打赌、打赌，500块。"大宝总想骗弟弟的钱。

"那算了吧。"小宝心虚。

我们坐定，点好了菜，吃完了送的免费水果，孩儿爹姗姗而来，说是人多，停车位不好找。"你空手来的？"大宝嬉皮笑脸问。

"妈妈没让我拿啥呀？"孩儿爹不解。

"爸，你从门口进来没看见什么？"小宝问。

"没有啊。门口有什么？"

小宝长出了一口气，庆幸道："多亏我没和哥哥打赌。"

当孩儿爹终于知道了事情的来龙去脉时，他立即吩咐儿子们帮他去买花儿，谈判良久，跑路费飙升至100元。可惜，卖花的姑娘走了，今晚的花太畅销。

"花怎么卖那么快?!"孩儿爹显得很无辜。

"要是有心，不是应该提前预订好吗？"大宝对着他爹坏笑。

孩儿爹佯装愤怒，教训大宝不要挑拨离间、煽风点火。

其实，从一大早，孩儿爹看到这个日子，便宣布要带老婆去吃大餐看电影。"那俩小伙子怎么办？"我问。"你说带就带，你说不带就让他俩自己去逛。"说完这句，孩儿爹在我们小家四人群里发了个专属红包，还配文字"老婆，情人节快乐，你是我最好的老婆和战友"。

"最好的老婆和战友"，这八个字招来了儿子们的鄙视。最好的老婆？难道还有别的一般的、不好的老婆？战友？战争友谊？打仗的朋友，打架的朋友，吵架的朋友……

原本中午的大餐没吃到，电影也没看成，孩儿爹有工作要处理。我又一次让儿子们"嘲笑"了。大宝询问爸爸妈妈年轻时的情人节怎么过的，年轻的爱情什么模样。

很少过情人节，年轻时总在小吵小闹，从未"案齐眉、敬如宾"，没见过爱情的真面目。

爱情大概多变，可能在慰藉里、在怨怼中，可能呈现为心疼，抑或争吵，亦可能化身咄咄逼人或者阴阳怪气……

人至中老年（我开始写的是中年，大宝订正是老年，那就中老年吧），无关乎爱情。唯愿有人立黄昏、问你粥可温。

出行，如何住

孩子们小时，我们出门旅行，都是节奏缓慢的自由行。订一间床稍宽的标间，两张床并在一起，两大两小睡着刚好。这样的模式一直持续到大宝小学毕业。

大宝12岁以后的日子，开始拒绝跟我们出行。有那么几年的假期，我们常在大宝去夏（冬）令营的时间段，带着小宝去逛。记得有一年，我们四个人一起出发到机场，一起过安检，在大宝的登机口目送他离去，剩下我们三个在另一个登机口候机。

大宝上高中后，青春期的"逆鳞"渐渐消失了，当我再提出一起出去玩时，大宝竟然同意。2020年国庆，我们自驾去陕北延安等地。那时大宝15岁，小宝8岁，出行初始，我便订好两间房，计划的是一人一个娃，大宝跟爸爸，小宝跟妈妈。

当夜到酒店，小宝却执意要跟哥哥住，大宝也拒绝跟爸爸一间房，兄弟俩目标一致，我们最终接纳了孩子的选择。第一晚，我一直担心，怕他们洗澡脚滑摔了跤，怕他们打闹嬉戏不睡觉，怕小宝睡梦中乱滚掉下床……早上天一亮，我便起床去孩子房间查看，结果，大宝写作业，小宝看iPad，小伙子们完好无损。

从那天始，似乎约定俗成，我们一旦出行必两两分组，孩子组一间房、大人组一间房。

2022年暑假，我们跟旅行团去川藏，标准住宿两人一间。

孩儿们第一时间宣布,他们要住一起。于是,每到晚上,饭毕,我们便各回各屋,有时串门聊聊天,往往是我们话还未说完,孩子们便着急撤回他们屋,或借口他们累了赶我们走。好像他们的"二人世界"更令人留恋,我推测是他们可以随便看家里没有的电视。

一晃,大宝18岁,成人了。当2023年这个暑假我再提起一同出行时,大宝不愿意,原因是他已出行两次,后经我晓之以理、动之以情,小伙子最终同意。我知道他更喜欢跟朋友、同学一起逛,能答应我们,算是给足了爸妈面子,所以我和孩儿爹都极其珍惜这次一家四口在一起的机会。

那,如何住?如果再按照以前那样各回各屋,我们就失去了好多相处的时间。我遂优先看酒店的套房,找寻了好久之后发现,大多数家庭房的床也不足以容下我们一家四口;只因这四口已由原来的两大两小,进阶为了三大一小。

那就选民宿,又大又便宜,有两室有三室,有共用的客厅,像家里一样。在贵阳的三室两厅,房价在280和400之间波动,客厅配有麻将桌。当晚,孩儿爹以"麻将高手"自居,耐心陪孩子们打牌,不断自爆年轻时的牌桌糗事,还见缝插针地指点孩子们。

贵阳最后一晚住在高铁站旁的亚朵酒店,一间房,35平,有两张1.35米的床,和一长沙发。"妈妈,我们住两个小标间也花不了多少钱,咱们挤在一起,怎么睡得下?"去酒店路上,当听到一间房后,大宝有了质疑和牢骚;但因为此次出行我管后勤,他再觉得妈妈抠门,也只能认命。进房间后,同样的操作,床并一起,大宝提出自己睡沙发,工作人员加了一床被子。这是真正意义上的一家人同处一室,彼此的鼾声清晰可闻；此场景多年未有，在家也不可能实现。

到广州住的是公寓，第一晚是 49 平的两室，有一张 1.8 米大床，和一张架子床，上下铺；小宝一进屋就爬上了上铺，大宝欣然在下铺躺平。晚上逛回来后，排队洗澡，然后各自躺床上，有一搭没一搭聊天。后一晚换到广州塔附近的两室公寓，90 多平，有大客厅和厨房，晚上一家人在大床上打扑克牌好久。

总结暑期出行，孩儿爹认为最满意的是住宿，还说以后我们一家四口的出行都像这样住一起。

走马观花六地行

1. 黄果树瀑布

一家四口暑期出行。2023 年 8 月 27 日到达贵州,第三日,我们计划去黄果树瀑布。本打算报个旅行团,大宝查询后建议我们自己乘高铁,既自由又省钱;我和孩儿爹便全权委托大宝带领我们"黄果树瀑布一日游"。

早 7 点起床,7 点半出门,叫了辆网约车到贵阳北站,早餐在候车室的小店解决。9 点多到安顺西站,坐出租到黄果树景区,司机报价 150 元。

在游客服务中心排队买票时,得知高考生和儿童免票,俩小伙子的兴奋溢于言表。坐景区摆渡车至大瀑布,我们跟着一个导游团听了会儿讲解,了解了一些黄果树瀑布的知识,也更加深入地认识了徐霞客这个人。

景区入口不远有分岔路口,旅行团队伍直行,我们拐到右边通道,需购票乘坐电梯直通山下,省时省力。往返票价每人 50 元,我觉得很值。

大瀑布壮观至极,我们一路被大自然的鬼斧神工所震撼。沿着小道走近瀑布,风带着水星儿飘飘洒洒,偶尔透过雨衣,钻进脖颈,冰冰凉凉。我们两两一组,小伙子们走在前面,大宝个子高,雨衣只够遮住大腿;小宝坚决不穿雨衣,带了把雨伞，偶尔撑开。

一个半小时左右，我们出了大瀑布，坐摆渡车至另一个景点"三星桥"，沿路走了一圈，看到很多树根盘根错节于石头中，心中更是惊叹。有一段小路极有特色，铺着写着日期的石块，日期后刻着某个名人的姓名。孩子们走着数着，想知道哪个人物在他们生日那一天。

本来还有一个景点——陡坡塘，孩子们不想去；要省下时间去关岭漂流。遂出景区，等车去"九仙洞天"。在此耽搁颇久，滴滴叫了三四辆车，都是接单后取消。后成功约到一辆车，司机解释只能走低速，高速路口会查，好像是当地土政策，安顺的网约车不能去关岭。

我们到"九仙洞天"景区门口时已是下午4点半，冷冷清清，放眼望去，只有我们一家四口。游客服务中心的工作人员只有一位，我们以为今天不营业，后得知，这几天是中元节，本地人不出来逛，还有一个原因，前几天下大雨，景区停业。带我们去漂流的一位胖大叔直言我们幸运，说一周前，这里还是人山人海。

"九仙洞漂"极稳当，我们四个乘坐一个皮筏，大宝胆大，坐在最前面，其次是小宝、我，孩儿爹殿后。水流缓、陡坡少，一路十八弯，两旁是花海，三角梅开得红艳艳，远处是绿山，头顶蓝天白云，耳朵里除了水声，剩下的就是小伙子们的嬉闹尖叫。

五点半左右出景区，没有网约车。一个工作人员给了孩儿爹一个出租车司机的手机号码，打通后，司机说他半小时后来接我们。司机准点至，送我们到关岭高铁站时6点20，离发车时间只剩20分钟。我们一路快跑进站，却看到一条醒目的通知，我们的车晚点20分钟。

坐在候车室的椅子上，特别累，接了开水泡茶，看着手机上赫然显示的23000步，心里有了些骄傲和心疼。逛了一天，所有的补给都是景区的零食，汉堡、烤肠等，大宝说垫一垫就好，回贵阳后再好好吃。

2. 千户苗寨

来贵州必去千户苗寨，我们依然选择坐高铁自由行。孩儿们睡到8点起床，我们从从容容出发。

10点多一点儿到凯里南站，走出站口，向右几十米，有专门去千户苗寨的大巴车，票价每人18元；这价钱低于小红书介绍的25元，更低于网约车的上百元。

坐上大巴车，50分钟左右到千户苗寨。此景区对学生、儿童等实行免票，成人门票加观光车共65元，孩子们欣喜，认为他们捡到了大便宜。

景区门口有"高山流水"的体验，即若干个苗家姑娘，托着敞口的壶，依次站立，壶嘴细流，一个流入一个，最后一个姑娘托着酒碗置于客人唇边；此景类似于"高山流水"，故得名。

走过"高山流水"的台阶，是一片平整的广场，几十个苗家女人整齐排列，舞着细碎的步子，伴着和缓的音乐。

刷身份证进景区，先坐观光车一段，后走路。近中午，太阳直晒也有点儿炙烤的滋味，小宝主动撑起了他的雨伞。路上有三三两两着苗装的男女，在河畔、桥边拍照，银饰窸窸窣窣、丁丁零零，河水汤汤、哗哗、潺潺；天幕湛蓝，白云时聚时散，太阳恣意地挥霍着光和热。

　　河岸边的一家饭店正表演着歌舞，孩儿们好奇去围观，孩儿爹建议我们在此店吃午饭。类似于火锅的煮菜、米饭，点了8度的米酒，店家说这就是"高山流水"的酒。特色的锅底，各种肉菜，五个苗家姑娘立于我身后，唱起了咿咿呀呀听不懂的歌儿，一男子吹着不认识的乐器伴奏。酒流进碗里，流进了我嘴里，当我举手示意停时，大半碗酒已下肚。后如法炮制，轮到孩儿爹的"高山流水"；一壶酒，500克，饭还未吃，酒已灌完。因孩子们未尝，我又点了一瓶12度的米酒，不选8度，是不想"高山流水"。孩儿爹被灌得又快又多，之后一直不舒服，有点儿昏昏沉沉，被孩子们嘲笑一点儿酒量没有。

　　可能是我们不习惯贵州特色吃食，一顿饭吃得五味杂陈。特色的白酸汤锅底，生姜味极浓，煮的肉又硬又柴，孩儿们撇着嘴，不好好吃。土豆焖饭倒合胃口，但俩小伙在动车上吃了零食，进景区又买了奶茶和冰激凌，肚子里填了好些东西，已没有了空间再装饭菜。我跟孩儿爹尽力干饭，也只吃了一半，实在不可口。人均单价100多，却吃出了嚼蜡的感觉。之后，跟孩儿爹总结，景区的饭尽量不吃。

　　餐后，走上观景台，坐在亭子里，俯瞰千户苗寨，高高低低中错落有致，河水若飘带穿寨而过，远山梯田宛如绿帐……

　　一号风雨桥附近，路边，大片稻田，我们沿着小路徜徉其间。走远，竟发现一条浅浅的小河，河边搁置着长木凳，孩儿们穿着凉鞋蹚水，他们打赌说妈妈肯定不敢下河。我怕水凉，抬起脚尖试了试，在我的承受范围之内。蹚水，一圈一圈走，好多年没有这样"戏水"了，孩儿爹坐在长凳上拍照，俩小伙子转移话题聊起了电影。

太阳一点点西斜，6点20，我们坐大巴离开苗寨。孩儿爹说，应该在寨子里住一晚，千户苗寨的夜景值得一看。孩儿们说，留点念想和遗憾，下次再来。

3. 重游兵马俑

2023年9月24日，早起，雨一直下，原定的去大自然中走一走无法成行。怎么办？孩儿爹提议找个室内不淋雨的景区逛逛。小宝接话："兵马俑，我还没有去过呢。"于是，三个人简单地吃了早餐，冒雨驱车奔赴秦始皇兵马俑。

到临潼出高速，雨小了些，我们导航至兵马俑1号停车场。这会儿是淡季，偌大的停车场有一半空着，游客三五成群，有挂牌的工作人员在询问着"要不要讲解"。我先下车咨询买票事宜，孩儿爹去停车。

停车场有间游客服务中心，咨询处坐着一位年约五十的男士，得知我要买票，他指了指桌上的二维码，让直接扫就行。的确便捷，我填好个人信息，预约好进馆时间段，又问了一句："从停车场走到景区大门有多少米？"那男人看了我一眼，道："没量过，我没有尺子。"

我把这事儿当笑话讲给了孩儿爹听。"管理不到位，工作人员缺少培训。"他评价。

在兵马俑博物馆门口，遇到一个年长的女讲解员，她说自己当讲解员已20年，想邀请我们参加她的小团。讲解费三个人支付80元，后来进馆时，才知道这个团由四个家庭拼成，共15人，每人发一个专用耳机。讲解员挺卖力，在去1号坑的路上，边走边讲着秦朝历史，时而能听到她的气喘。

30年前我曾来过兵马俑，那是学校组织的春游，如今想来，已没有什么印象。以至于当我站在1号坑边，俯瞰这项伟业时，我保证我是第一次来。游客少，我从从容容地贴近栏杆，任敬仰和震撼在胸中回荡。耳中似乎传来浑厚的秦音：赳赳老秦，共赴国难，赳赳老秦，复我河山。血不流干，死不休战！西有大秦，如日方升，百年国恨，沧桑难平！天下纷扰，何得康宁？秦有锐士，谁与争锋……

　　导游讲着发现兵马俑的故事，打井的村民一镢头下去，一座地下宝藏出现……虽然对来过兵马俑没有印象，但兵马俑的种种故事我都耳熟能详，大部分是跟孩子一起读过。也可能是我们家就在"秦二世陵"附近，天天在"二世"地盘散步，所有秦的"掌故"总会传到我们耳中。

　　2号坑有四五位兵俑重点展示在玻璃罩中，其中一位极像董宇辉，脸盘方正、眼睛细斜、鬓角发丝清晰可见，这碎片的复原真是到了极致。3号坑小，据说是司令部，有复原的驷马战车。4号坑因秦始皇驾崩而烂尾，什么也没有。

　　不到两个小时，秦始皇兵马俑完完整整转完。解散时，导游与一个家庭发生了冲突，起因是，导游要带其他客人走另一条小路去出口，她不想那个家庭跟着。后来听说是因为利益，那个家庭的讲解费给得少，且全程没有消费。孩儿爹又感慨一句：他们的管理配不上"兵马俑"。

　　景区有一个新项目——"飞跃大秦"，类似于VR，坐上"战车"穿越至秦国，进阿房宫、行秦直道、入帝陵、见棺椁，看秦兵赳赳、赏桃花朵朵，一会儿高山、一会儿大海……小宝坐在身旁笑着叫着，开心无比。

　　到停车场时已近4点，天阴沉沉，风吹过来直打寒战。胖墩墩的小宝都喊着"冷"。为了驱寒，我们开车到临潼市区吃了热腾腾的羊肉泡馍，菜足饭饱，我和小宝给予了今日行程高度的肯定。孩儿爹很得意，计划以后每周出行，把西安周边的景点齐齐走一遍。

回家路上，我问孩儿爹："30年前，你为啥要跟着我们班去春游，逛兵马俑、华清池，是为照相挣钱吗？"

"是。"

"挣得多吗？"我又问。

"刚够本。"

"那真划不来。"

"划得来，我虽没挣到钱，但我认识了一个老婆，挣了一个家和两个儿子……"

4. 鲸鱼沟

2023年国庆节假期第一天，孩儿爹提议带孩子去"鲸鱼沟"逛一逛。"鲸鱼沟"地处西安市白鹿原狄寨镇南两公里，我上白鹿原数十次，却未曾去过鲸鱼沟。小宝喊来表哥，我们一行四人出发。

传说，远古时候，共工发怒，碰得天塌地裂，天水倾泻，人间皆成汪洋。当时，东海里一对大鲸鱼分别驮着77个老百姓，乘风破浪游了九九八十一天，到长安东郊的白鹿原时，逢女娲补天成功，天水渐退，鲸鱼搁浅于淤泥，百姓安家在原上。

若干年，有一位皇帝想在此地修城。动工七七四十九天，鲸鱼被压得喘息不得。一日，空中巨响："鲸鱼鲸鱼莫发愁，霁时叫你东海游"。话音落,天地崩,狂风作。一声炸响,墙倒;二声炸响,土裂;当第三声炸响闪过,空中又传出声音:"还不逃走,等待何时"。鲸鱼跳出,入浐河灞河,回东海。原鲸鱼所在地成鱼状深沟,是为"鲸鱼沟"。

美丽的传说都是后人美好的牵强附会。

驱车半小时,"鲸鱼沟"已在我们眼前。望着这一片小"汪洋",我的脑海一下子泛起朱自清先生在《绿》中写的那句话:我惊诧于梅雨潭的绿了。是的,鲸鱼沟的水绿莹莹,与原上一片竹海相映,碧绿配青翠,生机盎然。

我们坐快艇,畅游于水中,发动机嗡嗡响,白色的水花儿溅起,翻滚着消失在船后。孩儿爹捧着手机,喊着孩子们的名字,趁转头之机留下影像。

沟上一片平整的原,有一家名为"沙滩竹海"的沙滩车俱乐部正在营业,摇滚音乐嘹亮,空地上停着七八辆双人、单人的卡丁车,车身满是泥。孩儿爹跃跃欲试,带着孩子们去咨询,老板立即洗车,并解释前些日子雨水多,跑道路障有泥潭,车跑一趟就被泥包裹。

三个男人换上了俱乐部的服装,头盔、面罩、鞋套,一应俱全。孩儿爹带儿子,教练带侄子,先在空地上练车。后又上来五六个游客,不多一会儿,个个全副武装,教练带队,六七辆卡丁车浩浩荡荡上了跑道。我在俱乐部大厅刷着手机等候。

孩儿爹行事一向谨慎(胆小),大学体育课的木马项目,他直接放弃不尝试。多年后有了儿子,为了给男孩子们做表率,他总说"爸爸可勇敢了,啥都不怕"。记得第一次带大宝坐过山车,他自己吓得没敢睁眼睛,慢慢地,一次又一次,那些高空项目他一一挑战,大宝也在跟着爸爸的过程中"天不怕地不怕"。现在又轮到了小宝，凡男孩子玩的项目，孩儿爹身体力行，带动着孩子们。

小宝一开始是不愿坐卡丁车的，嫌脏，还因为空地上练车人的忽快忽慢甚至翻车……小宝拉着表哥要回去，俩孩子都爱干净、不喜冒险。多亏孩儿爹各种诱惑，最终留住了哥俩。

我在大厅坐了大概40分钟，突突的车声又一次传来，一队车马陆续返回。听见小宝喊妈妈，我跑过去，三个泥人立现我眼前。褪去专用服装，小宝自己的裤子有一大片泥水；我问怎么回事，小宝答衣服上有开口，泥水飞扑过来，灌进去的。

孩儿爹摘了帽子，抽了张纸擦眼睛，然后拉着我要再走一趟，我挣脱，说自己腿疼，且天渐黑，视线不好。其实，主要原因是，孩儿们说，有一段路极陡，上下坡六七十度。这，我怎么能去！

回家路上，问小宝感受如何，答曰刺激，又言太脏，并强调自己再也不玩了。

"好吧，"孩儿爹说，"等寒假哥哥回来，我们还来，到时我带妈妈坐一辆车，哥哥带希希（侄子名），你就在大厅等着，或者待家里也行。"

"这……"小宝想了想，"那还是算了吧，我跟你们一起来，再玩一次，大不了回去洗澡。"

5. 郑国渠

之前去过一趟郑国渠，当时到得晚，售票已停。2023年10月23日，周末，天气极好，孩儿爹又建议去郑国渠。只因最近他在看《大秦帝国》，对秦时所有均有兴致，而意意这俩月在听《大秦帝国》,对郑国修渠这段历史也极有兴趣。

郑国为战国末年韩国人,因"疲秦"计划被派往秦国,游说秦王修建水渠,意在使秦国投入大量人力、财力到兴修水利上,从而削弱秦国国力,使之没有精力和时间攻打韩国。后来,这一"阴谋"被秦人识破,秦王欲杀郑国,郑国坦诚相告:"始,臣为间,然渠成,变秦之利也。"他说修此渠不过"为韩延数岁之命",为秦却"建万世之功"。于是,郑国继续修建此渠。

据说,韩王得知如意算盘落空后,抓了郑国家人要挟郑国。秦王派兵直驱韩境,保下了郑国一家大小,郑国得以安心修渠。此后,"关中为沃野,无凶年"。郑国渠的建成,使关中的干旱平原成为沃野良田,粮食产量大增,是秦国完成统一六国大业的保障。为纪念郑国的功绩,时人遂称该渠为郑国渠。

这段历史,是孩儿爹和意意最近给我普及的。他们由衷佩服郑国,十年修渠,哪怕差错一点,秦国的人力财力就会有巨大的消耗,就不会有力气吞没他国。然,郑国一介匠人,工匠精神在身,忠于自己从事之事,精益求精,最终为后人留下了如此伟大的水利工程。

2016 年 11 月 8 日郑国渠申遗成功,成为陕西省第一处世界灌溉工程遗产。

如今的郑国渠风景区,主要是在其渠首九嵕山下礼泉和泾阳交界处的瓠口附近,依稀可见当时"饮水出山"的壮举。

我们在入口买票,坐大巴至"郑国湖",湖水碧绿,四面环山,处处峡谷。我们坐快艇游转一圈,水上风冷,仰看石山嶙峋,又有绿植红叶相映,大自然的鬼斧神工令人惊叹。

后走山路,下台阶上台阶,窄窄的石头路,到一处浮云台,悬崖峭壁上修建的玻璃观景台。意意走得快,早十分钟已把周边景色拍视频发了过来。汇合后,一起沿路艰难行走,其间,坐竹筏至"黑沟"景点,意意着急盖章打卡,一直走在前列。

"黑沟"处,有大巴乘车点,我坐车去下一个景点,意意和他爹选择继续走路。车行至"孔雀湾"停,因此处峡谷裂痕酷似孔雀开屏,故得名。峡谷深处有浮桥,走在其上可近距离观看从山顶落下的瀑布,太阳光照过来,溅起的水花五颜六色,若隐若现的彩虹。

浮桥离下车点直线距离130米,走下去却有上千台阶,没有孩儿爹和意意相伴,我走一会儿歇一会儿。在晃晃悠悠的浮桥上,太阳光暖暖照着,眼所及处,成千上万年的石山,顿觉人身渺小。上台阶时,我亦走走停停、气喘不已,因膝盖旧疾,常不运动,一行走便觉体力不支。

大概一个半小时后,那父子俩的身影才出现。意意走在他爹前面,迅速至终点盖章处,工作人员给予了高度赞扬,并授予意意勇士奖牌。孩儿爹更是描述了意意一路的勇敢,爬石坡、走栈道,没有一次叫苦喊累。我给了意意大大的拥抱,表达了我"刮目相看"的钦佩之情。意意不好运动,属于能坐着绝不站着的孩子;平时晚上绕曲江池走路,常落于我后,10000步走下来直接瘫倒。可今天的运动量是20000步,意意竟处之若素。

4点整,坐大巴下山。一路穿数个隧道,不到半小时已到停车场。想当年郑国,翻山越岭,考察水系,引泾水东注北洛水为渠,修建三百多里,渠水灌溉土地4万余顷。这是多么艰难的任务,然而,郑国,以及郑国带领的无数老百姓,完成了此壮举。

郑国一生值得。后人一生幸运。

太阳西斜,我们驱车离去。意意摩挲着他的奖牌,我们挥手,作别郑国渠。

6. "只有河南"

甲辰年正月初三,临时起意郑州行。初四,一家四口来到"只有河南"。

从住的公寓到"只有河南"五六分钟车程,停车处有"只有河南"四个大字,想拍张照片,无奈人多未如愿。本以为我们来得早,结果停车场已满满当当。

入景区,一垄一垄麦苗,在朝阳里闪着绿油油的光。抬头前望,高大的土色围墙,厚重而古朴。墙内,是一座有21个剧场的戏剧幻城。

我只预订到了幻城剧场,其他两个主剧场(火车站剧场和李家村剧场)各个时间点的票均已售罄。早上9点半,我们已到幻城剧场门口排队,10点整演出开始。

这是一个能容纳2300人的剧场,依靠前沿科技手段,演绎了一个"幻"故事——和我们相隔千年的朝代从地下慢慢升起,老子、孔子开场,武则天、宋徽宗、白居易、苏轼、张择端、嘉庆皇帝等相继出场,古人们演绎着一幕幕严肃、深沉、俏皮、放肆的故事。

一个小时的演出结束,出剧场时,太阳更暖,棉袄只能褪去。孩子们去买吃的,我和孩儿爹边走边看,每一个小剧场的门前都有长长的队伍,一望便却步。

《曹操的麦田》，演出 35 分钟，孩儿爹建议排队。工作人员举着木牌，显示等候时间 60 分钟。我和孩儿们在一旁休息，孩儿爹先行排队。20 多分钟后，前面的观众进场，队伍迂回前行，孩儿爹喊我们入队。

静止等待，人手一部手机。S 状邻近的队伍里，有四五人席地而坐，铺开扑克牌，打得火热。大宝看了眼显示屏，抱怨道："还有 40 分钟，热死了。"他喊来工作人员，从旁边的金属栏杆跳出去，说要去卫生间，后又打电话告知孩儿爹他不进来了，在阴凉处等我们。

河南中牟曾是官渡之战的古战场，千年前战火的烟尘落定，覆盖了枭雄的坟茔……《曹操的麦田》剧目 5 个演员，曹操、袁绍、许攸等，涉及的故事"三国"里都有。原以为小宝会喜欢，结果出剧场后，小伙子来了一句"没意思"。

麦浪餐厅很宏伟，各种食物齐全，一楼人太多，工作人员提示三楼有套餐。一份米饭套餐 50 多元，包括一份甜点和小瓶可乐。大宝说可乐含糖量高，小孩子不宜喝，但扔了可惜，小宝一会儿一小口，一边喝一边说着回去减肥。

吃饱喝足，我们一家四口又加入流动的人群。经过《苏轼的河南》，这名字听着不错，一看等候时间 120 分钟，大宝直摇头："要是排队 2 小时，玩一个我喜欢的迪士尼游乐项目，还值得。看这剧，不看不看。"大宝拉着弟弟往前走。

在地坑院的凳子上坐着休息，孩儿爹心有不甘，来都来了，好歹多看两部剧。但孩儿们不愿意，于是，我和俩小伙子在凳子上打扑克牌，孩儿爹一人去逛。小宝手气极好，赢了好些钱，一直兴致盎然。

一个小时后，孩儿爹转回来，说自己把每个地方都看了，二层也有麦田，他带我们去看。这时的太阳已偏西，阳光普照，一片热气腾腾。孩儿爹自言，5月再来，麦子黄了，麦浪滚滚会更好看。

"麦子在哪儿?"大宝问。我惊异大宝竟问出了这个问题。

"这就是啊。"孩儿爹也惊奇，指着麦苗告诉孩子们。

"不是吧，"大宝有些不信，"谁会把麦子种在这儿？你确定这不是观赏的草？"

"哥，我看这像韭菜。"小宝接着说。

俩小伙子竟然不认识麦苗！还一直在质疑他们的爹！我们小时都在农村长大，麦苗、青草、韭菜永远不会混淆。可惜，我们的孩子，远离土地，不事稼穑，麦苗也不认识了。

孩儿爹逮着机会给儿子们当了一回农业课老师，一番滔滔不绝、谆谆教诲，老师有成就，学生长知识，也算是这次出行的额外收获。

出景区，又到"只有河南"这四个大字跟前，孩儿爹要拍照留念，总有人占上去。大宝说他来拍，给爸爸妈妈拍一张就行，他和弟弟不照相。大宝调整着我们的位置："我拍出来绝对没有别人。"对，确实没有别人，不过，中间的两个字也没有了。

"只有河南"值得来，值得慢慢品；挑剔的孩儿爹也对这个项目有很高的评价。当然，得避开人多的时候，不要像我们，逛了一天，只看了两部剧。

围城烟火

婚姻道场

——写在结婚 22 周年纪念日

多年前,我曾看过一本书——《幸福婚姻法则》,封面有两行文字:即使是最美好的婚姻,一生中也会有 200 次离婚的念头,50 次掐死对方的冲动。那时那刻,这段话像菩提祖师敲在悟空头上的三棒,我亦如孙猴子一般立即参悟了其中的深意。

2023 年 5 月 5 日,我走进婚姻整整 22 年,所谓青铜婚。一路穿过 8000 多个白天和黑夜,我渐渐明白——婚姻,是我们修行的道场。

1

年轻的时候,我一度不知道自己为什么嫁给孩儿爹。我喜欢刚硬的男性,他偏阴柔;我想找懂我的男生,在我想吃橘子的时候,他递过来的总是苹果;我欣赏有毅力能坚持的人,他却总是随心做事……

那时候,也没人想着我会嫁给他,父母不同意,亲戚朋友不看好。他家在贫穷山区,父亲早丧,母亲年迈,家里一穷二白;他虽走出了乡村,但前途未卜。当年我的一个大学舍友甚至给我们建议了一个方向:毕业后回家乡小城开照相馆。

但我还是嫁给了他。源于我们少年相识,源于他对我极好，我要给足他这个"面子"。当年他带我回村，骄傲溢于言表，从不被人看好的他，带回来的媳妇儿是个城里姑娘，家境好，学历高，不要彩礼。这在他们村绝无仅有，在他的同学中也属凤毛麟角。

这个"面子"唤醒了年轻小伙子沉睡已久的信心和勇气，也拓宽了他包容我的心量和胸怀。我是在和他相处的过程中学会了吵架、摔东西，掌握了百种作、千种闹，那些年，只有他知道我不是乖乖女。婚前，闹得凶时我说过数次分手；婚后，每次吵架我都想着离婚；而他一直稳稳地在那里。

是的，一开始，我给了他好看的"面子"，他还我以温暖的"里子"。我在这"里子"的包围中，一点一点地走向了强大。

若干年后，他回赠我好看的"面子"，让我生活优裕、恣意做自己；我亦还他温暖的"里子"，以看见和理解做底色。

今天早上，想起这些，我遂深情地跟孩儿爹说："老公，真的谢谢你，有了你，我才能这么好。"

"那你昨天还骂我、打我？"那人掩饰着得意，委屈道。

"滚……"

真是的，一点儿情调不懂，没有接住我的深情，该罚。

2

我曾经喜欢过一个男人，那是我少女时代的一份暗恋和不甘。再一次遇见时，我依然觉得他懂我，即使不说话，他也清楚我心中所想。我曾为此困惑、迷茫，甚至生出过一点绝望，我与这个世界上最懂我的男人永远没有交集。

某一天，我用手指划过心房，安抚着心底一隅的躁动不安，却在不经意间触摸到了藏在它们背后的几个字符：你不够好。犹如棒喝，我看到自己在他面前，不自觉地变成一朵低到尘埃里的小花儿。这感觉实在不好。于是，挥手自兹去，我翻过了这一页。

多年后，当我家孩儿爹一路向上、神采飞扬的时候，也有女人看他时眼睛里满是星星。我为此伤心过，觉得站在我身后的那个稳稳的人动摇了。在一度的混乱里，我清醒地认识到，长久以来，我有些忽视了这个男人。我一直专注于自己的成长，用心陪孩子。我常看不到他，即使看到，也是全部，光与阴影俱在；而别人看到的只有光。因着光，女人仰望的目光里充满着崇拜；因着崇拜，女人的言辞中有了过多的嘘寒问暖，这足以令一个男人心旌摇曳。好在，他是个爱惜自己羽毛的人，又特别看重家。

我那时见过那个女人，她在一点讪笑中不失真诚地说："钟老师，什么事儿都没有。"我说我知道，我只是想要感谢你：在他工作繁忙照顾不到自己时，送来咖啡端来饭；在他开一天会头昏脑涨时，陪着打羽毛球；在他烦闷时，跟他聊年轻人的时尚和八卦……后来，我还跟她聊起了孩子的教育，讨论她8岁的女儿该上什么兴趣班。走时，我抱了抱她，好自为之。

行在婚姻路上，某个时刻大概会有"旁骛"，我在学着厘清自己、理解他人，不与人性较真。而回望过去，我特别感谢生命里的"插曲"，它们像礼物一般在某个适当的路口呈现，让我更好地照见了自己，也更坚定了脚下的路。

3

上周的一个大中午,我去办事,回来时,孩儿爹说他开车在地铁口接我。结果,我在太阳底下等了半小时他才到。我摔门坐在了后座,不听他的任何解释。我本来没想着让他接,是他自己非要来,既然答应接我怎么会被工作绊住……我指责他不守时、不守信用,还把若干类似的陈芝麻烂谷子一一罗列。孩儿爹突然踩刹车,转头怒曰:你有完没完,还要不要过?他眉头紧皱,声如洪雷。我心中更是气愤,这男人,明明自己做得不对,还给我发脾气,要是可以我真想踹死他、掐死他……

我沉默片刻,深呼吸。

"要过。"我答,声音不大不小、不愠不火。

他转身继续开车,过了一会儿,似没忍住,"扑哧"笑出了声:"老婆,你别专门惹我,我就这臭脾气,以后再也不发了,你说啥我都不发脾气了……"

"哼!"我看向窗外,一句话不说,谁信呢。

很多时候,我们都像个孩子,带着原生家庭的痛,在我们的家庭里碰碰撞撞、吵吵闹闹。近几年,随着年龄增长,有时吵架,当战事胶着时,我会突然生出一点心疼,他已经没有父母了,兄弟又走得远,他的鬓间已有白发……有时我生气,他也会感慨一句:我以前喜欢的那个 17 岁的姑娘,她的孩子都 17 岁了……

我跟孩儿爹认识 30 年,弹指一挥,半辈子过去了。他见识过我的脆弱和自卑,我领教过他的偏激与拖沓;那些弃之不去的阴影、无法言说的疼痛,只有我们彼此清楚。在他跟前,我是"真我",他亦是。多年夫妻,经过捶打、磨炼、蒸煮,我们好像熬成了——哥们。

昨晚,孩儿爹问:"明天结婚纪念日,老婆有什么建议,吃饭、看电影?"我说我还希望你给我写一封信。"哦……行。"我看出了他的勉强,心里一阵窃喜,写是他的短板,看这个"轻诺"的老男人如何收场。

我表达出我想要一封信,而不是我想要却不说,等着他看穿我的心思。这是我在婚姻中学到的,"如果不说出来,就会做出来",选择不做,就要选择如实表达自己想要的和不想要的。我们一直所说的"看见",其实要做到的只是表达和呈现,不让对方为难,不让自己失望。

说到底,婚姻里的亲密关系,不过是自己和自己关系的一种体现。

而重要的是,在认清了婚姻的真相之后,依然爱得腻腻歪歪、活得热气腾腾。

一封生日信

亲爱的同志：

　　祝生日快乐！

　　今天早醒，听你鼾声起伏，我悄悄起身出了卧室。想起今天是个特殊的日子，孩儿们昨天已经喊着要订蛋糕，我遂坐在餐桌旁给你发了一条祝福信息，没想到你秒回。卧室与餐厅，直线距离不到 10 米，我们在 10 米线段的两端，你一句我一句，微信聊天。

　　语音？你发过来两个字，带了一个大大的偷笑表情。

　　不行，会吵醒孩子们。我发信息拒绝，又有点儿不忍，便回卧室"语音"邀请你去公园感受"小角度阳光"。

　　6 点钟的太阳，舒爽、清凉，好似 30 年前你的青涩、我的稚嫩。

　　还要生日信吗？我问你。按我们家的传统，我是要给每一位"寿星"写一封或长或短的"生日信"。一般我会在头天晚上构思好甚至写好，生日一大早送"信"。可昨天单位有事，我忙了一天，没顾上。

　　你说没关系，写不写都行；只是儿子们都有，如果少了你的，倒显得不公平。

　　其实，我前几天已经打算起草一封"生日信"了，迟迟没有动笔,是因为周末那天你惹了我,对我吹胡子瞪眼,还死不认错。对,你还口不择言、暴跳如雷,想到这些,我就不想给你写什么信了。

你看,我一提到你待我"不好",你的头摇得像拨浪鼓,矢口否认。然后摆出最有力的证据:25年前,你带家教,走时学生家长给了你两个橙子,你舍不得吃,一路骑自行车10公里带回给我。

两个橙子的故事,你记了20多年,估计橙子都厌烦了,以至于从不来我们家。而你,总揪着橙子不放,大概是因为没发生过香蕉、苹果、西瓜、梨之类的事吧。

去年,跟你一起看吴彦姝和奚美娟的电影《妈妈》,当时触动我们最深的是"阿尔茨海默症"。后来,我在一个平台上做了个有关"阿尔茨海默症"的测试,也给你测了一下。结果是,你患"老年痴呆"的概率高于我。

那时,我已声明,等你"痴"了,我会管你一日三餐,让你不受饥寒之苦,这是在报答两个橙子的恩情。你说,即使"呆"了,不识人,你也会不遗余力地逢人夸我:"这位大嫂对我可好了。"

当然,如果你现在再对我吹胡子瞪眼、皱眉头,到时候,我会把你锁在家里,一个人去公园找别的老头跳广场舞;要是哪天突然想起了"橙子",我会让你坐轮椅,推你去公园,看大嫂跟别的老头跳舞。

所以啊,亲爱的同志,人是要居安思危的。在你如今意气风发、活蹦乱跳的日子,请多多地带回一些"香蕉""苹果""西瓜""梨"……这样,我哪天要是有了不好的念头,想松开推着轮椅的手,"橙子"已不顶用,但"香蕉""苹果"等一起来，没准儿会让我改变主意。

今天早上，你的表现就很好，做到了用心聆听、无条件接纳。那"大嫂"郑重承诺，将来一定好好照顾你，即使半夜要喝粥，我也会二话不说立即起床做；还会每天打扮你，让你做个清清爽爽的老头儿。不过，话说回来，你还是要好好锻炼身体，坚持打球；因为人心不可测，你最好不要给"大嫂"虐待你的机会。

好了，就写这么多，我要去取蛋糕，孩儿们已经等不及了。

再祝我亲爱的同志生日快乐、活力四射！

你的老婆

2023 年 7 月 20 日

惊天秘密

夜里 11 点,丈夫加班回家,为了上新项目,他最近不是出差就是加班。今晚终于有空,他想跟家人一起吃晚饭,遂提前打电话约好妻子。可临下班,领导安排他接待一支从外地来的技术团队。

他有点内疚地跟妻子说明情况,并答应 10 点前一定回家。9 点 20 分,新项目的论证还在进行中,他立即给妻子发去一条微信:"老婆,得晚一会儿,你累了先睡。"

妻子收到微信的那刻,正打算写一篇文章,心想:晚回来也好,没人打扰没人催,刚好赶完这份稿子。她已连着熬夜三个晚上了,白天忙,晚上陪完孩子后,总会突然来点精神,做些自己喜欢的事儿。也是因为丈夫出差不在家,她有时特别享受夜晚一个人的静谧时光。

可熬夜的结果是,她的心脏又稍稍不适。下午跟丈夫通电话,她说,希望今晚早睡,让身体恢复,让免疫力提高。

"砰"一声,关门的声音,妻子知道是丈夫,瞄了一眼手机,11 点整。家里静悄悄、黑黢黢,书房的灯光透了出来,丈夫直奔进来,看见妻子埋头在电脑上敲打。

"不好意思,回来晚了。"丈夫说,"你怎么没睡?"

"等你啊。"妻子转头说了一句,又继续看电脑。

这份稿子拖延了一周,今晚终于有些灵感,妻子决定一气呵成。说好不熬夜,可事情赶到这份上,"明天补觉也行",妻子在心里自我安慰。

丈夫洗漱完毕，看见妻子还在忙，他说："回屋睡吧，身体要紧，明天再弄。""你先睡，我一会儿就完。"妻子推辞。

"走吧，我要跟你说话呢。"丈夫说。

"啥话？"妻子微微抬了下头，"你现在说。"

丈夫坐在妻子身旁，妻子看向电脑。"我给你说一件事儿，"丈夫顿了顿，似乎在等妻子的回应，没等到，他喝了口水，接着说，"我发现了一个秘密，惊天秘密。"

"啥？"妻子敲着键盘的手停下，转头看向丈夫，眼睛里扑闪着兴奋，"啥惊天秘密？谁的？亲戚？朋友？你单位同事……快说快说。"

"说来话长，回屋慢慢讲。"丈夫答。

稿子还剩最后一部分，可妻子的心思全跑去思考"惊天秘密"了，她的眼睛盯着电脑，脑子里却飘出各种"八卦"：谁的秘密、怎么个惊天、会不会是认识的某人……

妻子果断关了电脑，迅速冲到卫生间抹了一把脸；丈夫去厨房接了杯开水，回卧室时妻子已经进了被窝。"哎，到底啥惊天秘密？"他刚坐到床边，妻子便急切地问。

"好累啊，一天上班困死人，"丈夫伸了个懒腰，"别急，我躺好了跟你说。"

妻子眼巴巴地瞅着他换睡衣、喝一口水、咳嗽一声、摁开台灯、关大灯、拍了拍枕头……终于躺倒。两人面对面，丈夫背对着昏暗的台灯，打了一个哈欠，妻子有点儿看不清他的面目，只觉得他的眼睛要闭上了。

"快说，啥惊天秘密？"

"就是，啊……"丈夫又打了个哈欠，"我出差……啊……

那几天，发现了……"

妻子觉得丈夫不好好说话，不想说才会哈欠连连，心里有个小人立即不爽起来："哼，吊我胃口，又不痛快说，可恨。"

"说。别磨蹭，你要不说，我就睡觉了。"妻子说着，准备转过身去。

"说、说，肯定说。"丈夫伸手扳过妻子的肩膀，"出差那几天，我突然发现一个秘密，就是——我特别特别爱我老婆，是捧在手掌心当宝贝一样的爱，是想满足老婆一切愿望的爱，哪怕老婆要星星要月亮……"

"停！"妻子有些哭笑不得，"少来，这算什么'惊天'？我以为是什么爆炸性新闻，原来你在糊弄我。"

"怎么不'惊天'？"丈夫急了，"哪敢糊弄？我自己发现后都吓了一跳。我从来不知道我心底深处竟然这么爱一个人……我之前认为就是普通夫妻相伴过日子……"

妻子微微一笑，却听见了内心深处弱弱的一声叹息。似乎有一点点遗憾在心中升腾，一个年轻的女人幽幽地说："我想听你说爱我。"

"谁整天把爱挂在嘴上，该干啥干啥。"一个年轻的男人道，"我当年谈恋爱结婚，就想娶个老婆。"

"我要的是爱情，可你却只想娶个老婆。"女人的眼泪流进了肚子里。

"我给你讲个故事吧，"妻子看了一眼丈夫，说，"我小的时候，有一次跟我妈赶集，看到一个扎头发的头绳，非常喜欢，头绳上有漂亮的绒毛小球球，我妈不买，说是中看不中用。过了好几年，我都10多岁了，有一次我妈送我礼物，一个好看的有绒毛小球球的头绳。我收下了，却并不欣喜，因为我已经不怎么喜欢那款样式了。"

丈夫没有接话,妻子也不再说话,两个人面对面,眼光却错过彼此,落向别处。

半晌,丈夫伸出胳膊搂了搂妻子,"我年轻时不懂事,让老婆受委屈了。我现在要加倍爱老婆、疼老婆。"他诚恳地说,"给你老公一个补偿的机会,好吗?"

"好!"

夜,静悄悄。偶尔,远处三环的车声飘来,梦的精灵在空中飞舞,有一个年轻的女人在桌前沉思。

爱与暖脚

你说，中年夫妇谈什么爱呀，一口锅里吃饭，一张床上睡觉，打嗝不避嫌、如厕不关门，睡衣睡裤相见、蓬头垢面吵架……日复一日，能做到"相看两不厌"已是难于上青天。

你庆幸都有工作，白天不照面，晚上常加班，即使回家在一起，家务要做，孩子要管，上了床还要各自刷手机。有人说，人与人之间最好的关系是在一起各自忙活不说话。如此看，中年夫妻的关系极令人羡慕。

他自得道，我们的关系就令人羡慕。说着，他解下围裙，又自我标榜：你看，你找了个多好的老公，忙了一天，回家还要洗锅刷碗；我都嫉妒了，你老公真是太爱你了。

你"呵呵"一声，问，有多爱？

可以为你做一切，甚至付出生命。如果是战乱年代，敌人入侵，我一定拿我的命换你平安。他说。

瞧，男人的嘴，不过也只能骗骗纯真的小女孩。你已在围城里修炼了二十余年，即使没有太上老君的炼丹炉，也照样练就了火眼金睛；看人，那叫一个准，尤其看这个男人。

天突然降温，供暖没跟上。你用热水泡过的脚，只因在书桌前坐了半小时，上床时已冰凉。电热毯开着，脚底板贴上去热乎乎，可脚面、脚踝处始终凉飕飕。你把脚伸向他的被窝，脚丫子塞进他的小腿肚子下，"哎呀"一声，他迅速挪开腿，质问：你的脚怎么跟石头一样？！

你一阵腹诽,这语文水平,脚冰凉,却软乎,要是像石头,岂不硌得慌?!这个比喻给差评。

看你不吱声,他讪笑:我给你搓脚吧,你的脚太冰,像生铁,一挨我皮肤,寒气会渗进骨头缝。

脚像生铁?生铁是啥样,这个比喻既模糊又抽象,差差评。

你执意把脚放在他的小腿上,并扬言现在就是战乱年代,不需要穿行于枪林弹雨中,不用付出生命代价,暖暖脚一切安好。

那人吁了一口气,眼抽嘴咧,好似在渣滓洞里上老虎凳。看这情形,再持续一小会儿,他保准变节。

罢了!你不想眼睁睁看他当叛徒。

你编起了故事:当年红军过雪山,有个女战士双脚冻得失去知觉,她的丈夫在冰天雪地里,解开棉衣纽扣,把妻子的脚暖在自己胸脯、肚子上……

你讲得动情,那人听得动气,自言胃寒肠不好,浑身上下哪哪都怕凉……

空气凝滞,各自沉默刷手机,又回归到人与人之间最好的关系里。在悄无声息里关灯睡觉,两床被子间空隙巨大。

一夜无梦。

早醒,床的那一半已空。你出卧室洗漱,听见"砰"的关门声。

你在脸上抹着泡泡,听见"踏踏"的脚步声越来越近。有人说话:我买早点回来了,你喜欢的肉夹馍、胡辣汤。

你冲了把脸,转头道:哎哟哟,真是好老公。你是不是很爱你老婆?

那人笑着欲点头,却突然想起什么,身子朝后缩了缩,眼光里一片警惕,小声一句:你想干什么?

大清早的,我能有什么企图?!不过是随口一说,果然,平常话里最能见本质。中年夫妻哪能言爱,我懂。

他说:做什么都行,但我不给你暖脚。

暖气来了,家里暖暖的,脚热乎乎的。

生病退行

一大早陪孩儿爹去医院。

挂号签到后,要病人在配备的仪器上测血压、量体重身高等,孩儿爹排队等候,到跟前后赶紧喊我上前,让我看他的手放得对不对、问我量身高用不用站在台子上……刚才人家护士明明已经交代清楚了。

终于等到叫号,孩儿爹非拽着我一起看医生。得,也多亏我进去,医生要挂号的二维码,那人拿着手机硬是找不到,因为是我在网上预约的号。出诊室后,孩儿爹问我:

"大夫说的你记住了没?"

"啥?"我大惊,"这是给你看病啊!"

孩儿爹内痔出血,医生(朋友)建议来医院了就做个全面检查,于是开了住院单。所有手续办好,孩儿爹住进病房,换上病号服躺床上。"我要喝水""给我找拖鞋"……病号开始各种要求,说话声有气无力,俨然一个久病之人,可他早上还活蹦乱跳、中气十足。安顿好"病人",我要回家接送娃上课。走时,孩儿爹露出幽怨的眼神:我第一次住院,你都不陪我!

天哪,我一阵恍惚,盯着这人看了半天,这是我家孩儿爹吗?我怎么一会儿感觉是我爹,一会儿又怀疑是我儿,唯独不是我儿他爹。堂堂七尺大叔,常常拍案而起,怎么会因一点点小痛小病就变了?

晚上,跟孩儿爹视频,那人躺床上,皱着眉头:饿了,没饭吃，医生不让吃，睡不着觉，枕头不舒服……正说着，大宝洗漱完毕要跟爸爸说话，那人闻言立即坐起。大宝问：爸爸怎么样，明天做肠镜怕不？孩儿爹朗声道："好着呢。小小肠镜，爸爸这么坚强的人，怎么会怕……"父子俩说笑好一会儿。

这脸变得真快！

想起去年暑假从藏区回来，孩儿爹发烧，我陪他去小区门口的社区诊所，一位退休老医生接诊，问："怎么了？"孩儿爹看了看我，我立即意会，回答问话："发烧，可能高原反应的后遗症，没胃口，累……"我吧啦吧啦说了一堆，医生开始听诊、量体温，过程中问吃过啥药、有无过敏等等，我都一一作答，还谈到了我对这个症状的认识、看法。

整个过程中，孩儿爹一声没吭。打上点滴后，老医生闲了，跟孩儿爹聊天，悄悄问："你媳妇是不是挣钱比你多，在家地位高，你什么事儿都听她的……"言外之意好像在说孩儿爹是吃软饭的，这怎么行，孩儿爹赶紧解释："不是的，我比我媳妇挣钱多三倍……"老大夫同情地看着这个有气无力的病人，"呵呵"一声走了。

只要有个头痛脑热，孩儿爹立即会退行到孩子状态，哼哼唧唧各种要求、索取、求关注。而我从小受到的教育是流血不流泪，这是我的军人父亲挂在嘴上的话，我的观念里，男人应该顶天立地、刚强无比，怎么因小痛小病倒下？

后来这些年，我也慢慢想通了。孩儿爹是家中老小，幼时父亲离世，母亲辛苦劳作常忽视他。大概，只有生病时，才能得到家人的关注、关心。看来，这个退行是有渊源的。

也许在婚姻中，允许一个人偶尔退行，当一当孩子，让他感受到足够多的关爱，那么，回到当下时他会更有力量。当然，另一个人也可以在需要时，做一回孩子，体验被接纳、被照顾、被宠爱的滋味。

有个心理学家说过，每个人的内心都住着一个孩子，不管我们长到30岁还是50岁。那么，夫妻之间，如果有个"孩子"出现了，请善待TA。

精准夸奖

某天,我带孩子们去了一个特别富有的朋友家里参观,近400平的大平层,电梯入户,孩子们巡视了一遍,悄悄跟我说:四个卫生间、四间卧室、一间书房;垃圾桶智能,沙发是限量版;叔叔说他们家卧室的床垫30万,是什么天腾丝……

回家路上,大宝问:"妈,你跟我爸挣一辈子工资,也挣不够那套大平层的钱吧?"

"是,我跟爸爸再努力,也不会有那么多钱。"我诚实答道。

我们一路探讨,孩子们倒也平静,并没有过分的羡慕。只是,一进家门,他们便迫不及待地描述各种"奢侈"给爸爸听,并几次惊叹,"×叔叔家的一张床垫30万元"。

当晚聊天,我也感慨了一句高档床垫,孩子爸爸稍显落寞地说:"唉,你睡的床垫只有3000块。"

"可我睡的男人值3000万啊。"我赶紧补充道。

这是我近来发现的真理——男人在日渐年长之后,特别喜欢听好话。说好听的话不费力,还能让人高兴,那就说吧。

可是,怎么说?我若安慰他"我不介意,我觉得挺好",或者"那你继续努力,再创佳绩",这些都无法抚平雄性动物在比较中处于落后状态中的不甘与不屑。所以,我只能说你这个人,什么豪车、大平层都抵不过你这个人,3000万是虚数,你就是无价之宝。

孩子爸爸没想到我会说这样的话，他有点儿受宠若惊，大概也怀疑我在戏谑。但我猜他心里一定很受用，因为我眼看着"落寞"消失殆尽，眼看着一只大公鸡现身，高昂头颅，"喔喔喔"在屋子里自鸣得意。

当你与一个人在一起生活了20多年，他的喜怒哀乐你清楚，他喜欢吃什么、听什么、说什么，你知道。很多时候，甚至无须说话，彼此的一个眼神，对方便能意会。这大概就是"围城"里日复一日地熬出来的结果。

几年前，我第一次听到"精准扶贫"四个字时，就特别喜欢，尤爱"精准"两字。于是，我把"精准"搬进婚姻，正所谓有的放矢、箭不虚发。

有时候吵架，我的一句话能瞬间让孩子爸爸暴跳如雷、语无伦次，我已预知结果，只是不想说好话。所以，这一"精准"，可以精准抚慰、精准惹怒，也可以精准忽视，而到底选择怎样的精准，靠的是当时的自身状态。

我好时，即使剑拔弩张，也可喜笑颜开；我不好时，即使是日常絮叨，也能战火纷飞。所以，修炼自己很重要。

因为"3000万"这个梗，我家的孩子爸爸觉得自己挺棒，过后几天我又说了几句好话，他统统笑纳。当我周五说"我有朋友周末来西安"，话还未完，孩子爸爸道："老公全力支持你，有什么需要我做的尽管开口。"

看，良言一句三冬暖，我不过是说了些好听的话，不费力不花钱，换来的却是"全力支持"。既如此，我何不好好修炼，让自己有足够的心力、心量去说好听的话?!

又是随意聊天，话赶着话，孩子爸爸说："我还想在工作上更进一步，就是不知道有没有希望。"我随口道："以你现在的智慧和能力，'进步'到哪，都是那儿的幸运；若不'进步'，是别人的损失；于我们，没有影响，你自在在此，甚好。"

他释然一笑。

恭维还是讽刺

孩儿爹"周更"两篇了。

上周他发来第一篇,我说:"洋洋洒洒几千字,整得这么流畅自然,你是怎么做到的?"他愣了一下,笑问:"你是恭维还是讽刺?"

这周某个半夜他又给我发来一篇,一大早问我他写得如何,我还未仔细看,只能胡诌两句:"有思想有内容更有创新,你是怎么做到一起笔就有这样的高度?"他憋住笑,问:"你这是恭维还是讽刺?"

"恭维还是讽刺",是我们的一个"梗",我年轻时好用这句话怼人。那时,我总觉得自己这不好那不好,内心寻求认可,但一旦被夸又不知所措甚至不安。记得是大学毕业的联欢会,班里一个男生当着众人的面说我笑起来眼睛弯弯真好看,我当即回道:"你是在恭维我还是讽刺我?"那男生脸一红,半天没说出一句话。

我眼睛小,长得一般,小时候在村子里,总有人喊我"碎(方言:指小)眼怪"。那男生说的"好看"怎会与我扯上关系?

还有一次发生在刚参加工作时,我穿了一件新买的水红色短袖,一同事看到,夸这件衣服衬肤色,让我看起来更漂亮。"你是恭维还是讽刺?"我盯着他问。同事王顾左右而言他,"呵呵"离去。

当时的孩儿爹还是个年轻小伙子,他一度被这个问句震慑,"这话像剑、像戟,更像长在你身上的尖刺。"他说。为此,他若想说我好,必须仔细瞅准时机,把表扬词洒落在剑戟的空当、尖刺的缝隙。

刚成家那会儿,空闲时间多,我有时会写毛笔字,年轻的孩儿爹说:"你的字写得不错。"又旋即意识到什么,赶紧补充:"不是恭维,也不是讽刺,是真好。"我瞪他一眼:"我知道。"

渐渐地,我收回了"剑戟"和"尖刺",因为日光、春雨,因为雾霭、流岚。我在学着接受夸奖时说"谢谢",学着看见"谢谢"背后的恐慌。此后的"恭维还是讽刺",有时还会出现在我们家里,只为说笑。

孩儿爹连续两次的发问"恭维还是讽刺",我听出了玩笑里的一点认真。多年来,他见惯了我凛冽的挑剔,而对突如其来的炙热夸奖,他不确定真假。是的,他对自己的文字不够自信,因为我,他更不自信。

"不是恭维,也不是讽刺,是真好。"我似乎在重复他若干年前的一句话。

"你把自己的所思所想都能付诸文字,整篇文章结构完整、条理清晰,语言表达流畅自然。重要的是,字里行间都是真诚,一个人能在自己的文字里勇敢地面对自己并做一深刻的剖析,把经验和教训毫无保留地写出来,这不仅是对自己思维、思想的梳理,以后若整理成册,也能给他人参考、借鉴……你看,你正在做一件了不起的事……"

"真有那么好?"孩儿爹满脸堆笑地问,却还不忘强调,"你为人师表呢,可不能没有原则、没有底线地说话。"

"的确好。你如果不信,以后就别发给我看。"

"信,当然信。这篇,我熬夜花了两三个小时呢。"

"两三个小时写这么多字,厉害。我平均三小时才一千来字。我想你可能与生俱来就有写作潜能,只是一直被埋没、被忽视……"我在心里暗自发誓,家里的夸奖我做主,不恭维不讽刺,不要原则和底线。

"你自己执行力强,长于管理善于总结,还能创新,'消隐式服务'这个词,我都没听说过……你A面、B面地阐述分析,又解释了文化属性和空间属性的契合,读来令人耳目一新,我一个外行都看得津津有味。还有啊,每篇开头都引一段路遥的文字,是点睛之语,是诗意体现……真的好!"

"嗯,我也觉得挺好……"孩儿爹喜上眉梢。

愤怒背后

男人又给下属发脾气了，指导过数次的设计方案，呈上来的依然不尽如人意。愤怒，这是男人的感受，于是噼里啪啦一顿骂，因为说话急，他的嗓子一阵不适，咳了好几声。

"你给我分析分析，为什么我还是会发脾气？"回家闲聊时，男人把这事说给女人。

"谁还没个脾气，正常，不用分析。"女人答。

男人在心里"哼"了一声，这女人，又在敷衍他，她说学心理学有一规则要严格遵守——不分析伴侣。谁知道这话是不是她编的。

"必须说道说道，发脾气会影响我情绪、影响我身体，你也想我健健康康地给咱家挣钱吧？我自己已经开始觉察了，基本上不太动怒，但有时还是忍不住。"

女人在问了些细节后说："这事谁遇到都会生气。布置的任务不重视，说的话记不住，要是我，早就摔杯子了。"

男人笑了，觉得女人在忽悠他，但感觉挺受用。

"我听一个老师说过，当一个人不被看见、关注、尊重、支持的时候，可能会表现出愤怒。"女人说。

这话听着有点儿意思，如果这是真相，男人想，那下属没有按照他说的做，可能就是对他的不尊重、不支持，所以他才会生气发火。

男人遂想起小时候的一件事，跟女人分享：

围城烟火 199

大概 10 岁时的一个假期，邻居徐婶在灶房跟母亲聊家常。我在里头炕上睡觉，听见说话声，赶紧穿衣下炕，出来时顺手从书包抽了一本书，却看见徐婶已走到院门，正要回家。第二天，我早早地把书准备好，果然，早饭后，徐婶又来串门，我拿起书赶紧坐在房门口的板凳上，认认真真地读起来。徐婶看见了，对着母亲一顿夸："嫂子，难怪你全娃学习好，在屋里都不忘念书，不像我才才，不成材，一天到黑光知道浪。全娃有出息，嫂子你以后跟着全娃享福呀。"徐婶说话声大，路上的人都能听到。

"你看，我小时候还挺会表现的。"男人笑着自嘲。

女人看了他一眼，说："你是怎么做到笑着说出这么悲伤的事？"

男人一愣："哪有？我都活到这一把年纪了，啥事没面对过？这小事算啥。"

"可你说的时候，我心里很难过。"女人的声音隐隐有点儿哑，好像强忍着不哭出来，"我觉得这不是我一个人的情绪。"她补充道。

男人本来只是随便说说，可女人这么一回应，他的心里竟也泛起波澜，一时又不知说些什么，便沉默下来。女人也没说话，只是坐近，拉过男人的一只手放进她双手间。

好一会儿，女人轻声说了一句："那个男孩真不容易。"

男人一怔，内心某个坚硬的块垒，突然间粉碎。他的脑海里闪过若干画面：一岁时丧父，母亲将他送人，被二哥半路拦下；兄长辍学劳动，幼小的他被锁在屋里，炕洞边的火苗烧着了他的棉裤，继父狠踢了他一脚……

男人用另一只手拍了拍女人的肩膀，"谢谢你。"他说。随即表情一变，得意道："你说我铁骨铮铮的身躯里住着一个小男孩，会哭会闹会生气，还总让我发脾气，那以后在家，你可千万别惹我，我要是发怒了，你还得让着我、哄着我。记住没？"

"想得美！"

"想想就美。"

脸白不白

男人最近找了一位中医调理肠胃，效果明显。有一晚，他刚洗过脸，灯光打过去，女人故作惊叹："你的脸好白啊。"男人将信将疑，快速挪至镜子前，左看右瞧，尔后高兴地说："还真是，我也感觉白了。"

"看来两周的中药没白喝，"男人开始讲述，"我前个儿去复诊，医生也说我肤色好了些，内里调好了，外在就会有变化，这是真的……"

说这话时男人走到了女人对面，50厘米的距离，男人脸上的粗糙和斑点清晰可见。这时，男人问女人："你说我以前脸色什么样？"

怎么回答，女人一时陷入两难，只恨自己刚才多嘴。那会儿，日光灯下，恰巧一个角度，男人脸上泛着光，女人又没戴眼镜，遂在蒙眬中看到了一点白净。然后，女人把这点白净用夸张手法表达了出来。

"以前有些暗黄。"女人想了半天，如实答。

"现在呢？"男人凑近让女人仔细瞧。

"白多了。"女人答完，赶紧在心里默念"阿弥陀佛，佛祖原谅"，一向不打诳语的女人，为了维系"不打诳语"的人设，只能打诳语。

"具体说嘛。"男人不依不饶。

"嗯，就是，"女人咽了一口口水，"以前吧，脸色暗沉，发黑、发青,现在透着光,看起来又年轻又有生气……"

男人笑得眼睛眯成一条缝,眼角的皱纹隆起,像波浪。

"我现在要好好保养自己,"男人有些得意地说,"对了,给我贴一张你的面膜。还有,天冷了,我也要搽脸油,你明天去超市给我买瓶大宝……"

女人的心里直叫苦,似有祥林嫂附身——我真傻,真的。我单知道偶尔一句诳语不要紧,听的人高兴就好;我不知道一句诳语竟带出了若干诳语、若干麻烦……

第二天,男人下班回家第一句话便是:"你看我脸色是不是很好?我刚打完乒乓球,出了一身汗。"

"好。"女人答。

"你看都没看就说好。"男人不满意。

女人放下正看的书,端详着男人的脸,"好,实在是好,"女人表现出了十足的诚恳,"运动出汗就是排毒,毒素排了,脸色特别好,明显白了好多。"

男人屁颠屁颠冲到镜子前,左看右看上看下看。"镜子,镜子,我白不白?"女人猜出了男人的心语,他一定是把面前的镜子当成了白雪公主后妈的魔镜。

"镜子怎么说,白不白?"女人揶揄道。

"白了,白了。"男人笑。

1000多年前,有个皇帝说:以铜为镜,可以正衣冠;以古为镜,可以知兴替;以人为镜,可以明得失。可见,从古至今,镜子的地位极其重要。那位伟大的皇帝可能不知道,后世的镜子各式各样,可以正衣冠、美容颜、变形身躯……其实,镜子里的影像只取决于看它的眼睛。

男人说他要加强运动,除了隔三岔五打乒乓球,还要每天早上跑步、走路去上班,充分享受低角度阳光。

女人一惊,难道人的心性会变?以前列出各种好处,鼓励男人运动,全白搭。还有那脸,一年四季,风吹日晒,不涂霜不抹油,说什么皮糙肉厚什么都不怕;每个夏季,脸都被晒得如锅底……

"再给我贴一张面膜吧。"洗漱完毕,男人说。

"面膜不能天天贴,两周一次。"女人舍不得。

"你怎么睡前还给脸上喷水?"男人看着女人,不解地问,"我是不是也喷点?你那是什么,晚霜,我也要……"

女人想起一位知名博主说过,当一个男人开始爱美、注重外表,可能有什么"红杏"倾向……这还了得,她揪着男人一顿拷问。"我哪敢?"男人装出一副可怜兮兮的样子,"钱都在你那儿,儿子也在你那儿,房子还在你名下,我啥都没有,只能赖在你家……"

末了,还不忘问女人:"你好好看看,我的脸白不白?"

城里风云闹

钱锺书先生有一个人人熟知的经典比喻：婚姻是一座围城，城外的人想进去，城里的人想出来。

对于一个在城里住久了的人来说，城外的风景大概已忘却，而日日所见，皆城里风云。苏轼写词："墙里秋千墙外道，墙外行人，墙里佳人笑。"这是多美的意象。而我，遥遥地向东坡先生致意后，套用他的词开启我的文章——城里口角城外闻，城外行人，且看城里风云闹。

1. 吵

20世纪60年代，美国气象学家爱德华·洛伦兹提出了"蝴蝶效应"：一只南美洲亚马孙河流域热带雨林中的蝴蝶，偶尔扇动了几下翅膀，可以在两周以后引起美国得克萨斯州的一场龙卷风。

晨起，我在小区花园散步，一只蝴蝶在花丛流连；我随口说了一句话，蝴蝶扇了扇翅膀，飞起，微弱的气流轻抚过我的额头，我不禁打了一个寒战。

蝴蝶效应说，初始条件十分微小的变化，经过不断放大，对其之后的状态会造成极其巨大的差别。初始，我是开心的；经过一系列的连锁反应，最终，我是愤怒的。这应该也是蝴蝶效应的真实反映。

我深深地吸了一口朝阳里凉爽的空气，缓缓呼出。花瓣儿上露珠点点，晶莹剔透，一只早起的蝴蝶飞舞。有个人闯了进来，他说，我要跟你一起享受小角度阳光，走路、赏花儿。

我与他手挽手说笑。他说近来读了一本好书，蒋勋的《孤独六讲》，文字直触心底；我对曰，大人物都孤独，苏东坡写"高处不胜寒"，也是孤独。他说有一部戏剧最近流行，怎样的唱词怎样的腔调；我说几天前我听了一首让人感动到哭的歌儿，唱的是人生各个时期的"怎么办"。

"你搜来我听听。"他把手机递我，我推开，解释晨起的锻炼要紧，回家后再找。他不愿意，根据我说的内容在手机上划拉了半天，没找到。

"你给我找嘛，我听一听。"他又一次递过手机。我推托自己忘记了歌名，也搜不到。他央求。"你对我不好，"我佯装抱怨，"我才不帮你找呢。"

那只蝴蝶似乎听见了我的声音，扇了扇翅膀飞走了。

他突然皱眉瞪眼，提高音量："我咋对你不好，我就不喜欢听你这么说话。"我一愣，从他的臂弯里抽出我的胳膊，一言不发，快速向前走去。

他追了上来，问："你不是经常说，夫妻之间要鼓励、认可、肯定、赞赏；我对你的好你怎么不挂嘴上？"

"你看不出来我在开玩笑吗？"我大声道。

"可我不喜欢听你这么说。"他说着，拉起我的手，"我错了，你别计较，我就这牛脾气。"

"你怎么错了？你本来就有过对我不好的时候，怎么还不敢面对、不能让人说？"我甩开他的手，一点火苗直窜心头，"你为什么对我的一句玩笑话那么敏感，是不是你本来'对我不好'，一直在掩饰，被我言中了，恼羞成怒……"

"你怎么无理取闹？"他黑着脸道。

"看，刚才还说你错了，这会儿又吹胡子瞪眼。别跟着我。"我快速往家走去。

儿子的卧室门开着，却躺着没起，离他的上课时间不到半小时。"你今天到底去不去上课？自己不看时间吗？"我站在门口大声嚷。儿子惊坐起，看我一眼，默默穿衣。

他随后也到家，看到了这一幕，"不着急，爸爸开车送你。"他跟儿子说。

"娃吃啥？"他转身又问我。

"烤箱里有包子。"我冷冷答道，说完，出门摁电梯，下楼。

暖暖的阳光斜射下来，几只蝴蝶和蜜蜂在花间飞舞，小精灵们扇动着翅膀，微弱的气流袅袅娜娜。好似我身体里的情绪，轻轻柔柔的一触，起风了，微风、大风、龙卷风，风过之处，断壁残垣。

我对他的"皱眉瞪眼"异常敏感，我希望他接住我的所有，不论我说什么做什么。我在花园里徘徊又徘徊，真真实实地叩问自己，到底发生了什么，这些情绪来自哪里……

良久，他打来电话，说已经把孩子送到了补习学校，问我在干什么。

"看一只蝴蝶翩翩起舞。"我平静作答。

"哎哟，我老婆厉害，"他嬉笑着说，"那，给老公一个机会，中午请你吃饭。"

"好吧。"

围城烟火 **207**

2. 哭

多年前，去邻近小城探望好友 L，顺贺其新婚宴尔。聊天中，L 老公讲起一桩趣事。

两人结婚前，有一次因小事吵架，越吵越凶，L 气得呜呜哭。"我那会儿也在气头上，不想服软，任由她哭。我坐在床头抽烟，过了一会儿，哭声好像停了，我想着去卫生间拿毛巾给 L 擦擦脸，再赔个不是。结果，你猜怎么着，我拿着热毛巾到床边时，L 睡着了，我开始还以为是生气装睡，推了推，没醒，果真睡着了……" L 老公讲到最后，自顾自哈哈大笑。

L 有些不好意思："我也不知道怎么了，哭着哭着就睡着了。"

"哭睡着"？不可思议。以我的经验，哭着的时候，有着满心的委屈、满腹的疼痛，这样的状态怎么能够睡着？我曾数次尝试在"哭过"的夜里睡着，均以失败告终，哪怕再累也睡不着。除非把委屈、疼痛发泄出去，也就是说，如果是吵架，那就掰扯出结果，或者对方"低头"，"哭"有了完整的谢幕仪式，"周公"方可顺利降临。否则，哭着，"戏"还在进行中，怎么可以睡着？

我曾与朋友探讨这一问题，达成的共识是，能"哭着哭着睡着"的一定不是一般人。比如 L，大线条的女生，有着傻傻的单纯，想什么说什么，没有一点儿心机和城府；平时无论有什么事都能做到该吃吃、该喝喝……

想起《道德经》里的一句话：复归于婴儿。婴儿禀性天真，想哭就哭，想笑就笑，困了睡觉，烦了哭闹……而小宝宝哭的时候,老人们有时会说:不用哄不用抱,哭一会儿就睡着了。是啊,哭一会儿,累了困了,就睡着了,如果醒来了还是"烦",可以继续哭。在小宝宝那里,"哭"和"睡着"没关系;要睡觉了,"哭"(生气等)就靠边站。

然而,我问过周围的一些成年人,"哭着哭着"能睡着吗?不能。

是的,我也不能。

哭着哭着,睡着;在我看,就是天方夜谭。我觉得通常情况下应该是——哭着哭着,吃不下饭、睡不着觉、下不得厨房、上不了厅堂……

所以,我始终认为,哭,因情绪(主要是气愤、伤心等,非感动)引起;当有情绪时,人是无法安然入睡的。当我还是个少女时,已具备这一特点。白天好说,被父母训哭了,找小伙伴们疯玩一场,一切的不愉快都会忘记。而若晚上被训哭,如果"委屈、难过"没被疏导,那就注定了一夜的辗转反侧,即使偶尔眯一会儿,也会做一个伤心的梦,醒来眼睛肿成一条线。

我当妈妈之后,严格遵守一条戒律——"睡前不责子",我怕他们跟我一样。

年轻时,我跟我家孩子爸爸常吵架,白天学习、工作忙,晚上团聚了,却因一点鸡毛蒜皮而战火纷飞。我那时不但做还得理不饶人,孩子爸爸虽气盛却也会适时低头。那会儿的吵架,像极了一篇优秀作文:开头、过程、结尾,一应俱全;"行文"至最后一个句号,我们方可安心睡觉。

"优秀作文"写了20年,不知在哪个电光石火之间,我们突然厌弃了三段论的套路,新的写作禀赋横空而出。无须铺垫,开篇即故事高潮,常似响雷爆破,惊起一滩鸥鹭。无须结尾,战事胶着,在唇枪舌剑、风声鹤唳中,故事戛然而止。

我流下了几滴眼泪,听见有人摔门而出。

伤心太平洋!

我取出一包新的纸巾放在枕边,倒了一杯水放置于在床头柜,打开小夜灯,上床躺平,做好准备"垂泪到天明"。

似是夜半,有人轻轻推我,迷迷糊糊中感觉有黑乎乎的东西在我脸的上方晃,我使劲睁开眼,是一只大手,正在探我的鼻息。

"哎呀,吓死我了,"有人说话,"我一直感觉不到你的呼吸。"

"滚!"我一阵愤怒,"你搅黄了我的梦。"

"你也太不讲武德了,"那人恨恨道,"我还没道歉,你怎么就睡着了?"

我,难道我,哭着哭着睡着了?!

3. 怨

偶尔,有情绪升起,说一句话就可以落泪的那种。你不明白,一个人时,平静自在,读书做饭陪孩子,心绪沉静,间或喜悦。可一个加班晚归的人进了家门,好似给平静的湖面扔了一颗石子,点点涟漪泛起,你的心里有了微妙的变化。

孩子睡了,你整理着教案,第二天早上有课。那人坐你旁边,叙说着一天的事情,你不时附和。这周他连着加班,说好的工作日一起吃晚饭两次,不能实现了。你抱怨他的不守信用。"这周特殊,干了几件大事……"他解释。

他说明天出个短差,周末回家。你们说着那个地方的天气、环境。你想起国庆那天,他的信誓旦旦之词——每周五我们一起吃午餐。"看,你又说话不算数。"你幽幽说道,心里一紧,眼眶竟然发酸。他辩解,又插科打诨,你只觉得心里闷,似有委屈化作氤氲雾气笼罩心头。

他问怎么了,拉扯着想逗你。你挣脱,"我看见你,"你脱口而出,"心里就生出委屈、难过和愤怒。"他僵了片刻,站起身,道:"那你先干自己的事,我去洗澡。"

你一个人坐在书桌前,心里有点儿酸,还流了几滴眼泪。你不知道为什么自己不想好好说话,为什么愿意当刺猬,时不时扎人……

"阿嚏!"你重重地打了三个喷嚏,鼻涕眼泪横流,你怀疑自己感冒了,下午在泳池待的时间有点长。

晚上陪小宝读书时,你也连着打了三个喷嚏。

"妈妈,哥哥想你了。"小宝说,"三个喷嚏就是有人想。"

"为什么是哥哥?"你问。

"只有哥哥在外地啊。"

你说近在咫尺也可以想念,很有可能是小儿子想妈妈了。你跟孩子一阵嬉闹,欢喜道晚安。你觉得这一天过得真好,安心上班、用心做饭、专心读书、耐心陪孩子……时时刻刻心都在,你很知足。

无端地,那个人却打破了你的"平静"。其实,他回不回家吃晚饭,你并不在意,你知道他工作忙;有时,你甚至不愿意他回家吃饭,这样你更省事。他加班回家晚,你也不在意;偶尔,你甚至希望他加班,你晚上就可以专注地忙一会儿自己的事。

一个人时，你是个情绪稳定的成熟女人；见了他，似乎有个乖戾的小女孩立即附身，说的话、做的事完全走向反面。身体分裂成了两个人，一个中年女人，看着一个小女孩"撒泼"；你喜欢小女孩的随心所欲，担心小女孩的口无遮拦。

"适可而止，别惹怒他。"你悄悄提醒女孩。却不知，你的话让女孩多了一些暴躁："别管我。"你听见了她的怒吼。

那人洗漱完毕又来了："你看，我多好，我是这个世界上对你最好的人，我不跟你生气。"你觉得这是他在给你台阶，你心里放松了一点，想顺着台阶往下走。可，突然地，小女孩跳将出来，说着某年某月他如何吼，某时某刻他怎样怒："你只会说，哪里对我好了？"

"又翻旧账？"那人说，"我以前年轻不懂事，这不一直在成长嘛。你就说，我现在好不好？"你不吭声。是的，他挺好，这几年他越来越好。可你疑惑，"张牙舞爪"的女孩怎么回事？

你想了又想，跟那人道出了小女孩的隐秘。"只有足够的爱才能消融小女孩的'刺'。"你说。其实，你知道这是自己的功课，但你还是奢望有人相助，给予你完全的接纳和爱。

你在心里轻叹了一声，罢了，不为难他了。你凑近，睁大一双小眼睛，一字一顿道："其实，足够的钱也可以。"

他乐了，眉头舒展："早说嘛，咱谁跟谁，还兜这么大圈子！"他的声音欢快，打开手机，转账。

你累了，很快进入梦乡。

4. 烦

从一早起来就烦躁，起得早，什么也没有做，没有运动，没有读书，没有冥想……顿时觉得生活掌控了我的时间，而我，失去了自由。

孩儿爹腰扭了，从昨晚回家就开启了"哼唧"模式。我硬是忍着没吭声，腰扭了还加班到晚10点，在别人跟前是铁汉，一回家就成了"事儿妈"。今早我摸黑起床，准备悄悄出门锻炼，"啪"，孩儿爹开了灯，说自己早醒了，翻不了身、起不了床……

我咬紧牙关提供服务，却被批评态度不好，脸拉得太长。我算是见识了什么叫人心不足蛇吞象，能有人照看着已经不错了，还挑三拣四。

闹钟响，小宝昨晚定的时间，说是铃一响他就起床跳绳。我去厨房准备早点，豆浆机开启，馍馏在锅里，在空气炸锅里放了一块比萨……闹钟响后半小时，小宝才出卧室。我问怎么回事，答曰："起不来。"起不来为什么要给自己定闹钟？

父子俩吃早餐，我谁也不理回了卧室；听见开门声，听见他们喊"再见"，我没应答，更没像往常那样送他们到电梯口。

家里安静了，出来看表，8点整，小宝没有运动就去上学，孩儿爹一提起上班就忘了腰痛。而我，9点必须到单位，有巡查组进驻，我有幸被抽中谈话。

收拾厨房，收拾自己，出发上班。此刻离起床已过去近3个小时，而自己喜欢的事一样没做，心里有些烦躁。

巡查组在一间办公室一对一"约谈"，进展极慢，前一个小时抽中的人还有几个没进去。领导让我们安心等待。

"既来之，则安之"，我安慰自己，试图接纳这种不可控。我在图书馆找到了一本《道德经》，翻到第三十章开始默背，到第三十六章时，时针已指向11点，我的前面只剩一人。我

围城烟火 213

深吸了一口气,稳了稳心神,不知道巡察组会问我什么。

"约谈"进展顺利,一刻钟左右,我出办公室。还没来得及舒一口气,又被告知下午开会,学习教育理论。近中午,回家时间有些紧,索性去逛商场。

买什么?我想了好一会儿,对,朋友建议我练习"法特莱克跑",量小,不伤膝盖,那我需要一双跑鞋。车停楼顶,下电梯,刚好到李宁店,试了一双不合适;又到转角耐克店,店员耐心专业,推荐了一双穿着舒服颜色又好的慢跑鞋。

好不容易来一趟,只买一双鞋,不划算。要跑步,还需运动T恤、背心,于是,又转转看看,试衣间里忙活。穿上新的运动内衣,身材都好了很多。

结账,走人。我的心里美滋滋,畅想着不久的将来,一位运动达人将诞生。

下午1点多,孩儿爹打电话,得知我没回家,邀请我去他办公室歇一会儿,他准备了些好吃的零食。一见面,那人猫着腰,指了指茶几上的饭盒,又道他的腰还在痛。哦,还痛啊,我赶紧上前,搀起那人胳膊:"走,我扶你进里间躺着。"

孩儿爹趴床上,哼唧。我半跪床边,一点一点按摩,过程中倒水、掖被。孩儿爹受宠又疑惑,我解释因为给自己买了好看的鞋子、衣服,心情好做什么都高兴。孩儿爹旋即明白,拿过手机:"说,多少钱,老公双倍转给你。"

马上要去开会了,我还烦吗?当然不!花钱的那刻,烦躁已烟消云散。

5. 泼

钟钟说:我,不当泼妇已久矣。

写下这句话是需要勇气的。因为它至少传达了一层意思,那个叫钟钟的女人曾经是泼妇。而俗语称:江山易改、本性难移。由此推断,现在的钟钟大概也是个泼妇。

钟钟陷入了困境,因无法自证"清白"。她若非泼妇,岂不颠覆了"本性难移"的至理名言;她若是泼妇,"知性平和"的人设便是造假。

钟钟想了又想,决定豁出去,她承认:对,我就是个泼妇,以前是,现在也是。多年前,我把泼妇当成了一袭华美的袍,一回家便披上身,睁眼可见;现在,泼妇是藏在我心头的朱砂痣,一般人想看也看不见。

钟钟果真又当了一回泼妇,真真地把"一哭二闹"演绎到极致,当然,"三上吊"不在钟钟的选项里。她聪明着呢,当泼妇只为打倒"敌人",绝不可让自己有一丝一毫的损伤。

周末钟钟去加班,凌晨5点便起床,"啪"一开灯,惊醒了旁边睡的男人。他吹胡子瞪眼,指责钟钟搅扰了他的梦。钟钟大度不计较,翻箱倒柜找衣服,抽屉开合"砰砰"响。

男人投来目光如利剑,钟钟睁大眼睛喷怒火,空气凝滞,剑与火之歌嘹亮。战事胶着,钟钟想起要事在身,遂先行撤军,走时一声"哼",意思是回头再战。

夜色朦胧,钟钟归来。一天劳作辛苦,她身心疲乏、瘫卧在床。两个小时后,男人加班回家来,他讪笑着问钟钟:累否?

钟钟小眼一瞪:废话。

男人不高兴,黑着脸儿不说话,抬头纹成大川,他觉得自己的好心被当成驴肝肺。这男人又来冷暴力,冰冷冷的怒气卧室飘;瘫软的钟钟受刺激,浑身一震力量生,中气十足怒喝一声：你说一套做一套，表里不一虚情假意，巧言令色人面兽心……

男人眼里放冷光，他抬起食指空中点：你有事说事，少胡搅蛮缠；你就事论事，别给我贴标签。

钟钟敲碎了委屈化泪珠儿，加大了哽咽之力度，本想"号哭"出气势，无奈久不练兵，兵已无战力。多亏语言不受限，那就端起"机关枪"——好，就事论事：某年，你自私自利，沉浸于觥筹交错，任我被雨打风吹；某月，你在光天化日之下，睁眼说瞎话，侮辱我智商；某日，你不顾孩儿们在跟前，大吼大叫行为失范……

男人咬牙切齿：你，你，真是个泼妇！

钟钟一激灵，从床上跳起，挺了挺胸，昂了昂头，"泼妇有什么可怕，怕人说泼妇，就不是英雄！"钟钟说得大义凛然。

那刻，钟钟是想起了刘胡兰，电影中有一幕，敌人在威逼利诱，刘胡兰终不动摇，她说：死有什么可怕？怕死就不当共产党员。要杀要剐由你们……钟钟觉得自己像极了就义前的刘胡兰。

男人"扑哧"笑出了声。

钟钟面目严肃，厉声道："抱着你的铺盖卷，滚出我卧室。"
男人觍着脸："你不怕我真滚了？"
"笑话！"钟钟乜向男人，"我是泼妇我怕谁？"

6. 悚

一个多月前，学校组织体检，又一位医生告知我：你的心脏有点儿小问题。的确，几年前，我就在医院背过一个24小时心脏动态监测仪，甚至做过一个很贵的有创伤性的心脏检查，忘了叫什么名字；反正我是把心内科的所有检查项目做了一遍。医生说可能是天生的一点小毛病，不碍事、不要命。

我一联系实际，便相信了，20世纪70年代中后期，我们老家还按人头分口粮呢。我妈怀我那会儿营养不良，导致我生下来跟只小猫一般大，能健康长到这个年纪，已经是奇迹。

但是，我现在醒悟了，哪来的什么天生？若是天生，为何前40年没有过一点点症状？为什么才醒悟？因为我这会儿心跳不正常，一会儿慢一会儿快，在这无规律的快慢里我灵光乍现，可算找到病因了。

话说昨晚近11点，我起身去厨房把泡好的银耳放进炖锅；回来后，床上空空如也，刚才还躺着刷手机的孩儿爹不在卧室。这厮，睡前如厕也不开卫生间灯，看来终于学会节约能源了。

我遂自顾自关灯睡觉。一扇窗帘未拉，远处高耸的路灯把一抹昏黄的光晕透进屋子，楼下似乎还有什么人在说话……我迷迷糊糊要见周公了，孩儿爹还未归，可能又跟马桶较上劲了。

"咚、咚、咚"，轻微的敲击声从窗户方向传来，刚刚眯着的我一激灵，睁眼看了看左右，卧室灰蒙蒙，远处三环的车声时隐时现。想着我们这栋楼隔音效果不很好，楼上楼下有个什么敲打喊叫，邻里清晰可闻。刚才一定是楼下的小朋友不睡觉乱敲的。

就在我的眼皮再次耷拉之际，隐约觉得窗前有道黑影，心一惊，遂睁大眼睛，果然，一彪形大汉矗立于窗台，双腿跨立双臂高举……

"啊——"不知道我的"啊"音拖了多长，虽然一瞬间我已意识到那黑影是什么东西，但依然无法抑制地心跳加速、浑身颤抖。

"哈哈哈……"随着一连串大笑，黑大汉跳下飘窗，捂着肚子趴在床角，嘴里断断续续道："你，哈哈……你咋……不找我？哈哈……我，一直……藏在，哈哈……窗帘后……"

"今天晚上没月光，我知道不妙。"

我竟在无法安抚的心律不齐中念出了《狂人日记》中的这句话。想起数个周末，我都没有好好做饭，孩儿爹言："没关系。"说完咧嘴一笑，露出一排白厉厉的牙齿。"这家伙莫不有着狮子的凶心、兔子的怯弱、狐狸的狡猾……"

凡事总需研究，才会明白。三年前，孩儿爹胃炎犯了，我连续十顿做了十碗白面拌汤，那厮几次央求：嘴里寡淡，给点肉菜——我都断然拒绝。

之后某一夜，月黑风高，听见钥匙开门声，却半天不见夜归人。我下床出卧室查看，还没来得及开走廊灯，猛一抬头，蒙蒙眬眬里瞄见走廊尽头挂着的"吊死鬼"。

"啊——"想来那个尖叫一定凄厉极了，以至于熟睡的儿子们纷纷大喊："妈妈，怎么了？"

我想象，那刻，这栋楼一定有数十盏灯在一瞬间亮起，欲见证一起身边的"恶性事件"。

当我缓过来的时候，耳朵里尽是自己"怦怦"的心跳，走廊墙上的单杠孤零零地悬着……

"我真傻，真的。我单知道装这个杠子是让孩子们做拉伸运动的，我不知道有人竟用它装神弄鬼……"我于是淌下眼泪来，声音也呜咽了。

中年呓语

写给另一个自己

"星点点,月团团。倒流河汉入杯盘。"每每这样的夜,遥望苍穹,总猜想,漫漫无垠处,一定有个平行时空,有个与我们相似的世界,那里有你、有我、有他。于是,提笔,跟另一个自己说话。

1

此时此刻,我想你一定在某个我不知道的地方看着我,看着我疲惫地走回家,看着我一进卧室直接躺倒在床。

是啊,特别累,累到回家的路上,我把车载音乐开到最大,却忍不住鼻头发酸。车窗开着,风捧来凉意轻拂过我的脸颊,我的身体一颤,岁月如水般漫溢至心间,我一时忘记自己要去哪里,今夕是何年。

亲爱的,我一直知道你是存在的,过着另一种生活,"叱咤风云"吧?!我的脑海里一直出现这个词,写下来送给你。

上午下了一场大雨,我喜欢长风卷地、暴雨翻空。那会儿正在上课,学生们被这突如其来的景象吸引,我提前10分钟下课,"大家去看雨"。我在窗前站了好久,有那么一小会儿,我把手伸出窗外,任凭白雨跳珠、入手入心。

12点下课,我想起离家时未关窗户,大雨飘进屋子,会打乱飘窗上的小东西。我快速跑进楼后开车离开校园。路南段,车行极慢,我跟着亦步亦趋蹚过水洼,看到有车打着双闪停在水中央,大概那里水深,熄火了。再行,遇大堵车,说是前面积水太深,封路;我绕行,开出几十米,又堵,继续择路……向南回家的路都被封。

我把车停靠路边,看表,12点半,肚子咕咕叫了两声。我给孩子爸爸打电话诉说情况,他让我别跑了,找个地方吃饭,然后直接回学校。"可你昨天还跟我说,今天中午请我去你那儿吃饭、休息的。"我有点儿委屈,挂断了电话。

亲爱的,你看,我在路上绕圈圈回不了家,心里挺难过,原本想要些关心,可孩子爸爸一点儿也猜不到我的心思。我挂了电话,他又打通,才说买好饭等我去吃。

饭后,我的眼皮打架,顺势倒在孩子爸爸办公室的小床上。楼道里有人走动、说话,窗子关着闷、开着吵,我眯了一会儿;孩子爸爸躺在小床另一半,一会儿翻身一会儿喝水。我遂收拾准备去学校,把薄毯子盖在他身上,一个人可以睡得舒展些。

雨小了很多,等着上课的前10多分钟,我坐在休息室的沙发上哈欠连连。下午的课总让人感觉困,专业课下午上,又连着三节;教室的麦克风坏了,我有时声嘶力竭在说话。

4点半时,小宝发来信息,说他已到家。我趁着下课给小宝点了份外卖,大宝又发信息,一长串,有图片有文字,一个院士在给他们上课……我简单地回复了两句。

亲爱的,你有孩子吗?我总觉得,你该是英姿飒爽走遍天涯的女人,没有束缚没有羁绊!

我最近常觉精力不济,没有时间做自己想做的事情。好几天没有练习小楷字了,坐到桌前只能勉强记录一些文字。6点钟下课，看着学生鱼贯而出，我靠在讲桌上一句话也不想说，脚掌生疼，其实只站了5个小时。

逢生理期，太阳穴又抽痛，中医针灸了数次，终是没有彻底治愈。

18：15分离开学校，遇晚高峰，一路红灯，一路慢悠悠。一个男生唱着经典老歌，我不知道什么名字，却充满着感伤。一处路口，旁边一辆并行的白车，车窗大开，一个男人正大声打着电话，吩咐着给某个人的工资多少……

我在想，会不会在某个路口，你也开一辆车，听着歌，我们擦肩而过。你吹着口哨，奔向你的目的地，迦南抑或桃源，我都不知；而我，目标早已锁定，在不远处的一座屋子里，有个男孩正等着我回家。

亲爱的，我知道你一定在看着我，我们心连心有感应。因为知道你的存在，我在此刻流下了眼泪。

秋风清，落叶聚还散；我知你在，你知我在，此时此夜难为情。

2023年9月11日

2

此时此刻，不知道你是不是像我一样醒着。

我坐在窗前书桌，打开电脑，刚好0点50分。昨晚11点，我关机睡觉，1小时50分钟后，在辗转反侧中我起床。

下午4点半，在回家的路上，我哈欠连连，停车买了一杯卡布奇诺。喝的时候，我犹豫了片刻，平时我只在上午喝咖啡，可那刻，我抱了一些侥幸心理，谁说喝咖啡一定影响睡眠？

孩子爸爸这两天感冒，每次头疼脑热，他都像变了一个人。在单位生龙活虎，一进家门就哼哼唧唧，说嗓子如刀割，哪哪都不舒服。晚上8点半，小宝要下楼跑步，他要跟去，还非拽着我。于是一家三口在小区走了一大圈。

小宝21点半关灯道晚安，孩子爸爸22点上床躺平。我不累，在书房待着。孩子爸爸提醒："你说好的不熬夜，23点前睡觉。"我说我知道，生物钟早已调整过来，23点睡6点起。他自己开了小台灯，听着广播。

22：58，孩子爸爸的电话打了过来："该睡觉了。"是到点了，我遂放下书回卧室。他哼唧两声，抱怨道："我生病了，你都不管我。"我说我不大会照顾"病人"，你需要什么就吩咐，我照做。

以往，我特别讨厌他的生病"症状"，这两三年似乎修炼得上了一层楼，他怎么"哼唧作妖"，都不影响我；兵来将挡水来土掩，接住就行。我给"病人"揉了会儿脖子、换了床被子，"病人"安宁了。

黑魆魆的夜里，我翻来覆去睡不着。唉，那杯卡布奇诺在心间作祟。

我坐在书房窗前，给你写信，给你诉说。对面楼上的一扇窗子也亮着灯，有一个人正坐在桌前写着什么，夜半，总有不眠人，因着各种原因。

昨晚散步回家后，孩子爸爸在泡脚，我给他看"老生畅谈"（一个直播节目）的海报，"我稍有点忐忑。"我说。他问忐忑什么，我说我没上过直播节目，没做过什么特别的事，不认识很多人，不会与人沟通，而且我提议的直播题目……

孩子爸爸安慰我："不要紧，你就真诚说，平时怎样就怎样，你的经验很宝贵的。"又言："我觉得主持人提议的标题最好：'与男人们斗智斗勇，成就了我的星河苍穹。'虽有'标题党'之嫌，但是事实啊。"

唉，忐忑说给了他，以为倒出去了，结果还在。

小宝睡前喊我陪几分钟，我坐在他的床边，小宝悄悄问："妈妈，你为什么要烧坦克？"烧坦克？烧什么坦克？看我疑惑不解，小宝解释："你刚才不是跟爸爸说'我烧了辆坦克'？"

"啊！我跟爸爸说的是：我稍有点忐忑。"

小宝长于打破砂锅问到底，我简单说了直播的事。"妈妈，你虽然是一个二类大学的普通教师，但人家要采访你，一定是你有自己的优点。"这孩子总是暖暖的，比他爸、他哥都强。

亲爱的，你看，我竟如此幸运！我打心眼儿里感激上苍。

我的人生早已过半，到年底就满47岁了，孩子们强调是"年近半百"，我呵斥他们用词不对。"妈妈，老之将至，你必须承认。"他们叫嚣。每每此时，总让我想起杜甫写过的诗："南村群童欺我老无力，忍能对面为盗贼，公然抱茅入竹去……"

无奈摇头，却不得不承认，我年近半百。

昨晚睡前，孩子爸爸的一个亲戚打电话让帮忙联系某个医院的大夫，说是他父亲查出肿瘤，情况不好。孩子爸爸问多大年纪，对方答刚满七十。挂断电话后，孩子爸爸唏嘘不已："我只求无病无灾地活到八十，你走在我前面一天就好，不让你难过。"

"呸呸呸，"我生气地踢了孩子爸爸一脚，"叫你乱说话。"

亲爱的，你是否也感受到了生命的脆弱？唉，世事一场大梦，人生几度秋凉？

对面窗子的灯灭了，从我这里看出去，黑乎乎一片。寂静的夜，偶尔能听见远处三环的一两声车响。

孩子爸爸又在咳嗽，这两天他总是半夜坐起，说是被痰呛着了。我去看看。

亲爱的，就此搁笔，来日再叙。

2023 年 9 月 14 日

3

不知道怎么了，最近特别容易累。可能是刚开学，要上课，还要应付若干繁杂事务，身体一时半会儿未适应。有几次到点没及时吃饭，竟浑身疲软、无力说话。同事推测是低血糖，叮嘱我包里装几粒巧克力。

陪伴我多年的身体，好像用久了的"电池"，续航时间越来越不似从前。即使充满"电"，充到百分之百，却总在不经意间，"电量低"的警示已赫然眼前。只有赶紧充电，才是对"它"的尊重和爱护。

下午在学校收学生的暑假实习报告，100 多份，一一签字查看，行距、间距、字号、字体等都不能错。签字到最后，龙飞凤舞，谁也不识；本不想做这些事，只因上学期课少，这是领导照顾我的，算工作量。

从学校回家，喝了几口水，直奔小宝学校开家长会。"小升初"各项任务重重叠叠，语数英三科老师轮番登台。当别的家长在记笔记时，我打开微信回复了一些留言。

这是第一次见小宝的班主任，是第三任，从五年级开始接小宝他们班。我以前跟新班主任通过电话，知道她年轻，但没想到这么年轻，她一定是第一次带六年级。我有点儿不安起来。

亲爱的，我有点儿不放心，坐在小宝的座位上，我的心一直飘忽。

我猜，你若在我跟前，定会说：你也是由年轻老师走过来的。是啊，我18岁时，曾在一所小学当过老师，那时，一定也有家长对我不放心。

数学老师从一年级开始带班，小宝一直是数学课代表。今天的数学老师已跟之前不一样，穿着宽松的孕妇装，腆着肚子，看样子过不了几个月就要当妈妈了。她有点儿不好意思地笑着，跟家长们解释，尽管她这样，但还会像以前一样教孩子们。

亲爱的，你能理解吗？一个在工作岗位上的孕妇或多或少都有那么一点点不好意思？我当年怀大宝时就有，觉着对不住领导，人家对我期望甚高，我什么名堂没干出来就生孩子。那时我还听说，一个同事刚进校就怀孕，她自己觉得不好，悄悄做了人流。

亲爱的，你所处的世界有类似的事吗？男女平等喊了多少年，总还是有不公。正如我们当年找工作，同等学力、能力，一定是优先录取男性；我唯一的一次考博，成绩颇好，老师却明确表示，只有一个名额，他要后面的男生……

哎哟，又扯远了；给你讲家长会呢，竟然讲到了男女平等。言归正传——英语老师也说了好些，要家长督促孩子的读写和背诵。这点我不操心,小宝的英语水平远超课本。

小宝要上名校,要参加点考,就必须刷真卷、花时间。奥数机构的老师建议小宝也上他们的语文课,小宝去试听。我开家长会,叫了网约车,小宝一个人去上课。

补课有作业,学校有作业,小宝一定要完成,有时会熬夜,而我容不得孩子晚睡……这样想了想,就有点儿烦躁。

当教育一直在卷的时候,我们怎么办?

李一诺曾说过一段话:如果溪水在流动,我不动,我把手放在那儿,容易吗?不容易,因为你跟溪水的方向是反着的,你在抵抗那个溪水。最容易做的事情就是顺着水,你的手跟水一起动,实际上你的手也在动,但你会发现你的阻力没有了。这就是臣服。

我想,今天的教育好像是一条河,河水浩浩荡荡向前,所有河里的浮物都跟随而下。我们也是其中一个,若要不动,得费多大的力气!可让河水裹挟而下,又实在不甘心、不忍心。怎么办?在这条汹涌的河里如何"臣服"?

"造一艘小船,找两棵树枝当桨。"过了好一会儿,我听见了来自遥远时空的声音。亲爱的,是你吗?

你是不是在告诉我,即使在湍流的河水中,也要有自己的一方天地?我有小船和桨,虽不能逆流而上,但至少在顺势而下时能保持一点可控的方向和站立的姿势,是吗?

如若无法"逃离",只能行于此河,当万物汹涌而下时,小船自会护人周全,对吧?

我明白了,在这湍流之下,我唯一能做的就是:用爱和理性造一条小船,选择另一种意义上的"顺势而为"。如此,也算臣服?!

又说多了。

小宝上课回来了,他说老师讲得挺好,跟他们语文老师相比可以说是半斤八两。他竟然用了"半斤八两"这个成语,不大贴切。罢了,不纠正了,孩子累了。

小宝去睡了。

我坐在窗前,静静地想着你。初秋的微风钻过窗纱,滑过脸颊。夜凉如水。

亲爱的,那我们,就此道别!愿你自在若云,愿我自洽如风。

2023 年 9 月 15 日

4

又一次给你写信。这会儿,孩子爸爸带小宝去上课外班了,我一个人静静地坐在书桌前,看了会儿别人的公众号文章。想着自己该做一些事了,我把手机放到一旁,却什么也不想干。

有些累。早上起床跟孩子爸爸去附近公园走了一圈,天阴,凉风迎面,突然间就感觉冷。昨晚 12 点前睡了,一直到今早 7 点自然醒,堪称最近最长的睡眠时间;然而,并不精神,似乎一晚上的觉白睡了。

昨天晚饭后,小宝要出去锻炼,我陪着一起走路。过了 10000 之后,我直接想躺倒在地,家在能望得见的"咫尺",走起来却如"天涯"。给孩子爸爸打电话,问他下班能否来接我们,他说尽量早走,等我拖着沉重的双腿走回家时,他的电话到了。

我只觉体力不济。最近上课也累,连着上三节课,下课坐在休息室,多说一句话的力气都没有。昨晚走路回家,我就没再下床,却也睡不着,遂斜倚床头刷小视频;心里有声音响起:"怎么又刷手机?多浪费时间。书没看完、经典未读、小楷没写……"我被批评了,有点儿沮丧,拿起床头的《老子》读了几章,有气无力。孩子爸爸又批评:"晚上读什么书,吵人。"

我缩进被窝。

"怎么了?"看我半天不吱声,孩子爸爸问。

"累得,走了15000步。你又不来接我们。"我幽幽答道。

"对不起,对不起,让老婆受苦了,下不为例。"他夸张的认错态度,只在表明他根本没错。

"可能是我的更年期来了。老困,没劲,什么事都不想做……"我一边说着,一边挤出两行泪来。孩子爸爸见状,挺胸,气昂昂道:"在我的呵护下,我老婆就不会有更年期。"

"你到底会不会聊天,怎么老是接不住我的话?"我有点儿郁闷。

孩子爸爸前几天去看中医,喝了一天中药后,直呼"神"。他吃饭时常出汗,若再吹空调,会引起腹泻。老中医说是"阳"的后遗症,开了五天的汤药。"神医,真是神医,喝了两顿就不出汗了。"孩子爸爸强调,又建议,"要不让神医也给你把把脉?"

亲爱的,如果有"神医",你说我要不要去看?不知道看了"神医"之后,能不能让我活力四射。唉,我最怕看医生,麻烦。只是累的时候,能量低,啥也不想干,家里总显冷清。

以往，我会跟小宝打打闹闹；而困时，我们各居一室，互不打扰，空空荡荡的家一下子少了烟火气。对的，很少做饭，没有烟火。

有个朋友问我文字是写给谁的，我想了想回答说，有时写给自己、有时写给他人。而此刻，这些文字是写给谁的？写给你，平行时空里的另一个我；你一定能看见我，伏于桌面，认认真真地在电脑上敲着每一个字，每个字皆来自心底。

有时候，觉得自己不该把这些"低迷"的心绪写成文字、呈与众人，因为不能使读者受益。我本该积极向上，像每一节课堂上的激情昂扬？是啊，我以为我本性"豪放"：大江东去，浪淘尽，千古风流人物；却不想骨子里深烙"婉约"：梧桐更兼细雨，到黄昏、点点滴滴。

亲爱的，"婉约"时，就会生出虚无之感，生命的意义到底在哪里？我以前学习李松蔚老师的课，他说：生命本身好像没有太多的意义，要怎么做，才能回应这种虚无呢？存在主义心理学有一个答案：去爱。

心理治疗大师欧文·亚隆把这种"爱"叫作"成熟的爱"，用最通俗的解释，就一句话：照亮别人。照亮别人，以此确认自己的光芒，这是我们在无边无际的孤独与虚无中，唯一能做的事。

亲爱的，我不断地写字，也许只是潜意识里把每个字视为灯火，灯火汇聚，大概可以照亮点什么。

天还是阴沉沉的，看样子马上要下雨了。我们计划明天外出郊游，不知道是否可行。最近总累，可能也需要去大自然中走一走。

临近中午了，亲爱的，今天就写到这儿。我已收到你遥遥的祝福：去爱。谢谢你，我懂了，去爱！

2023 年 9 月 23 日

我的 47 岁生日

1

我出生于 1976 年农历的十月二十七日,后来,我妈说我的阳历生日是 12 月 26 日。我惊讶于两个日子的差距如此之大,我妈解释,因为那年有个闰九月,阳历、阴历相隔较远。

你出生后五天过元旦,我记得清清楚楚。我妈强调。

于是,我过好多个 12 月 26 日的生日,后来当我知道这个日子还是毛主席的诞辰日时,我在心里乐了许久,似乎我与伟人有了某种联系。我的确喜欢这四个数字,以至于现在,我的手机锁屏密码、银行卡密码、门锁密码等,都含有"1226"。

成家后,我有次查万年历,无意中发现 1976 年农历的十月二十七,是阳历的 12 月 17 日,我在诧异中又翻阅了老皇历,是的,没错,农历十月二十七日与阳历 12 月 17 日才是同一天。我求证过外爷外婆、姑妈姨妈等人,农历十月二十七确实是我出生的日子,至于阳历是哪一天,他们不确定。如此看,是母亲记岔了。

想起我成长的过程中,数次有人用生辰八字给我算命,想来都不准了。

2

近10年，我只过农历生日。而昨天，是我47周岁。

孩儿爹把买好的笔记本包装一新，一大早放到了我枕边，是我喜欢的颜色和品质。早上8点，他又把一大束花捧到我的眼前，这个男人在我的眼皮底下一天天地学会了讨人欢心。

30年前，17岁生日，那会儿我在师范学校读书，前途渺茫，学业起伏，时常处于抑郁状态。我的朋友为了让我开心，在学校广播站点了一首歌，晚饭时段，当广播里传来生日祝福时，我感动到哭。那天是1993年12月26日。

教学楼里，另一个班的一个男生听到了广播里的生日歌，于第二天上自习时，到我们教室，把一个粉红色的笔记本放在了我的课桌上。扉页有他描画的祝福词，落款的时间为1993年12月27日。

我翻开储物柜角落里的一个箱子，笔记本静静地躺在一隅，儿子好奇，端详着笔记本上的文字，嘻嘻笑个不停，说是发现了爸爸尘封已久的少年情怀，幼稚又有趣。

17岁时，阴雨绵绵，有个女孩困在了人生的低谷，在挣扎中忧郁丛生。后来，有位47岁的女人，把明媚的阳光带进了30年前的暗夜。她对她说：别怕，我陪着你，一切都会好；我是未来的你，我爱你……

3

妹夫和我同岁，又是同一天生日。父母亲一大早就在群里发了祝福的信息,并且破天荒地学会了发红包。我感谢了父母,这两位刚过古稀的老人,吵吵闹闹了一辈子,却越老越黏糊,越活越恣意。

暴脾气的父亲一日日慈祥,挑剔的母亲一天天温和,他们开始全方位地为自己,吃好穿好,睡好玩好。他们宣称,各家过好各家,自个儿顾好自个儿,父母不干涉儿女,儿女少操心父母……不知什么时候起,父母已有了老人的智慧。

孩儿爹早早给儿子们提醒了妈妈的生日,大宝发了红包,小宝写了贺卡,都是有心的男孩子。弟和弟媳,每年总记得我的生日,一早订花、买蛋糕。

我的小姑父长我10岁,农历同一天生日,刚好逢休息日,表弟订了大包间,两桌人,两位寿星。虽在同一座城市,平时忙忙碌碌很难聚在一起,所以,因着"生日"而济济一堂时,每个人都洋溢着笑脸,在觥筹交错里开心玩闹。

我一向不喜热闹,早都告诉孩儿爹,就我们一家三口过个低调的生日。可孩儿爹还是推我出门,我勉强为之,却发现,其实我很享受人多的氛围。

4

唱完生日歌,表弟、表妹们起哄让许愿,我闭上眼睛,双手合十,只想起了"去西藏"。

之前遇到一个研究《易经》的老师,说我来年有财有运有贵人。我相信"大师"的话,行走人间47年,我总是幸运。

小时候身体弱,却越长越"强壮";青春期忧郁,却走到了云开见日出;工作不进取,却被单位包容;不懂选择,随心

"下嫁",竟遇到了好人;没有付出多的努力,却养出了两个好儿子;悄悄潜进诺言社区,却被看见被认可,收获了无数的爱和光……太多太多,写不完。

前两天,几个朋友来聚,他们说我的状态好,我开玩笑说现在就是我的巅峰时期。

我的人生走过好些弯路。朋友问,若能穿越,你愿意回到哪个时期去"改道"。哦,不,即使能回去,我也不改道,是所有的"弯路"带领着我,走到了今天。

我喜欢我的今天,喜欢我的 47 岁。

体检琐记

早上下雨，一路堵车，到体检中心时已经8：40。快速到大厅，打印好报告单，排队抽血。一管、两管、三管……小护士抽了4管血，似乎是为了抗议，我的肚子"咕咕咕"叫个不停。

"抽完血，我能不能去吃饭？"我问。

"不能，B超要空腹。"小护士答。

昨晚下班太累，没吃饭就睡了，导致一晚上在梦里找吃的。早起，孩儿爹出去买回了腊汁肉夹馍，我看了一眼，咽了咽口水。

"要不今天不去体检了？"孩儿爹诱惑我。

"那可不行，已经拖了好长时间。"我用意志封杀了饥肠辘辘。

外科、内科，只怨我到得晚，每个科室都排队。等得着急无聊，遂在手机上写文章。一项一项过完，最后的B超和CT人特多。我坐在等候大厅，瞄着屏幕上一排排的名字，此时已近10点。

附近一间诊室门口，数十个中年男士在大声聊天，应该是同事，但大部分我不认识。他们说着各自的身体状况，"我血压高，心脏不好，医生让戒烟。"有人接话，"我也要戒烟，这几年体重猛增，减不下去，各种毛病出来了。""不敢戒，抽了几十年，一戒身体会受不了了。""对对对，文学院那个谁冠心病，戒烟，突然就走了，五十出头"……

他们提到的那个突然走了的人是我熟悉的同事，W老师。那年6月，前一天，我们还在办公室聊天，第二天晚上系里发讣告W去世。W博士毕业，年轻有为，来学校几年便提为系主任，几年后升为院长。W学问好、性格好、好抽烟，有知识分子的情怀和担当。在院长任上做了一次心脏搭桥手术，术后卸任。

那时，我的心脏也有点儿小问题，W老师知道后给我普及各种知识，比如什么检查有创伤要少做、背24小时的检测仪要注意什么等等。"你年轻，都是小问题，不要太累就好。"他笑呵呵地跟我说。

呼叫器喊我的名字，终于到我做B超了。年轻的医生动作熟练地往我的脖子上、胸脯上抹着黏糊糊的液体，仔细用探头扫查，还给旁边一个做记录的医生说着什么数据。"学校每年都体检，我基本上没问题。"我主动搭话。

扫查乳腺后，探头一直停留在右腋下，上上下下、左左右右。"你以前得过结核？"医生问。"没有。"我答。"那就奇怪了，淋巴这里怎么有钙化……"她像是自言自语。接着，探头回到了脖子上，来来回回滑动，"这里好着。"她给另一个医生说。

"有问题吗？"我问。

"还不知道，我再看看。"医生说着，又把探头放到右腋下，一遍一遍压着皮肤过，偶尔停下盯电脑。头顶上方有空调出风口，一阵阵冷风吹过，我闭上眼睛，冥想御寒。这时，听到医生打电话："×老师，你有空没？来B超室一趟。"

我的心"咯噔"一下。

不多时，一位50多岁的女医生走了进来，年轻医生向她描述着我右腋下的问题，两人一起凑在电脑前看了又看。"乳腺我查了几遍，没问题，不知道这是怎么了……"年轻医生解释。她们说着什么点状、散状，我听不懂。

后来，×老师亲自上手，拿起探头在我的右腋下一点一点挪动，还给年轻医生讲着什么。想来，我总有利他精神，来体检，都能让老师有案例、学生长知识。

"就是钙化，应该没什么事儿。"×老师说。听见旁边记录的医生问："怎么写？""就写右腋下淋巴结异常"。啊？没什么事儿，还写异常？

我在B超室的床上躺了整整半小时，我猜排在后边的同事已心生戚然。这么长时间不出来，还有"专家"进去，指不定……

出了B超室，我直奔餐厅，牛奶稀饭、鸡蛋花卷、小菜种种，先填饱肚子再说。等我慢悠悠走到CT室时，小护士收走我的报告单，嘟哝了一句："就剩你一个了，我们等着下班呢。"看表，快12点了，难怪！

出体检中心楼，雨依然大，地上一洼一洼的水。孩儿爹打来电话，问体检如何。"老样子，跟去年差不多；只是占用了人家B超室很长时间，不大好意思。"

去年也查到右腋下淋巴钙化点，体检医生几次三番电话告知我要重视。我之后在三甲医院做了检查，各种仪器全上了一遍，权威的专家说没啥事儿，建议定期查看。

我至今记得，那天孩儿爹有早会没陪我去医院。当我做完检查出来时，看到他急匆匆地进医院大门。迎面遇上，他愣了一下，接过我的包，说了句："不要紧，我马上休假，咱出去逛。"

只因那天我做多了检查,心情烦闷,加之没休息好,气色差。孩儿爹看到的是:"哭丧着脸出来了,大事不好……"

胃痛引起的骚乱

胃一直隐隐作痛,似一块硬金属硌在其中。大概因为中午没有及时进食,胡乱塞了个牛角面包;两点钟,在咕咕不断的呼救声里,一份辣冒菜和凉汽水奔去救援。

"我已经很娇弱了。"胃在哭诉。

头脑不以为然,霸总一般冷笑:"你需要挫折教育!"此话震慑力极强,身体各处刚才还窸窸窣窣的喧闹,瞬间杳无声息。

心脏有些不适。不知是活得太久,还是跳动太卖力,抑或是新冠病毒留下了创伤,总之,一日一日不再强壮。原以为有毅力足够抗争一切,到如今,眼看着毅力节节溃败;喊什么"老夫聊发少年狂",做梦去吧。

于是,情绪被触动!

"烦躁"率先为寇,在身体里横冲直撞。只见它踹开脑门,在沟沟壑壑里恣意巡游,甚至勾出海马体中一条一条灰色的记忆,编织成一张偌大的网;这网,是利器,杀人不见血。而"烦躁",功德圆满一般仰天长啸。

沉睡的"悲伤",在这响彻寰宇的"长啸"里,苏醒。它开始跳跃,在心口挣扎,终是没有逃过罩在心头的那张网;数次拼尽全力,数次败下阵来。看不到一点儿希望,悲伤颓然倒下,"轰"的一声,搅扰了远方敏感的泪腺,泪水趁机决堤。

这突如其来的洪灾,伤了左眼,眼角血丝布满,眼前模糊不清,重影一片。一个童音喊着"读书、读书",健康的右眼乜过去,像刀戟,童音战战兢兢不复出。

"谁来救我?"心说。声音微弱,一出口便消散在了旷野中。只有等待,等待一个渔夫,把心头的网撒向大海,打捞起那个被所罗门封印的瓶子。

小腹亦痛,似是为了讨好胃,"你看,我与你同呼吸共命运"。一个飘过脏腑的念头像不会说话的直男,噼里啪啦把担忧砸向心间:"瞧着吧,这些痛就是魔鬼。"

左眼也赶着趟儿凑热闹,"我也痛,一阵一阵抽着痛。""你肯定是看电子屏幕多了。"嘴巴一撇道。左眼本想辩解,却被它同胞兄弟刀戟一样的眼神镇住了。

夜已深,一只蚊子在耳畔"嗡嗡嗡",吵得头发丝儿烦乱不已。右手欲除恶扬善,挥起,"啪"一声,无比清脆。"呜呜呜,你为什么打我们?"脸与耳同时发声。右手一时尴尬,愣愣地摊开手掌,又合上。

睡意蒙眬,恍惚里置身于一张大网,周身星星点点、闪闪烁烁,那可是点缀在网格上的岁月和时光、疼痛与欢心?!

家务"黑洞"

家务"黑洞",不知这个比拟是否正确,只是忙到此刻,你心里突然就泛起了这个词——"黑洞"。它吸食了你一上午的精力和时间,还不知足,还在掠夺。

周末攒下的衣服在洗衣机里,床单被罩该换了,换季的衣服得收拾,杂物堆满地毯……你正忙碌,电话响,儿子说忘带跳绳,10点要比赛,他只习惯用自己的跳绳。你迅速出门,一路快走,把跳绳交给了学校保安。

走回家的路上,一排樱花树,叶子一半已黄,你停在两棵树中间,抬眼望着树缝里透出的阳光,深深地吸了一口气,冷不防的寒意让鼻头发酸。

你加快步伐,心里想着晾了一半的衣服。路过小区门口菜店,你不自觉走进去,儿子说特别想吃妈妈包的萝卜饺子。满足这个心愿,于你是举手之劳。你把买回的菜放在餐桌,一眼瞄见了椅子上的一本书。那是早上你陪儿子吃早餐时顺便翻了几页的小说,总也看不完。

你想着干脆什么也不做了,去写字、看书,做自己最喜欢的事情。午饭吃什么?你问自己。一个声音答:一个人么,凑合下,下午儿子回来再好好做饭,要抓紧时间做重要的事情。

什么是重要的事?读书、写字、锻炼、看视频……所有为自己的事都算重要吧?!你也不大确定,只是不愿把时间全消磨在家务上。可家务谁做?钟点工每周来一次,可具体的规整需要你操心。儿子的保暖衣在哪个柜子，厚袜子在哪个盒子……薄被子收拾到哪里，窗帘什么时候洗……只有你知道。

你收拾着衣柜子，一件件叠好，看着整齐如新的衣柜，你生出了一些成就感。这感觉又促使你拉开了放袜子和内裤的两层抽屉，这是属于孩子爸爸的，他经常喊着找不到袜子或内裤，你便一打一打买回来。抽屉里乱七八糟，像被小偷洗劫过，所有的东西挤挤攮攮在一起；你耐心地把袜子们分类配对，把穿不了的装起来；又把内裤整理好……

收拾起来便没完没了，书柜也好久未动了，买回来的十多本新书胡乱堆在柜子一角，有几本书衣脱落，裸露着光洁的书脊。沙发旁有一摊读过的杂志，半年多了，一直矗立于此。

目之所及，家务活在指数级增长。

有时，你想着简单做点饭，吃饱就行。又想着孩子长身体，要有荤有素，得多做一样菜，再烧个汤，还得切水果，最好有点儿坚果……

前几天，你看到迟子建的一句话："不能因为写作读书而潦草生活。"你突然被触动，瞬间觉得不好好吃饭就是潦草生活。然后，你开始静下来好好做一顿饭，让自己欢喜、家人欢喜。

你又异想天开，希望把自己分成两个人，一个去诗书里滋养心灵，一个在家务里锻炼手脚。写下此文，你的本意是发一会儿牢骚，因为家务"黑洞"吸食了你太多的时间、精力。可写着写着，似乎游离了主题，你发现自己并非讨厌干活，只是希望有更多的时间去"滋养心灵"。

怎么办？

不靠近"黑洞"，不让"黑洞"吸食。这就需要把握好一个适当的距离,还要守住一个必要的界限。家务活是干不完的,有些必须做,就开心去做;有些可做可不做的,看心情,不想做就撂着。能随时跳脱出家务,就不会被吸食。

你也不知道自己想得对不对。刚才你有点儿烦,扔下了正在铺的床单,泡了一杯茶,坐在阳光房里,码字。你不想被家务吸食。

这会儿,心情平静如水。

十载春秋

1

从没有像今天这样,我强烈地认为,朋友圈应该天天发。让所有的日子有迹可循。

公众号"奴隶社会"在征文,2024年1月31日,是"奴隶社会"10周年诞辰日。我关注此号颇久,想去投稿。

穿越岁月之河,走向10年前的我,2014年1月31日,我在哪儿、在干什么。翻开日记本,断断续续,这一天没有记录。朋友圈,2014年元旦我才启用微信,1月份只发了两条,31日没有痕迹。

我不甘心,打开搁置已久的QQ动态,终于有一段文字留在了这一日——

从除夕到初一,熬了个通宵,给儿子写了份总结,很久了,没有这样熬过夜。真累,脑袋僵了,脖子硬了!庆幸的是,终于完成任务了!

有些记忆在脑海浮现。那时,我的大儿子8岁8个月,寒假在深圳参加了一个历时半个月的冬令营。小儿子1岁4个月,我推着婴儿车,带着俩孩子,登上了去深圳的飞机。送大儿到营地后,我带小儿去三亚和孩子爸爸会合。

离开深圳,过登机口后,小儿子突然哭天抢地不上飞机,口齿不清地喊着"哥哥"(dede)。我心里寒意飕飕,老人们说婴儿能感知到成人感知不到的东西,孩子闹成这样,莫非此趟航班有问题?

有工作人员安慰我,给孩子送了小玩具和棒棒糖,小儿慢慢安静。我一横心登机,忐忑了一路,飞机在三亚降落时,我长长地出了口气。

在李一诺怀着老三,开创"奴隶社会"的时候,我带着俩孩子在奔忙。

一晃,十载春秋。这10年,"奴隶社会"茁壮成长,后出生的"诺言社区"也蒸蒸日上。

而我的10年,一眼望穿:房子没换、老公没变、儿子还是俩、工作日复一日……

唯独,我"老"了。10年前,我盼着"不惑",以为过了那个点便"云开月明";如今,我带着"惑"大踏步地奔向"五",依然不知我的"天命"到底是什么。

2

关注"奴隶社会"公众号是2017年,是被朋友圈分享的文章吸引的。后多方了解创始人李一诺,被她的履历慑服:清华大学本科、加州大学博士、麦肯锡合伙人、盖茨基金会中华区首席代表,闺蜜是科学家颜宁,生了三个孩子还有马甲线……关键还有一点,写的公众号文章主打一个有趣有梦。

后来,李一诺又建立了"诺言社区",我未加入,因为要付会员费。我不想为自己花这个钱,不习惯知识付费。

2020年12月11日,农历十月二十七日,我的44岁生日。

在吃了一顿大餐后，我突然想送自己一份礼物：加入"诺言社区"。第二天，12月12日，听了李一诺的一堂课，我发了朋友圈，如下：

记一琐事——

做晚饭的时候，手机里播放着李一诺的一段音频，她提到要经常回忆人生的巅峰时刻：那些非常快乐、满心欢喜的时刻，发生在什么时候什么地点有些什么人……

意意听到，立即说："我人生的巅峰时刻是今年11月的三跳运动会，在学校操场，我得了奖牌、奖状和奖品，同学们都围着我……"

"嗯，好！妈妈也跟你分享我人生的巅峰时刻……"

"我知道我知道，"意意打断我，"妈妈人生的巅峰时刻就是在医院生下我的时刻……"

嗯？我惊讶后大笑。意意看到我乐，赶紧补充道："还有生哥哥的时候也是妈妈人生的巅峰时刻。"

我原本是想说20年前我考上研究生的事。结果……

这问题如果问哥哥，他一定不会这么笃定。我们都曾是孩子，又有谁有这份自信？我没有！

人说被爱着长大的孩子自带光芒。我总在想，童年的有些光芒一定会照亮未来路上偶尔的黑暗。可见，人生是修行，养儿更是修行！

3

加入"诺言社区"，我学到了很多。

从送孩子去深圳上冬令营始，我与深圳、广州这两座城市结缘，走访新教育、学习心理学，与其说为孩子，不如说为自己。谁不满谁学习，谁痛苦谁改变；说的就是这个理。

可能因为一直在自我成长，哪怕一路走来岔道不断，却一直平稳前进。曾有"至暗时刻"，我会沉寂于"诺言"一隅，静静看悄悄听，不声不响。"诺言社区"安全、温暖，给了我无数次"向内看"的契机，我也便有了"往前走"的力量。

参加李一诺的读书会 HOW TO FIGHT，读过李一诺的书《力量从哪里来》，学习了社区里各样课程，都很受益。记得在一次课上，李一诺提到圣严法师的一句话：面对它、接受它、处理它、放下它。我抄下8个字"面对、接受、处理、放下"，贴在了我的书桌上，时时警示。

在诺言的第三年，我加入了一个"故事群"，每天坚持输出文字。因为"故事"，我认识了一帮天南海北的朋友，天涯若比邻。因为"故事"，我成了2023年度的"诺言恒星"，用点点微光照亮同行人。我们在网上互动，在线下见面，生活如此多彩……

我只是成为我，却发出了光。可能，每一个勇敢做自己的人，都自带光芒。

4

2014年，我带小儿到三亚后，住在临海的酒店，享受着和煦的阳光。我发了一条QQ说说——我的中国梦：

海边一庭院，儿女三四人，平日读书习字，闲暇沙滩嬉戏；不为生计操劳，不被文明困扰，白天听海浪声声，夜间观繁星点点；看潮落星移，感春别秋去，常忆醉里秦音，谁家白发翁媪！

10年了，梦还是梦。

我是个传统的中国女人，只想着"多子多福"。殊不知，去三亚时，小儿的身份信息尚挂在姥姥的户口本里，名义上我是孩子的姑母。十年春秋，世事变化，2023年人口已负增长300万。

海子说：从明天起，做一个幸福的人／喂马、劈柴，周游世界／从明天起，关心粮食和蔬菜／我有一所房子，面朝大海，春暖花开……

明天里全是希望，而海子却决然离去。而我，在想象一所海边的房子，碧海蓝天，春暖花开。我把想象藏在心底，把"明天"打碎。

从今天起，做个幸福的人，读书，写字，周游世界；从今天起，关心粮食和蔬菜；我有一所房子，炊烟袅袅，孩子嬉闹。

"日更"二事

题记：2023年2月与朋友相约，每日写文章，建群督促，相互点评，坚持"日更"，为期一年。

1. "日更"这只猫

去年，我曾领养过一只猫，自它进门，我的闹钟再也没有启用过。每到凌晨四五点，它必趴在我卧室门口，一声一声"喵"，直到我起床。我想过很多办法，调整它的生物钟与我同步，但收效甚微。直到上个月底，一朋友说喜欢我家猫，我二话不说，立即让她抱走，并送上一大堆猫条和罐头。

我以为，自此之后，我将夜夜好眠。却没料到，2023年3月1日那天，我鬼使神差地又为自己养了一只猫，它的名字叫"日更"。

从此，每一个凌晨5点，我尚在梦里遨游，"日更"已悄悄靠近了我的耳朵："喵，起床啦！"我艰难地睁开双眼，"日更"曼妙的身姿卧于枕畔，我起身下床，抹一把脸，"走，'日更'，带你去书房玩。"我总是这样说。它"喵"一声算是应答，我们相伴，一起在书桌前等待天亮。

每晚，当我催着孩子上床睡觉，忙完一天的活计，刚坐下休息一会儿，"日更"瞅准时机窜到我跟前，极尽妖娆地诱惑我走进它的世界。于是，我果断地放下手里的小说，关了手机里的视频。

3月的最后一天，我养"日更"整整一个月了。这31天，它所受到的独宠与偏爱，已经激化了矛盾、掀起了暴动。那些书本、花草、沙发、地毯，甚至厨房里的锅碗瓢盆都在蠢蠢欲动，等着振臂一挥、揭竿而起，"不患穷而患不公""雨露均沾"，它们一遍遍地呐喊。"日更"见势不妙，躲在书房一隅暗自得意。

某天，家里的老男人也生出了嫉妒之心，在我与"日更"你侬我侬之时，只听大喝一声：我重要还是你的"日更"重要？我吓了一跳，放开"日更"，赶紧走过去赔笑："当然是老爷重要，妾身这就为您沏茶、拿点心。"一通低眉谄谀之后，老男人方放我自由。

更有小男人们，对着"日更"挑三拣四，说它不如家里以前的那只橘猫，养其有何意义？"我们要吃饺子、包子，要吃妈妈擀的面条。"他们拽着我的胳膊不松手，另一只胳膊里，"日更"眼巴巴地望着我。我陷入纠结，顾左右不能抉择。就在这时，我想起谁说过一句话：能用钱解决的事都不是大事。我遂打开支付宝，给小男人们转过去一笔巨款："王品牛排，管饱。"金钱果然万能，小男人们乐滋滋跑开了。

如此，我一天的闲暇时间大半是和"日更"一起度过。我总想把它训练得更懂事一些，打扮得更漂亮一点。我们一直在磨合，它想让我更耐心更有才思，我想让它更乖巧更丰润。很多时候，谁也不满意谁，于是，磨合中较劲，较劲中磨合。有两个晚上来了脾气，较劲到凌晨4点，那刻的"日更"确实更顺眼，只是我花容憔悴不忍瞧。

"养你太辛苦，我要放弃了。"数个夜深人静时，我才思枯

中年呓语 251

槁、囊中羞涩，无法继续喂养"日更"，只能叹息了一声，罢了、罢了。晓风残月，正当离别，"日更"忧心忡忡半晌不言，我亦戚戚然无语凝噎。我抱它入怀，执手相看最后一眼，四目相对之际，电光石火间我突然彩笔附身、文思泉涌；于是，我们击掌欢庆，为这得来不易的柳暗花明。

阳春三月，与"日更"天天周旋，算来是得失参半、累且快乐。究其实，与"日更"周旋，既是与己周旋；正如《世说新语·品藻》中所说：我与我周旋久，宁作我。此言甚合我心。

2. "日更" 100 天

2023 年 6 月 9 日，是我坚持每日写文章的第 100 天。

一早起来，明晃晃的数字"100"在脑海里跳跃着，舞动的声音似是欢呼。我侧耳细听，隐隐约约时起时伏的"你真棒"。

我一时兴奋，想给自己颁个奖，什么名字呢？"百日故事坚持奖"，有点俗；"锲而不舍奖"，空泛；"滴水穿石奖"，不恰当……算了，先写颁奖词吧，怎么开头？我想了想，须有气势，"骐骥一跃，不能十步；驽马十驾，功在不舍"，还不错；有没有更好的？我绞尽脑汁，想出一句古文，"凿井者，起于三寸之坎，以就万仞之深"，可"万仞"太渺茫，此话不宜置于此处。

一上午，工作间隙，我一直在琢磨、在推敲，颁奖词需用第三人称，写三段最好……我的大脑飞速运转、几番折腾，直至中午回家也未成文。罢了罢了，老天可能希望我低调，希望我不要被区区"100"冲昏了头脑;想来,老天是要降大任于斯人也。

是的,老天已经考验过我数十次,"苦心志、劳筋骨",还有一个声音在耳畔诱惑:放弃吧,早放弃早安生……

每每此时,我会拉开书房的窗帘,透过玻璃,找寻月亮的脸——你看、你看,月亮的脸偷偷在改变;苍穹无限,人生若露,是否要留点什么。于是,我打起精神,在纸上一通涂抹,也许,这些条条线线就是我来过人间的一点证据,虽然终会灰飞烟灭,但至少努力过。

过往99天里的每一个深夜和清晨,我做得最多的事就是摆弄文字,像一个将军一般排兵布阵,只是为了让"队伍"看起来更壮观更美丽。

"将军"有时疲乏,随意"出兵","队伍"松松垮垮,"将军"睁一只眼闭一只眼。但"日日出兵"不能忘,好比吃饭喝水,已然是习惯,习惯里也透着一丝丝的"强迫"。

因为习惯,每日"出兵",俨然是生活里的大事;一天里,若大事未成,小事一律靠边站。

想起一桩事:某晚,一个啰唆的来电造就了"萨拉热窝事件",战事开启,我与家里的老男人唇枪舌剑、势不两立。有一阵我使出撒手锏,哭闹撒泼,陈谷子烂芝麻全是武器。老男人招架不住,欲摔门离家。

"你走,你走,走了就别回来。"我最恨老男人这种逃避矛盾的处事方式。

他穿衣拎包,出门时说了一句:"我出去写篇文章。"门"砰"的一声关上。

写文章?突然想起,我的"日更"尚未完成,遂迅速起身去卫生间抹了把脸,回书房打开电脑,全然投入,奋笔疾书。深夜,老男人悄悄回家,看我未睡,"帮忙看一下我写的故事。"他说。我打开发过来的文档,看了一段,瞬间忆起前事,大怒:

"有本事你就别回来。"

老男人讪笑。我不睬他,却被文字吸引,又一次忘记了前事:"你这篇文章开头有个词用得不准确,容易产生歧义,这几个标点有问题……"

百日"遣词造句""排兵布阵",时而,会有游戏之感——或金戈铁马、运筹帷幄,或胡服骑射、溃不成军,或刀光剑影、乘胜追击,或倒戈卸甲、马革裹尸……当我满心满眼都是"兵"时,无论怎样的"战役",于我,皆是享受。

我的心一日日地增添着力量,因为,每一个兵、每一个卒都携着我的心绪纵横沙场,见惯风雨雷霆,便会珍惜日常冷暖。

明晃晃的数字"100"还在脑海舞动,一曲《你真棒》,余音袅袅,沁我心怀。此后,月生月落,月亮的脸偷偷改变,我大概还会拉开窗帘静静看,也可能"枕戈寝甲"等"出兵"……至于是否"日日出兵",看老天、随我心。

心中的"八平米"

朋友赠书《东京八平米》，作者吉井忍，日本作家。书到手时，我翻了翻插图，并没有对其中内容感兴趣，我以为这样的书我不喜欢。

当我在一个空闲的下午，随手拿起《东京八平米》之后，我又懂得了一点，人不能给自己设限。我一口气读完，多次被触动，多处眼眶湿，大有遇知音之感。

作者说：每个人都有自己的"八平米"，以及对其的定义，它不指实际面积，而是指心中的某一块地方。也许八平米在别人眼里是畸形状态，但它能够让你活在自己的世界里。它也许是某个地方或某个人，在那里你不用伪装，可以好好地面对自我，尽可能地去享受当下。

对的，这个"八平米"就是自己的"桃花源"，在这熙熙攘攘的世界，唯有"桃花源"能带来身的自由、心的安宁。"八平米"，空间小，租金低，不被金钱奴役，不被物质牵绊；入，身心可栖息，出，自由闯世界。多好！

读这本书之前的几天，我正为当年没买新校区的房子而懊恼——近南山，空气好，风景美，小高层，且在校园里，锻炼有操场、吃饭有食堂，可我偏偏没买，觉得没必要，离市区远，估计十多年不会住……我后悔自己的眼光短浅，当时的房价便宜，我却放弃了福利，错失了养老好地方……

庆幸，我的懊悔消解在了《东京八平米》的阅读中。多一套房子又能怎样,退休了住哪儿不一样?既然"八平米"可容身,多的那些身外之物岂不是累赘?!我可以把买房的钱,用来旅行交友、写文字。

读这本书让我拓展了认知,这个世界上,有很多人有着不同的活法,而精彩的人生也不一定非得有房有车有金钱。作者提到,很多的日本年轻人会过得比较自由,不背负买房的压力,没钱了去打工,刷完洗盘皆可;有钱了就去做喜欢的事情,尽情做自己。虽然国情不同,这一点倒可借鉴。

书中最让我动容的是,"早上八点关门的吃茶店"那一章。作者与大泽先生,本是顾客和老板的关系,可在一次次喝咖啡的过程中,友谊之树深深地植根在他们心中。大泽先生的经历令人唏嘘,吉井忍写道——

喝着大泽先生冲的咖啡听这些故事,感觉自己就像在过去和现实之间穿梭,同时我惊讶于这位老年人,这位和我畅快聊天的日本庶民,拥有这么丰富而鲜艳的回忆。我感到久远的战争其实近在咫尺,它不是教科书上的历史,而是还在呼吸的现实。

大泽先生去世了,"偶然的相遇能给我留下宝石一般的回忆,从此我学到一件事,一次小的偶遇,你越珍惜它,它越能让你心暖,还会把更多的惊喜和希望留在你的人生里。"

是啊,要用心对待每一次的相遇,要与人交往、与那些美好的心灵交谈。

为什么能安于"八平米"?作者说,是她曾经一刻的醒悟:东西本身,并不能给你带来幸福。"小"不成问题,因为外面的世界足够大。

若非赠书,我一定会与"八平米"在茫茫书海中错过。我也便不会有此时此刻写这些文字时,心里的喜悦和幸福。

寡人与"资后"

写在前面：2024年初，在朋友的怂恿下，我们数十人一起开始读《资治通鉴》，预计两年为期。而我，元旦前已立flag——2024不买书；却在接下来的两个月里搬回了一箱又一箱。唉，一声叹息，我不由得想起了古时皇家的"三宫六院"……

寡人已决定不再"选美"、不再扩充后宫，要把居于冷宫的"美人们"翻翻牌子，让雨露均沾、"美尽其用"。是的，寡人是仁义之君，有好生之德，又一向勤俭节约，暴殄天物这事坚决不做。

无奈天意弄人，年初，闻深巷有女，翩若惊鸿，婉若游龙，气质美如兰，才华馥比仙……寡人只一眼便深爱之，如此美人，不据为己有，此生岂不白活？

"flag"清且浅，一转头已忘却。

寡人三宫六院嫔妃多，喜新不舍旧，"诸妃列队迎新人"，旧人们泪成河，寡人蹚水向前。

美人终入怀，册封大典诏书下——今特遣使奉金册金宝立尔为皇后，以奉神灵之统，母仪天下，表正六宫……赐封号"资后"，全称"资治通鉴美仁皇后"……

资后回眸，六宫粉黛顿失色。春宵苦短，寡人从此不上朝。

资后常看云,也看寡人;寡人觉得,她看云时很近,看寡人时很远。如此若即若离、东边日出西边雨,令寡人不能寐,黑夜给了寡人黑色的眼睛,寡人想用它探照资后的心。

近臣献计:资后身居高处,清寒孤寂;欲得其心、博其笑,迎其姐妹入宫来。

好。赏!

但非烽火戏诸侯,其他诸事,于寡人,举手之劳。遂问:"姐妹为谁?"资后莞尔,声音脆脆:"阿左、阿史、阿策、阿吕、阿国。"

"皆封女官,居正宫侧殿,伴皇后左右。"

春暖花开,寡人每偕资后游,必有五女官相随。资后一颦一笑,阿史最为会意;资后欲言还休,阿策全部了解;资后模糊了的少时,阿左记忆犹新;阿吕、阿国会逗乐,资后笑口常开。

为得资后心,寡人需时时周旋于阿左、阿史、阿策、阿吕、阿国之间;偶尔身心疲惫,叹息欲放弃,资后适时至前,一脸明媚的笑,寡人幸福得想哼哼。

寡人远远地看见了资后的心——厚重、大气、美丽、端庄,闪耀着温暖柔和的光。寡人被照亮、被牵引,一步一个脚印向着光前行。

是夜,寡人做梦,在一座叫罗马的城市,有一个叫安妮的公主,寡人带她游览罗马城、带她参加水上舞会,帮她画肖像……安妮离开时,跟好些人告别,最后至寡人前,她伸出手,微笑:"为了握你的手,我握遍了所有人的手。"一句话洞穿了寡人的心。

梦醒,床榻旁,资后温柔地看着寡人。想起梦中之语,寡人不禁感慨：为了亲近你，寡人亲近了你所有的姐妹。

一阵悉索窃笑，五女袅袅娜娜至。

"大王可想知她们原本的名字？"资后问。

"报上来。"

五女行礼，依次答话：

"臣妾阿左，本名'左传'，亦称'左氏春秋'。"

"臣妾阿史，本名'史记'，幼时名'太史公书'。"

"臣妾阿策，本名'战国策'，亦唤'国策'。"

"臣妾阿吕，本名'吕氏春秋'，别名'吕览'。"

"臣妾阿国，本名'国语'，亦名'春秋外传'。"

弱水三千，取一瓢饮

年少时读《红楼梦》，在"布疑阵宝玉妄谈禅"中，有一段黛玉的绕口令式发问："宝姐姐和你好，你怎么样？宝姐姐不和你好，你怎么样？宝姐姐前儿和你好，如今不和你好，你怎么样？今儿和你好，后来不和你好，你怎么样？你和她好，她偏不和你好，你怎么样？"

宝玉思索半晌大笑道："任凭弱水三千，我只取一瓢饮。"

当时的我差点儿被这句话感动到落泪。在宝玉眼里，宝钗再好，世间女子再多，都与我无关，我心里只有林妹妹一个人。

黛玉不放心，追问："瓢之漂谁，奈何？""水止珠沉，奈何？"宝玉最后说了一句话："禅心已作沾泥絮，莫向春风舞鹧鸪。"意思是，我爱你之心就像沾了泥的飞絮，不会随风飘忽。

然而，这终究是一个悲情故事，宝玉身不由己，黛玉红颜薄命。

但"取一瓢饮"，总让天下女子向往；这是偏爱、是专情，是男人的忠贞。

近日诵读《诗经》，读到《郑风·出其东门》，欣欣然如获至宝。《出其东门》，以男子的口吻阐释了他的"弱水三千，取一瓢饮"：

出其东门，有女如云。虽则如云，匪我思存。缟衣綦巾，聊乐我员。

出其闉阇，有女如荼。虽则如荼，匪我思且。缟衣茹藘，聊可与娱。

东门，特指城东门，是郑国游人云集的地方。这里经常美女如云，但"匪我思存"，不是我的心上人。"缟衣綦巾"，缟（gǎo）指白色，綦（qí）巾指暗绿色头巾；那个"缟衣綦巾"的女子，才是我爱的人。

闉（yīn）阇（dū）：城门外的护门小城。荼：茅花，开时一片皆白，形容女子众多。虽多，但"匪我思且"，不是我的心上人。茹（rú）藘（lú）：茜草，其根可制作绛红色染料，此指绛红色衣巾。那个"缟衣茹藘"的女子，才是我爱的人。

"缟衣""綦巾""茹藘"之服，显示出女子的贫贱身份。也许门不当，也许户不对，但有什么关系，"聊乐我员""聊可与娱"最是难得，跟她在一起，我开心，我喜欢，我爱，如此，足以。

纵观我们浩瀚的诗词歌赋，爱情里的男子，专情者极少，薄情寡义者甚多。且看，"总角之宴，言笑晏晏，信誓旦旦，不思其反"（《卫风·氓》）。"世情恶衰歇，万事随转烛。夫婿轻薄儿，新人美如玉。合昏尚知时，鸳鸯不独宿。但见新人笑，哪闻旧人哭"（杜甫《佳人》）。"关西骠骑大将军，去年破房新策勋。敕赐金钱二百万，洛阳迎得如花人。新人迎来旧人弃，掌上莲花眼中刺"（白居易《母别子》）……

纵使才貌双全如卓文君，一心扑向爱情，演绎了一段"文君夜奔"的传说，也没有幸免男人的移情别恋；好在，才女用她的《怨郎诗》《白头吟》《诀别诗》挽回了司马相如的心。

所以，《出其东门》，才让人为之动容。

是的，纵有"弱水三千"，我们也希望自己是独有的"一瓢"。

  这"一瓢",是长长久久的情,是朝朝暮暮的爱,是"愿得一心人,白首不相离",是"山无棱,江水为竭,冬雷震震,夏雨雪,天地合,乃敢与君绝",是"死生契阔,与子成说;执子之手,与子偕老",是"金风玉露一相逢,便胜却人间无数"……

流光故事

鹿鸣小筑

小鹿曾经很喜欢一个男生。那时,她有一个好看的笔记本,取名"鹿鸣小筑",鹿与鸣分别来自他们名字中的一个字。那是他们的秘密园地,记录着他们的点点滴滴。

从一开始,小鹿就清楚,他们不会有结果。男生的家乡在遥远的南方,家中独子,有企业等着他毕业回去继承。而小鹿的父母老来得女,根在北方,小鹿不可能远嫁。

但小鹿无怨无悔,把所有的温柔都给了男生,为他打饭洗衣、帮他誊抄论文。"为他做什么我都高兴。"这是一只欢快的小鹿。

知道有期限,知道会结束,反而促使他们更加地珍惜在一起的日子。她常用手摩挲他的后脑勺,发梢扎在掌心,痒痒的。小鹿幻想着,如果是电影多好,下一个镜头切进,同样的动作同样的人,打上字幕"三十年后",特写的脑后全是白发。

每想到这儿,小鹿的心会疼一下,她不知哪个女生在将来看着他鬓生华发。

"你们注定是没有结果的,不如趁早分手。"好友相劝。

"不。"小鹿笑着应答,"我要倍加珍惜。即使有一个月,我也会珍惜一个月;如果有半年,我就好好享受半年。"

"满脸笑盈盈,相看无限情。"

元旦时,男生送小鹿一张别致的贺卡,用毛笔在夹层写了一个大大的"爱"字,小鹿欣喜,小心翼翼地剪下"爱",贴在"鹿鸣小筑"的首页。她给男生准备生日礼物,从一个月前开始,每天写一段文字,把30张纸片折叠成心的形状。他心动,抱着她久久不松开。

"这个世界上,他是第一个叫我宝贝的人,我也可以是宝贝啊。"小鹿的眼里闪着光和泪。

寒假里,所念之人,隔在了远乡。想他,想到浑身的每一个细胞都在脱轨失序、横冲直撞,直到他的信来。他写道:"玲珑骰子安红豆,入骨相思知不知。"

一切方安宁。

小鹿默默流泪写回信:……"恨君不似江楼月,南北东西,南北东西,只有相随无别离。恨君却似江楼月,暂满还亏,暂满还亏,待得团圆是几时?"

快乐的小鹿有了愁,她以前常言,只要拥有过,不会在乎天长地久,可她知道自己错了。"我要跟他在一起,生同衾,死同椁。"

小鹿的心逐渐沉重,她会在约会时哭,男生不知所措,他抱着她安慰:"宝贝,我要你做快乐的小鹿。"他吻她,沉醉的气息让小鹿一时忘乎所以。如果生命就此戛然而止,一切将成为永恒。

"小鹿,小鹿,跟我回南方吧。"热气哈在小鹿耳畔,酥酥麻麻。

毕业在即,小鹿想要一份礼物。"要什么?"男生问。

"《现代汉语词典》。"

男生瞬间明了,这是小鹿的案头书,时时在,时时翻阅。

"我也要送你一份礼物,"小鹿在男生耳边悄悄地说,"我要做你的女人。"男生一怔,小鹿羞红了脸。

那天母亲突发病,电话打到系办公室,辅导员送小鹿去了火车站。临行前,小鹿跑去宿舍找男生,舍友说男生出去了,小鹿坐上了回家的火车。母亲在ICU病房住了近一月,小鹿瘦了一大圈。

再次回校时,校园里已空空荡荡,小鹿在辅导员办公室拿到了毕业证书,还有男生留的词典。回程的车上,小鹿捧出沉甸甸的词典,想起以前摩挲男生后脑勺的情景,不禁莞尔。

"相思似海深,旧事如天远。"

小鹿打开"鹿鸣小筑",在最后一页的白纸上写了无数个"我爱你"!笔画重重叠叠,看不见了你,看不见了我;你中有我,我中有你。

数个日子后,在一个月明星稀的夜里,"鹿鸣小筑"在火盆里熊熊燃烧,小鹿盯着火苗,仿佛看到了无边的星空。

有一颗叫"鹿鸣"的流星,划过天际,一瞬的灿烂之后,消失在了茫茫的宇宙深处。陨落,永生永世的沉寂,好像它从未来过。

月光流转,携来音乐袅袅,对面楼上的一扇窗子灯亮。小鹿熟悉这旋律,《相约九八》,两个女歌手的合唱。

小鹿望了望火盆里的灰烬,轻轻地叹息了一声。1998年的夏天结束了!

青春往事

时间如流水般侵蚀着岁月，过往年华，像蒙尘的玻璃，清晰又模糊。

2022年5月的某天，女人给儿子过17周岁生日，生日歌唱起，许愿、吹蜡烛。分蛋糕时，儿子随口问了一句："妈，你的17岁在做什么？"

女人答："等毕业。"

儿子转向身旁的中年男人："爸，你也在等毕业？"

"才没有！我跟D叔叔南巡去了……"

"南巡，你们不等毕业？"面对儿子一连串的问话，中年男人骄傲地讲述着"南巡"的种种经历：跟警察躲猫猫，在工地粉刷墙，应聘照相馆，找不见厕所随地解决……

"为什么不说你被通报批评，狼狈不堪，检查写了无数稿，连张毕业证都没有拿到？"女人笑着怼道。

"硕士学位我都有了，要那低学历文凭干吗？"

"就是，爸，你可太厉害了，有魄力，牛！"儿子竖起了大拇指。

遥想多年前，一起逃学事件在小县城里的一所师范学校引起轩然大波。两个男生出走，学校丢了学生，老师家长慌了。而操场一隅的女生，也有些惶惶不安，她不知自己一句拒绝的话在这次事件中占比多少，只觉得自己可能做错了什么……在一夜夜的辗转反侧里，17岁的疼痛在心中扎根绵延。

很多时候，明明结局不差，可总有过往某一个艰难的片刻让人忍不住眼眶潮湿。一年一年，女人常会在夜深人静时，想起那个忧郁的女生，心生疼惜。若干次重提旧事，女人总落泪；而身边的男人，始终不解她的疼痛和伤感；正如她也一直无法想通当年男生的行为，一个连"失恋"都算不上的小挫折，怎么可以孤注一掷、不管不顾地逃学？

女生毕业后在父亲所在的小城找了份工作，两年后考上了省城一所大学。入学两天后的一个下午，宿管阿姨喊话有人找，女生正疑惑，却一眼瞥见门厅口站着的熟悉人影，额前一缕长发，瘦长的脸颊颧骨凸显，是那个男生，四目相对，他的嘴角微微翘起。

"我在新生名单上看到你，打听了一天才找到。"他说，"我是去年来的，在史地系。"

女生的心"咚咚咚"狂跳，没有答话。

男生带着女生熟悉校园，女生跟在男生身后，刻意保持着一定的距离。图书馆每一层的藏书、食堂二楼每周的舞会、校园小树林后的假山……男生一路兴致勃勃，说话的过程中有时用手拨弄下长发，偶尔提到什么不好的事便顺嘴一句"他妈的"。看他不羁的样子，女生心里隐隐担心：他不会是记仇吧?!

周末，男生又带女生去附近的几所大学参观。在一个操场，走累了，女生想坐到双杠上休息，一下子没爬上去，男生过来帮忙，女生赶紧后退说不用。国庆假期，女生和舍友约好一起逛，没有回家，却不想一放假就重感冒，昏昏沉沉地躺在宿舍。男生不知怎么买通了宿管阿姨，随意地出入女生宿舍，又是买药又是打饭，对女生嘘寒问暖。这一番操作下来，舍友们都以为他们在谈恋爱，女生百口莫辩。

女生告诉男生别频繁找她，不好，影响学习。男生想了想，说："我就是把你当妹妹，以后你有了男朋友我就不来了。"女生无奈，只能随他去。

那时候流行交谊舞，学校有专门的老师教，每周末食堂二楼都会举办舞会。女生和宿舍的几个姐妹偶尔也去，一次遇到男生，他请女生跳舞，女生因答应了旁人而拒绝了他。几曲之后，女生回教室看书。那天不知什么情况，舞会临结束时发生了一场"械斗"，据说是体育系的男生打群架。几个从舞会回来的同学惊魂未定地描述着，女生正在暗自庆幸自己的提前离开，就看到男生急匆匆地跑来，看到她，他长出了一口气。原来他听说打架，就赶去舞会找女生。很久之后得知，那晚他穿过打架的人群时，后背被飞来的不明之物砸到，幸而不严重。

后来，女生决定考研，每天早起跑步读英语，晚上看书学习做笔记，抓紧着每一分每一秒。男生依然找女生，有时周末去逛逛书店，有时就在教室说说话。有一晚回宿舍路上，一轮圆月明晃晃地挂在夜空，男生提议散会儿步，他们有一搭没一搭地说着话，在花园栏杆处，他停下，转头看向女生，突然说了一句："我爱你！"

这是女生此生第一次听到的"我爱你"，却完全没有憧憬过的小说中写的那种触电与感动。她看着他，平静回复："我没有感觉。"那个时候，女生始终觉得，不能跟男生有任何关系，他当年的"逃学"已令人心生余悸。

默然归。一周未见。

后再遇，一如往常，有时逛书店、有时去餐厅……却都不提那晚的事。

多少年之后，女生已经成为妻子、母亲，她偶尔在记忆里搜索，她和那男生的关系是什么时候有了质的飞跃，在什么契机下拉手、拥抱、亲吻？想不起来。只记得很久之后的某一个黄昏，他又说："我爱你！"女生点头，他抱紧她说："谢谢！"

后来，他们组成了家庭。

而17岁，早已葬在了岁月深处。

弹指30年！

买内衣记

1

周末，凌去逛商场，路过一家内衣店，因多瞄了几眼，被店员反复安利一款内衣。凌没有经受住诱惑，遂拿了件80码去试衣间。

店员跟进试衣间，她热情地帮凌调肩带、系扣子，凌不好推托，便索性不顾忌，装作大方地在另一个女人跟前裸露上身。结果80码的底围稍大，店员快速拿来了小码，凌问可是75B，答75D。凌强调自己多年来一直是75B，只是最近胖了，店员笑，说听她的没错，这个款式的D杯会更合适。

一番试穿，果真如店员所言，D更合适更舒适。店员对着镜子里的凌说："姐，你可真有实力啊，肉都能长对地方。"这一句让凌一下子羞红了脸，她赶忙双手抱胸前，自嘲道：哎呀，都下垂得不行了……

人和人之间，似乎在"裸露"里生出了些许信任；陌生的两个女人瞬间亲密，谈笑间，3件成交。

2

凌想起，很多年前，第一次买内衣，是在父亲工作的小镇上。那时大概16岁，才开始发育，胸部稍突出，凌觉得只穿背心不大好，宿舍有年长的女同学已经在穿文胸了。

于是，凌鼓足勇气去了小镇上最大的商店，国营的那种，售货员在柜台里，顾客在柜台外想买什么只能说。她转悠了一圈，看了一处玻璃柜台下放着一沓文胸，棉布的，杯罩上有些绣花。凌说要买这个，售货员问要多大的，凌不知道大小，随口说最大号。售货员递过来，凌把攥在手心的5元钱放在柜台，逃也似的离开。

当然，这件文胸并不合适，凌用针线把底围缝小，还能穿。有一天凌在家洗了文胸，挂在房间里，母亲看到，问："你的？"凌"嗯"一声，表示肯定。母亲没再说什么。在母亲的意识里，女孩子大了，好些事自然会懂，不用人教。中考结束后凌第一次来例假，惶惶不安多时，母亲也不知道。

3

凌第一次知道文胸的码分得那样细，已是千禧年之后的事了。那时刚读研，舍友们一起逛商场，有内衣店在打折，大家都凑上去看。店员热心，用软尺温柔量尺寸，告知凌应该穿75B，并推荐了一款。那是一件粉色蕾丝边的文胸，很美，凌实在喜欢，咬牙狠心付了打折后的80元钱。回到宿舍后，还被一帮女生围观。

之后多年，每次买内衣，凌都报出75B。差不多20年的时间，除了怀孕生子，凌的体重上下浮动没有超过5斤。可年纪大了，发福，去年还是五十一二公斤，今年已飙至五十七八。

哦，记错了，凌想起自己曾胖过一次，在十七八岁的年纪，可能因为饭量好，也可能因为心情不好。那时候凌个矮，1.5 米左右，体重接近 120 斤，前凸后撅；她觉得自己难看极了，走路都猫着腰低着头。

4

18 岁，凌在小镇找了份工作。凌不喜欢那个环境，又因看不到前途，整个人有点儿抑郁；因抑郁，身体也出现了不适。

每次例假前的一周，凌的胸都特别胀痛，严重时甚至无法忍受走路的震颤。凌能清楚地摸到其中的肿块，她一度怀疑自己得了什么大病，却不敢跟任何人提起。她买了稍小的内衣，寻思着包裹紧了就不会晃、不会疼。

有一次，凌偶然在一本杂志的广告栏看到乳腺疾病的咨询，她写了信寄到省城。10 多天后收到回信，是一个私人医院的主任医师，他让凌千万重视，并建议去他们医院就诊。

一年后，凌去省城进修，周末邀同学陪她去了这家医院。各项检查做完，中年男医生开了药，笑着叮咛凌不能压不能揉不能刺激。当时在诊室的三个不足 20 岁的女孩，相互看了看，只觉得这句话多余。多年后明白过来，她们早已天南海北。

5

凌坚持喝药，症状却并没有大的缓解。一个同学建议，应该去正规医院找最好的医生检查。凌遂请假去了省城最好的医院，挂了一个乳腺科的专家号；专家的名字她至今记得，叫王岭，白大褂下一身军装。

他查看了凌的病情后，朗然一笑："好着呢，发育过程中的正常问题。"他的脸上泛着慈祥的光，"穿合适的文胸，多运动，保持好心情。没有一点事儿，不用担心。"

离开诊室，凌在医院楼后一个没人的旮旯角掩面痛哭。天冷，风呼呼刮过来，挟着哭声远去。此刻，穿过无数个岁月，她似乎听到了风声、哭声，它们在她的耳畔回响，刹那间涌入心间。

凌站起，失神地望着窗外，凛冽的冬，光秃秃的枝丫伸向天空。她不自觉地喃喃自语：我买了多好的内衣，合适又漂亮；可我怎样送给你，岁月深处的女孩？

清明献祭

——写给逝去的小天使

上午,天放晴,太阳露出了久违的笑容。闺蜜鹿儿打来电话:"带你去山里转一圈。"我望了一眼窗外,迅速地合上了笔记本。

驱车一小时到达,放眼望,山川秀美,草树皆春,每一口呼吸都是清香的味道。鹿儿从后备箱拿出两束黄花,拉我走上曲曲折折的小路。

"拿花儿干吗?"我不解地问。

"等一下告诉你。"

在一片向阳的小树林里,鹿儿停下,打量着眼前的树,随后走到稍靠里的两棵,伸手仔细摩挲。"这是我5年前栽种的,你看,都长这么高了。"

两棵普通的雪松,丈余高,杯口粗细。

"左边这棵叫蝴蝶,右边的叫三三。"。

"你可真有闲情逸致,在这地方种树,还取名。"我打趣道。

"钟,我讲个故事吧。"鹿儿说着,蹲下来把手里的花分别放在两棵树下。"有一年,我去寺庙住了一周,曾在黄表纸上写了四个字:蝴蝶、三三,交给老和尚超度。离开时,老和尚叮嘱我回去了种两棵树。

"做过妈妈的人一定有体验,每个曾来过妈妈子宫的孩子都会留下特有的记忆，无论日子过去多久，总有一个瞬间，看到某个孩子，心里会有一个声音说：要是我的孩子还在，应该也这么大了……

"钟，你以前常说，孩子没来人间前，都是天上的小天使。你看，小天使们不知道观望了多久，才下决心找一个温暖安全的房子住下，却不知道这里竟风险重重；有时，'怦怦'的心跳刚有，就迎来'绞杀'……"

"嗯，我明白，鹿儿，我知道你在讲什么。"我拉过鹿儿的手，冰凉。她看了我一眼，努力地挤出一点笑容，接着道：

"考研那年，有一个月我没来例假，去医院检查说是怀孕了。我问H（鹿儿男友）怎么办，他说：'不要了吧'。我很生气、很失望，可是如果他问我，我肯定也说'不要了'。你知道的，咱们当时考研多重要。

"我躺在手术室时，两个护士在说笑，我却直打哆嗦，耳朵里全是金属器械发出的刺耳声音。出来时，天在下雨，我的'蝴蝶'就这样在深秋的一场雨里飞走了。当时我在宿舍躺了几天，你还问我怎么了，我说的是来例假肚子疼。"

是啊，一晃20多年过去了，那时我们一帮人起早贪黑，在考研路上拼尽全力。

"婚后多年，我有时还会在梦里惊醒，觉得自己没有留下'蝴蝶'是个错误，没有谁说不能带着'蝴蝶'读研。其实我心里知道，考研是个借口，真正的原因是未婚先孕，我怕被人耻笑，怕我妈失望。"

"嗯，我能理解。"我抱了抱鹿儿，"三三呢？"

"是个意外，老二还在哺乳期，'三三'来了。我跟H说：'生下吧，老二、老三一起养。'他不同意。我试图争取，H嘲

流光故事 277

讽我：'你是想当英雄母亲？'

"之后四五年，每想到他说这话的情形，我就满肚子的火。我有时会因这事跟他吵，指责他是个没责任、没担当的男人。"

"鹿儿，你受苦了。"

"其实，我那样说就是发泄发泄情绪，我理解他。"鹿儿说，"那天，H出差，我一个人去的医院，却无缘无故高烧近40摄氏度。医生说，不能手术，得先退烧。似乎冥冥中，'三三'想留下来……

"前几天，我还跟家里的两个孩子说：我们家本来有四个孩子，最大的和最小的因各种原因没有来，你们俩是妈妈的第二个、第三个孩子。老二小，惊奇地问那两个是不是夭折了；老大说肯定是没生出来。"鹿儿轻轻地笑了。

"为什么要告诉孩子？"

"孩子们需要知道妈妈这里与他们相关的一些事，而且，'蝴蝶'和'三三'也需要被知道、被承认，尽管他们没有来。只要在妈妈的子宫里住过，不管多短暂，都是妈妈的孩子，都会活在妈妈的心里。"鹿儿说得坚决。

"谢谢你告诉我这些。"看着这个温婉、刚强又透着忧郁的女人，我想到了很多，那些无能为力、无可奈何，似乎是每一个当妈妈的人的宿命，我也有。我再次抱了抱鹿儿，轻轻拍了拍她的后背，算是对我们共同的抚慰。

"谢谢你陪我来、听我说话。"两个女人彼此望着，眼里全是相惜。

太阳暖暖地挂在高空，阳光从斑驳的树影间洒下来，星星点点落在这片松软的土地上。"蝴蝶"和"三三"，正张着枝丫，迎着阳光，努力伸展。一阵风过，窸窸窣窣的声响，像极了小天使的呢喃。

　　鹿儿说，每一个逝去的小天使，都把记忆镌刻在了妈妈心里。那么，鹿儿，我要把你的小天使镌刻在我的文字中，在清明当日，我要让所有的字符舞动，舞出小天使的身姿，舞出一颗满是爱的心，以此祭奠。

　　尚飨！

买车风波

下班回家，男人嘴角上扬、话音朗朗，他说已看好一款电车，试驾感觉良好。他打开手机相册给女人展示车照："你喜欢橘色还是浅蓝？"女人没有作答，男人从她弯弯的眼睛里看到了欢喜，他猜她一定喜欢这款车。

他没说假话，确实挺舍得，30万不是个小数字，女人心想。遂道：其实我的车蛮新，虽说开了10年，但车况良好。

回头让4S店评估下，人家可以回收，能给多少钱算多少钱。新车挂绿牌，不限号，车大，坐着舒服。男人说着，还把自己了解到的各种电车品牌、功能一一向女人介绍。

听着都成专家了呀。女人打趣。

是你的专家。男人笑。

我还是觉得，这车是我跟你要的，不是你主动买来送给我的，这两者有质的区别。女人幽幽地说。

什么要不要的，我本来就计划给你换车，你要不要我都铁定会买。男人有些急。

女人沉默，男人看着她，两个人的思绪似乎都飘回了两个月前。

夕阳西下，女人开车正行驶在下班路上，"咣当"一声，后视镜掉了下来，女人吓了一跳，一脚踩了刹车，冒了一身冷汗，后面的车直摁喇叭，多亏没追尾。后来，她打双闪把车停在道路边缘，研究了半天，才发现后视镜的卡扣松了。回家后，她跟男人说起这事，男人"嗯嗯"回应。女人有些不悦，如此"后怕"的事，他怎么可以心不在焉？一瞬间，有火星儿在她的胸腔升起。

男人注意到了女人的情绪，他刚刚一直在考虑工作上的事，没有专注听女人说话，他伸出胳膊准备抱抱女人。女人生硬地推开了。

怎么了？男人问。

女人不说话，脸拉得老长，眉头中央出现了两道深深的阿拉伯数字"1"。

你说话呀，到底怎么了？男人再问。

女人转身面对男人，火星儿按捺不住，一蹦一跳聚在一起，小小的火苗燃起——什么怎么了，你不知道吗？是你说要给我换车，这一年半了，车的影儿都没见，你就是骗我，对吧，你就说说而已，是吧……

咱说好了不再提这事的，我上次跟你商量，是你说不要车。男人有点儿恼。

我说不要就不要，你这么听话的，别的事怎么没见你听话？

你知道的，我当时是真想给你换车。男人解释。

要是真想，你说完"买车"两个字后的一周、一月、一个季度，车就应该出现在我面前，是不是？你如果这样做了，还用得着我跟你提吗？你现在老实告诉我，当时说买车到底怎么想的？你是用买车来哄我、安抚我，是不是？你把我当成了什么……

女人心里刮起了飓风，火苗一蹿一蹿成了熊熊烈焰。男人感到一股灼热扑面而来,他扶了扶眼镜,后退几步,我下楼买包烟,男人说完开门出去了。

冷风吹拂,男人摘下眼镜,拽出衬衣一角擦了擦镜片。他想不明白,女人刚刚还温顺得如同一只小猫,一眨眼就成了母夜叉。大概还是怨我,男人想,我总以为自己做得不错,对示好的女同事不迎不拒,保持着适当的距离,可是……

一触及症结,他就逃。女人在心里说,他口口声声跟那个女同事没什么,可为什么要答应跟人家吃饭,而且去吃西餐,他从来不爱吃西餐。

男人从口袋摸出打火机,点了一根烟。我就不该答应吃那顿饭,可……那天快下班时,女同事来找我,说人事处已经批了她的辞职申请,下周就走,请我吃顿饭,算是告别,我犹豫了一下答应了,给家里打电话说晚上加班。

唉,我真傻,他打电话说加班,我还心疼了一会儿,女人叹息一声,自言自语道:我真不该接受小慧的邀约,不该把孩子交给婆婆,不该跟小慧说想吃牛排,不该去那家西餐厅。

女同事提前订了座,我不喜欢吃西餐,但吃一次也没关系。用餐中,女同事说对我仰慕已久,明知我有家庭还是忍不住喜欢我,现在看不到希望,才要辞职走。说着,她竟伸出手搭在了我的手上,我本能地想抽回,但那股温热绵软像八爪鱼一般黏住了我,一刹那我有点儿心猿意马。就在这时,我看到了斜对面隔几桌的她,与她面对面坐着的,我看到的背影,是她的闺蜜小慧。小慧在比画着什么,她却用眼睛瞟着我。

他对天发誓跟那个女人没什么。鬼才信,没什么,怎么会拉手,没什么,看到我为何脸红?唉,我也窝囊,强装笑颜地走向他们,假装偶遇,为什么我不直接拍桌子大闹一场?那女人还算识相，见到我后说自己有事先走。可是，我不信他的解释，我看见了拉手，那我看不见的呢？

她给我留了面子，没在人前闹，还跟小慧说我是在跟一个亲戚谈工作。但她不信我的任何解释，那些日子她天天夜里哭，逼问我跟女同事到底发展到什么程度，无论我说什么她都不满意。那天她蹭了车，给我打电话时大哭，我赶回去安慰她：人没事就好，我正准备给你换辆新车。

我一想起他跟那个女人拉手，便忍不住伤心，夫妻间那份笃定的信任被打成了碎片。那天下班路上，我又想起了这事，一个没注意，转弯时直接撞上路旁停着的一辆面包车。车主是好人，没有为难我，要了200块钱放我走。回家路上，我忍不住失声痛哭。他说要给我换辆新车。

我努力地重建信任，加倍地爱护她关心她，让她不再计较那事儿。可只要她心情不好，只要我们有一点冲突，最终的矛头必然指向那件事。我知道她眼里容不得沙子，我不知道她什么时候才能彻底放下……男人又点了一根烟，黑夜里，一星儿火光忽明忽暗。

有时候我挺心疼他，上班辛苦，回家还要在我跟前表现好。但是，他辜负了我的信任，即使现在，每次路过那家餐厅，我的心都会痛一下。

总会过去的。男人对自己说。

唉，怎么办，人总得往前看，我是不是要学着放下？女人想。

门响了一下，他回来了，她赶紧关灯躺下。听着他窸窸窣窣进了卧室，用手机的亮光照着什么。

别生气，他说，是我不好，换车的事我决定了，你要相信

流光故事 283

我，我没有想着要哄你。

嗯，她应了一声，声音微弱得像一只小猫。

远去的思绪渐渐收回，女人看着眼前有些着急的男人，问："这么贵的车，你不心疼？"

给你花钱，我什么时候心疼过？我连命都可以给你，这点儿钱算什么？男人答得夸张有力。

男人让女人带好身份证，下午去4S店办手续。临出发时，女人打起了退堂鼓，她说自己不想要车了。

我已经跟人家谈好了价，定金都付了，这事我说了算，走。男人拉起女人就要出门。

你退了订金吧，我真的不想买车。女人挣脱男人，平静地说。

男人皱起了眉头，盯着女人，瞳孔里的愠色一点一点加深，万物静默。

泪水顺着女人眼角缓缓滴落，"你知道，我要的从来都不是车！"她哽咽道。

男人叹息了一声，走过去，揽过女人的肩。她贴着他的胸膛呜呜地哭出了声。

爱与看见，孰轻孰重

S近来比较烦，走进婚姻十年，现在没有了继续下去的动力。犹豫了几次之后，S鼓足勇气找了曾经上学时最为信任和敬重的老师，那时她是个乖巧的学生，跟老师关系好，去过老师家多次。

书房桌上，两杯茶热气袅袅，师生二人对坐。S轻声道：老师，我想离婚，我老公现在不思进取、不善沟通，学历低还不爱学习，我们已经无话可说了……

S是上大学时认识的老公，那时她老公中专毕业已上班三四年，虽然学历低，但人长得不错、性格也好，两人很快建立恋爱关系，S大学毕业后两年便结婚。

S说这桩婚姻一开始就不被看好，她的家人反对，嫌弃婆家穷，在城市没房没车。她当年却铁了心，愿意在出租屋结婚。可现在，十年过去了，S的工作不断向好，而老公依然在原单位，职位没有提升不说，这几年还因为效益不好工资骤降。一个大男人整天在家里做家务、管孩子。S觉得自己不爱老公了，没法儿过下去。

老师问：你觉得婚姻里最重要的是什么？

S答：男人的上进和担当。

夫妻之间最重要的是什么？

应该是爱吧，没有了爱就没有办法在一起生活了。

老师点了点头，道：我讲个故事吧——

流光故事 285

我的闺蜜T，年轻时，常跟他先生吵闹，摔过杯子盘子、脸盆花盆，还上演过数次离家出走。她自己说，是把人性里所有"坏"的一面全部倾倒在了婚姻里；出了家门，永远是乖乖女，脾气好，性格佳。

T当年"下嫁"，她的先生很荣幸很欣喜，这好像是一份大"恩泽"，既如此，那承受些T的"肆意妄为"看似也应该。婚后的T也一度疑惑：明知"门不当户不对"，却执意要嫁。为什么？

T是一个善于思考、反省的女子。在一次次的吵闹后，T逐渐看清了自己的内心，她执意要嫁，是因为婚姻里有两样她非常渴望却从来没有得到过的东西：一份自以为是的爱，一份极度的优越感。从表面看，T的确是样样比先生好，学习好、工作好、家境好……

T被"优越"糊住了双眼，看不见先生，常对着他颐指气使。一次，争吵中，T顺口喊出"离婚"，先生说同意离婚。T顿时愤怒如狮：你怎么可以说离婚，你凭什么说离婚？

"可你已经说过一百次了。你一点儿都看不见我，不尊重我、不珍视我们的婚姻……"她的先生答道。

T被当头棒喝。

之后，她在不断地正视和反思中明白了，是这桩婚姻给了她足够的疗愈，她发现小时候那个胆小、自卑、怯弱的乖女孩，越来越有力量，大概是因为在婚姻的头些年里把"恶"作尽了。她看见了自己，也便看见了一直在身旁的那个隐忍的男子。

于是，T生出了巨大的悲悯：他也是人，跟她一模一样的人，有着一样的灵魂，每一个灵魂都是上苍的杰作，没有高低贵贱之分。能走在一起，在人这里、在灵魂这里一定是"门当户对"的。

　　心底有了这样的意识，T外在的言行有了许多改变。她不再生气时口无遮拦，不再随意挫伤先生的面子；她慢慢懂得先生的疼痛和不易；她学着无条件接纳他，尊重他的喜好，支持他的选择……偶尔，T和先生也吵架，但底层发生了改变，对方能感受到，表面的冲突已经影响不了夫妻关系的质量和走向。

　　现在，他们夫妇是我们人人称道、个个羡慕的神仙伴侣。
　　老师讲完了故事，书房里静悄悄。
　　过了好一会儿，S幽幽地道："老师，是不是我也没有看到、尊重到我老公？他现在比较消沉……平时我俩都不说话……"
　　"讲这个故事不是要求你做什么，在婚姻里你的感受最重要。只是，不要草率做决定。"
　　"老师，那您说，在夫妻关系里，是爱重要还是看见重要？"
　　"爱很重要，有爱的婚姻幸福的概率更高。而婚姻中的爱要持久，看见非常重要，只有彼此看见、尊重，才会生出一个生命对另一个生命的怜惜、悲悯和爱。这爱，是大爱，可以维系婚姻、可以友好分手，不同的选择而已……"
　　"知道了，老师。我要好好想一想。"
　　书桌上，茶杯里的水满满的，只是没了热气。
　　S起身告辞，走出门外，隐隐听见身后一声轻微的叹息。

一个爱情故事的三种结局

这是一个烂俗的爱情故事：一个男生喜欢一个女生，女生不确定自己的心意，却被扰乱了心绪，导致学业退步、奖学金错失，前途未卜。

"只有第一名才有留校资格。"老师说。女生难过极了，她冲进雨幕，冰凉的雨水扑面而来，冷了心，湿了发。都怪他，女生闪过一念。

"以后别来找我，别来烦我。我跟你，没有任何未来。"女生咆哮道。男生愣，眼里的光黏滞在了雨雾里。

然后呢？

结束了！

没有后续？

可以有。

说来听听。

好。

后续一：请原谅我要抄袭伟人的思路，用浪漫主义笔法来补全故事。

那时候，学生们传阅一本雨果的《少年维特的烦恼》。男生想象自己是维特，他不能忍受自己钟情的姑娘竟心有所属或者假装心有所属而决然断绝了与他的交往。他伤心透顶，一直以来，那女生在他心里是最美好的存在，像皎洁的月光，能看着便是幸福；他小心翼翼地呵护着这份幸福，并为着"这份幸福"在心底刻下了一个大大的"奋"字，他要为这份幸福奋斗。

可是，幸福的泡泡破灭了，生命里只剩下了孤独与绝望。周末，夜，他一个人走去火车站，徘徊在站台昏黄的路灯下，一列火车呼啸而过，风浪袭来，他禁不住打了个趔趄。恐惧、绝望、不甘，他满含着泪水，想象着自己已经趴到了铁轨上，一阵"呜——"地轰鸣，一了百了。从明天起，做个幸福的人，喂马、劈柴……1989年3月26日山海关慢车轨道上的海子，不知他可憧憬过明天。

"嗨，干什么的？赶快走。"远处一位工作人员朝着男生喊。

他离开了工作人员的视线。

方方的小说《风景》中，二哥临死前说了一句话："不是死，是爱。"男生在心里默念了一遍"不是死，是爱"。

女生从此生活在了内疚中，却不知道自己做错了什么。一夜夜，青灯孤影，等待着日升日落，一恍，沧海桑田。

后续二：请让我用现实主义手法来讲讲这个故事。

男生据理力争，带着乞求的口吻道：未来是可以通过自己的双手创造的，我会干出一番事业，你是我的理想，你是我的全部，没有你活着还有什么意义。我不会再来找你了，但请你等我，给我5年时间，5年，等我……

多年后，一部《大话西游》热映，女生惊讶于紫霞的那句话竟是自己当年所想：

"我知道有一天，他会在一个万众瞩目的情况下出现，身披金甲圣衣,脚踏七彩祥云来娶我。

"我的意中人是个盖世英雄,有一天他会踩着七色的云彩来娶我。我猜中了前头,可是我猜不着这结局……"

毕业之后各奔东西。女生偶尔从熟人那里听到男生的勤奋和努力,每每此时,她的心底暖暖的。一晃快5年了,这年寒假,在春运的火车站候车厅里,女生着急赶车,撞在了一个站着的人身上。

"哎,怎么走路的?"一个男人质问。

"对不起。"女生抬头看了一眼。"是你?"女生的声音里充满了惊喜。

"你,是你呀,这是要回家还是?太巧了!"男人搓了搓手,很高兴。

正在这时,女生身后传来一个女人的声音:"老公,快来接着水杯,烫死我了。"男人的脸唰地红了,"好。"他答应着,望了女生一眼,擦肩而过的时候快速地说了一句,"只是女朋友。"

"嗯。"女生似乎还想说点什么,却猛然加快脚步一路小跑到检票口。

后续三:请让我捡一点琼瑶与张爱玲的剩饭残羹给这个故事一点儿给养。

"以后别来找我,别来烦我。我跟你,没有任何未来。"女生的咆哮只回响在自己心中,所有的一切都是女生自己的事。她跑进雨中,孤零零一个人在操场徘徊,不知什么时候,他也出现在了操场,撑着伞。

雨,悄悄下着,女生仰着头迎着雨丝,脸上湿漉漉地淌着水滴。她不知道自己的未来在哪里？她不知道怎么改变自己的命运……

他远远地看着她，这个心高气傲而又忧郁的女生，谁能让她快乐呢？他走近，在她的头顶撑起一把伞，"会淋坏的。"他轻声说。

女生没有说话，男生也没有说话，沉默的气息混在了漫天的雨里。

"以后别来找我了。"

"好。"

一晃10多年过去了！当年的男生、女生都已走进婚姻。一次同学聚会，在觥筹交错、曲终人散之际，男人邀女人一起走走。"这么多年，想过我吗？"男人突然问道。

女人顿时心跳加速，她曾经在脑海里演绎过无数次的相见情形，却没想到会这么慌乱。

她要怎么告诉他——那个下雨的操场，她说出的那句"别来找我"的话是多么后悔；毕业几年后的某一天，她千里迢迢去找他，却远远地看到他与另一个女孩一起说笑；她从熟人那里获知了他的电话号码，若干个晚上，她走进电话亭，插上卡，拨出背得烂熟的号码，却不等他接就挂断了……

"你说呢？"女人努力地笑着，掩饰着"怦怦"的心跳。

那个下雨的操场，谁也回不去了！

或许,你曾有过一只黑狗

央视纪录片《我们如何对抗抑郁》在第一集"少年已知愁滋味"中,提到中国9—18岁青少年抑郁症状的检出率为15%,稍不留意就会走向疾病。纪录片中引用了丘吉尔说过的一句名言:"心中的抑郁就像只黑狗,一有机会就咬住我不放。"

你不禁想起自己曾有过的一些症状。

17岁半,你从师范学校毕业,回到父亲所在的小城镇,在一所小学工作。学校六个年级,300多学生,教师十五六位。下午6点以后,学生放学,老师也各回各家,空荡荡的校园只剩你和看门大爷。

一天,黄昏时分,下起了雨,屋檐上挂起了雨帘,地上积起了许多小水洼。

你坐在门口,眼前一片雨雾,耳朵里灌满"刷刷"声。那刻,你的心里突然升起一个主意,随后迅速起身冲进雨里,雨珠儿打在脸上,冰冰麻麻的疼;你仰头迎雨,雨模糊了双眼,你在雨的世界里徜徉了好久。回到宿舍时,你浑身哆嗦、心情舒畅,"衣服、头发都在滴水,会不会生一场大病?!"你期待自己倒下。

年轻时的身体真好,你竟然只流了几天清鼻涕,正常的工作生活一点儿没被影响。

不知道怎么了,你就是情绪低落,找不到生活的目标和意义。你去工作的第一天,父亲买了辆自行车送你,骑行回家是不错的选择,但你告诉家里,你要学习,宿舍安静。

小学校在小城的边缘西北角,校门右手边是一条南北通向的省道,后面是庄稼地和果园。

晚上,你总是早早地关上门,在门后顶一根粗壮的木棍。夜深人静,时不时有老鼠从屋顶棚"咚咚咚"跑过,偶尔听到一声狗叫,紧接着数条狗狂吠,隐约有人的脚步和喊声;有时一只野猫,爬在门口"喵"一声。你常在这样的夜里惊醒,在昏黄的电灯光里,坐到天亮。

但你还是愿意住在学校。

宿舍门前有棵松树,树皮皱裂,看着年纪不小。站在树下,你的脑海里便会出现一个画面:飞奔向它,一头撞上去,头破血流?

你写了一封长长的信,寄给"知心姐姐",这是你在杂志上看到的一个栏目,知心姐姐答疑解惑。没有等到回信,你不由自主地想:可能"知心姐姐"也不喜欢我吧。

你跟父亲说:"我要改名字。"你重新做了宿舍门牌,写上新名字,你告知同事你的新名,也写信告诉了几位要好的同学。在你的死缠硬磨下,父亲终于带你去了小城的户籍所,接待你们的工作人员好像认识父亲,他说改不了,法律规定18岁以后不能改名字。你求他,说自己不想用原来的名字了,他面露难色看着父亲,父亲劝你:"不要为难你叔,你这是让他犯错误。"

很多年以后,你给儿子改名,户籍警跟你普及常识:只要有证明,多大年纪都可以改名。

在睡不着的夜里,你翻开历史书、地理书,强迫自己一页一页读出声。你总问自己：怎么办？怎么办？我要怎样活着？

你曾试图向一个年长的女老师坦露心迹，但一开口便发觉自己错了，她理解不了。女老师说你年轻、性格好、爱学习，她甚至要在小城给你介绍相亲对象……

你只能写日记，一页一页地写，一本一本地写。

多年后，你喜欢的一位演员跳楼身亡，他的《胭脂扣》你看过数遍，据说因为抑郁症。那时，你离18岁已经很远了，却在每每回望时，有了一点点后怕。有可能，你那时以为爬不出来的人生低谷，只是被一条黑狗拽住了衣襟。

如今，再回头看，能走过那段岁月，你推测自己可能是做对了一些事情：写字，把所有情绪付诸笔端；读书，看到各种不同的人生；还有父母的观望、不干涉。此外重要的一点，你离开小城去上学，有了男朋友，开启了人生的第一次吵架，之后数年无数次争吵，没吵散，你却守得云开见月明。

用生命影响生命

这是发生在 Y 先生小时候的一件真事，我认识他的时候，他就讲过，至今讲了近一百遍。

Y 出生在一个贫穷的小山村，父亲在他一岁时因病去世，母亲艰难地拉扯他们兄弟度日。大哥二哥小学毕业，就帮着母亲下地劳动，农闲时跟着村里人学木工。

村子吃水靠天，平时做饭用水需去山沟里打。那时家家户户有扁担，家里有壮劳力的，每天扁担挑水是必修课。

Y 兄弟们小，用扁担或木棍抬水，水桶放中间，扁担两头一兄一弟，晃晃悠悠抬回家。为了防止桶里的水洒出来，他们会在水面放两根十字交叉的小树枝。Y 说乡间土路不平，还要上坡下坡，几里路抬水不容易，他们一路走得很小心。

8 岁时暑假的一天，Y 和他的小哥去抬水。回来的路上，两人停在一处树荫下歇息，有两个干部模样的人从对面峁梁下走了过来。

"他们穿着干净笔挺的衬衣，上衣口袋插着钢笔，其中一个还戴着眼镜。他们也在树荫下休息，知了一声一声叫个不停……" Y 记忆犹新。

这可能是下乡的干部，他们说着什么，把目光投向了两个孩子。其中一个干部指着 Y，对另一个说："你看这娃，头大额颅宽、长大能当官，将来是个人才。""屋里要是能供念书，说不定这村里能出个大学生。"另一个附和道。

流光故事

8岁的男孩根本不知道"人才""大学生"是什么,这些词不在他的语言范畴内,他不理解,但记住了。

Y小学毕业要上初中,家里不能同时供两个孩子读书,于是小哥主动辍学。"小哥比我高两级,我上初一,他本来上初三。他学习比我好,辍学后,老师来家里叫了几次,最后都叹息着走了。"Y一直记着小哥的好。

小哥回家务农,闲时跟着哥哥学木工。"你上中学去,念几年也回来当木匠。"母亲和哥哥们都这样说。

Y上初中后,经常回想起树荫下的那两个干部,他想做干部那样的人,而不是当木匠,他想成为干部说的"官"。他下决心好好学习,初一第一学期期末,考了年级第一。当他把喜讯告诉母亲和哥哥们时,他们都不相信,因为整个小学期间,Y表现得太过普通,他们觉得这小子在说谎,直到Y掏出了奖状、奖品。

Y初中毕业考上师范学校:"你能当先生?端铁饭碗、吃公家饭?"家人在质疑中欣喜,在欣喜中质疑,这是家里第一个走出农村的人。Y觉得自己终于跟那两个干部一样了。

3年后,师范毕业,Y分配到他们乡里做了一名小学教师。可他不安分,"8岁时,那两个干部已判定我能当'官',我觉得自己必须走出去。"Y说。

在农村小学工作了一年,Y考到省城进修,专科读完读本科。哥哥们想不通,觉得他在瞎折腾,跟他一起分配回去的老师都挣钱盖房子了,而他在外进修只发一点工资,常需家里贴补,母亲也想不通,但总是尽量满足她的小儿子。

本科读完读研究生,师范毕业整整8年的时间,他全在外折腾,一贫如洗、一无所有的他有时被早已娶妻生子小有成就的同学嘲笑。30岁，他的职业生涯才真正起步，有关系较好的朋友当面说他"太不划算"。

如今回头看，所有的折腾都有价值和意义，每一步都算数，每一步都在成就着当年树荫下那两个干部所说的"人才"。

"我特别感谢那天的相遇，那两个干部在我眼里是发着光的，他们可能只是随意聊天，但听在我心里就是梦想、就是力量……"Y感慨道。

那两个干部永远不会知道，他们的出现，他们不经意的对话，影响了另一个人的生命。

是的，生命可以影响生命。正如泰戈尔的诗作《用生命影响生命》——

把自己活成一道光，因为你不知道，谁会借着你的光，走出了黑暗。

请保持心中的善良，因为你不知道，谁会借着你的善良，走出绝望。

请保持你心中的信仰，因为你不知道，谁会借着你的信仰，走出迷茫。

请相信自己的力量，因为你不知道，谁会因为相信你，开始相信了自己……

絮语流年

生命只是一连串孤立的片刻,靠着回忆和幻想,许多意义浮现了,然后消失,消失之后又浮现。

——普鲁斯特《追忆似水年华》

1

冬日萧索,院子里的几棵梧桐,光秃秃的树干凌厉地伸向空中,天灰蒙蒙的,整个村子像蒙上了一层土色的纱。

听见邻家婆在喊他的幺儿:"去抱麦秸,烧炕。""早哩,早哩。"儿子嘟囔着,好像踢了一脚他的大黄狗,"嗷——"一声惨叫。

母亲递我一顶棉帽,指使我去寻玩耍未归的弟。村前的涝池结了冰,一伙小男孩在冰上玩,突然,听到孩子们尖叫:"有人掉冰窟窿了……"涝池畔的一户人家里跑出来一个壮汉,我到跟前时,弟已被捞了出来,"多亏水浅,一个个碎尿,赶紧回去,小心我给你大告状。"孩子们散去。弟垂头丧气往家走,哆里哆嗦,土路上留下了一串湿湿的鞋印。

"看你,今天又得挨打了。"到家门口,我对弟说,有点儿恨铁不成钢,五六岁了,总惹麻烦。弟流着鼻涕,脸冻得通红,张皇得朝门里看,棉袄棉裤已发硬,湿处结了一层薄薄的冰。母亲又气又急，麻利地褪去弟的衣服，擦干身体，弟光溜溜地爬上炕钻进被窝。

母亲从灶火刨出一盆灰，把拧干水的棉衣棉裤埋于其中，"明个儿都干不了，看你穿啥。"母亲一边收拾一边数落。过一会儿，端一碗姜汤放在炕沿，"把这喝了，过几天我再打你这瞎尿娃。"背过母亲，弟朝我吐舌头做了个鬼脸。第三天，母亲抖掉棉衣上的灰，用笤帚扫干净，在被窝里躺了一天两夜的弟才得以穿衣出门。

教室极冷，我的手已有冻疮，小指胖胖圆圆，宛如两小节红萝卜。老师说早上不写字，只大声念书，两节课后回去吃饭。

我念累了，从书包掏出母亲帮我用白纸订的练习本，老师上周教过怎样写"信"，我想给千里之外的父亲写一封信，告诉他：弟落水了，在炕上安宁了一天，又活蹦乱跳到处闯祸；妹贪吃，把别人扔掉的甘蔗头捡回来，跟弟在家里啃；我找到了弟埋在土坑里的收音机，怕母亲看见生气，我把它泡在水盆里刷得干干净净，却不响了……

冬日晚上，上炕早，母亲在昏黄的灯下纳鞋底，要赶出我们过年穿的新鞋。

我的信一直写不完，手背关节处裂了两个口子，偶尔会流脓，一触热水，手又痒又痛。在信里，我画了四五个圈圈，那是不会写的字，母亲说她也不会，她没上过学，外爷家以前太穷了。

"你要好好念书哩，长大考上大学，就不用在农村受苦了！"

流光故事

"嗯。"我钻进被窝,想哭。

麦熟的时候父亲才能从部队回家,这封信我不知道什么时候可以写完,老师说还要买信封和邮票,需要几毛钱。

我睡不着,盯着灯泡里的钨丝发呆;耳畔,弟妹轻微的鼾声一起一伏,和着母亲纳鞋底的"呲呲"声,夜的精灵在这二重奏里翩翩起舞。

2

梦里,带男孩回故乡,小道凹凸不平,一眼望去多是断壁残垣,我记忆里的小学校已坍塌,枯草丛生。男孩发现一只五彩斑斓的蝴蝶,欢快地追过去。却在一瞬,不见了蝴蝶,不见了孩子。我扑进草丛,不顾脚下羁绊,哭着喊"儿子、儿子",没有任何回应。

有几个村人走来,"墙根儿有口枯井。"他们说。"救救我的孩子!"我跪地求救,他们却漠然走开,"别费心思了,救不回来的。""不可能——"

有人推我,我从梦的沼泽里爬出,看到先生关切的表情,"做了个梦。"我说。在终于分清梦境与现实之后,我长长舒了口气,有泪顺眼角滑落。

我遂悄悄起床,推开男孩的卧室门,似听到了动静,"谁呀?"男孩迷迷糊糊问。"妈妈。没事,继续睡。"我蹑手蹑脚退出。

孩子无恙!我终心安。

做了母亲的女人,想必一辈子都要与"苦"为伍。初时的生育痛楚只拉开了序幕，母子一场的缘分里，深厚的爱总挟带着恐惧。这恐惧源于人类中的个别分子，他们以贩卖儿童为生，使无数父母因"失孤"而肝肠寸断、生不如死；这恐惧还源于新闻里每天发生的天灾人祸，各个事发现场，凡哀哀欲绝者必是母亲。我的梦里演绎过无数次，那是心底里的怕。

母亲曾在我这个年纪，遭遇"失去"之苦，初体验已致黑发灰白。后来，纵使"失而复得"，黑发却一去不返。那苦，是跌入无底深渊的绝望，是身心俱空的折磨，是撕心裂肺的疼痛，这些都被周公看在眼里，一网收起，交与织娘捻丝织锦，偶尔送来装饰我的梦境。我遂明白母亲的苦和不易。

父亲转业后，在一小城工作。我们随之离开农村，住在父亲单位的老式两室房。一天，父母带妹、弟参加一同事婚礼，他们分桌而坐；弟跟着父亲，和一帮叔叔玩闹着喝了几杯酒，因不适被父亲送回家睡觉，婚礼继续进行。

母亲得知消息后迅速赶回，却在刚进院子的那一刻，发现了楼下水泥地上趴着的弟，头颅旁一摊鲜红的血液。母亲赶紧喊人，过路的司机好心，即刻送进了当地医院，后连夜赶往省城。

母亲瘫坐在家，一直恍惚，似在梦游；10多天后，有人捎话说她的儿子被救了回来，她始终不信，只以为是幻觉。那时，弟11岁，我们家住三楼，阳台未封。

我在外地上学，知此事已是一月之后，弟刚苏醒，眼斜、嘴歪，不大认识人。父母的兄弟姐妹在轮流值班照顾，很多人的付出换回了弟的生命和健康。弟恢复后已忘记从前之事，所以，谁也不知弟是怎样由卧室走向阳台，又是在怎样的情况下跌落。

人生一世，总有些片段至关紧要，一时牵动了生活大局，终生改变了命运航向。弟如此，父母亦如此。

3

累，像一只小怪兽，侵入我的身体，"砰砰砰"一通乱敲，碎了骨头、断了筋脉，人随即瘫倒，无法站起。"我要睡觉，不许来烦……"我朝屋外的孩子喊，声音软塌塌，像淋了雨的棉花。

累了，心情便不好，容易生气，会毫无征兆地吼孩子。每日的三餐已是考验，还总有做不完的家务，还有作业辅导，还有工作上的枝枝末末……烦闷的时候看谁都不顺眼。

"妈妈，你不爱我吗？"小儿敲门，幽幽地问。

我沉默，却心头一颤，这话听着如此耳熟？似乎万里之遥的某个角落，一句轻言，一声细语，"妈妈，你不爱我们吗"，穿越着千山万水，袅袅而至，绵绵不绝。

夏日的黄昏，一天的暑气渐消，母亲从地里回来，掸掉身上的尘土，歇了一会儿，开始在门前剁猪草。

弟、妹在院子里追逐，为了抢一个西红柿"大打出手"，母亲"啪"放下刀，走进院子大声一句"你俩过来"；弟妹"休战"，怯生生地挪到母亲跟前，母亲顺手抄起墙边的一根扫帚竿，"站好。"母亲命令。

弟、妹立即回话，说以后不抢东西、不打架了，母亲却不依不饶地抡起竿，朝他们的屁股打去，一下、两下、三下……

母亲扔了竿,"记吃不记打的东西",一边骂一边回到门前,"咚咚咚"继续剁猪草。

天渐黑,母亲独自上炕睡觉了。弟、妹一人一个小板凳,坐在门口,偶尔朝对方瞪一眼,埋怨道:"都怪你。""怪你。""明明怪你。"……

"妈,我想去丽梅家看《西游记》。"我进房子,轻声对母亲说。

母亲向里侧卧,不理我,我连叫几声。"叫啥哩叫,聒死了!想干啥干啥去。"母亲答,极不耐烦。

我没再吱声,搬了凳子也坐到门口。夜里,蛐蛐儿一首接一首地唱歌,一只小老鼠好奇地跑近,警惕地瞅瞅我们,又迅速离开。

弟、妹开始打盹,于是,我们悄悄回房,挤在炕头睡下。母亲翻了个身。

远处,"喵——"一声猫叫。

"妈,你不爱我们吗?"这是心底的疑问。

岁月流逝,很多的东西都消失殆尽,唯有这绵绵渺渺的声音回响于心底一隅。

走过40年岁月长河,我成了我的母亲。

4

涝池里的青蛙在水草里呼朋唤友,此起彼伏的"呱呱呱",仿佛在为一场偌大的音乐盛典做彩排。两只灰鸭以嘉宾的姿势,悠悠凫水而来,不时引吭高歌。

一阵风过，水面掀起一圈一圈的涟漪；远处黄澄澄的麦田微微起伏，麦香味扑鼻而来。

学校放忙假了。

这天，父亲一身绿装站在了大门口，面孔黝黑，串脸胡依旧。我们怯怯叫了声"爸"，四散逃开。吃饭时，父亲正襟危坐，我们不敢在饭桌上大嚼大咽，遂端碗出去坐在门口石墩上。我几口扒拉完饭，在水窖旁的盆里刷我的凉鞋。这是母亲上个集会买给我的，前一天沾了些泥。

"咋这个时候洗鞋哩？"父亲问。

"这是今年的新塑料鞋。"我如实答。

父亲"哈哈"地笑了，黑脸在阳光下透出亮色，胡茬根根分明。"不用那么仔细，穿烂了爸再给你买。"父亲说着，用手撩起洗鞋水，浇在磨石上，磨快镰刀要割麦子。

第二天一早，我们醒来的时候，父母已经去地里干活了。我烧火熬了一锅大米粥，想着父母回家有口饭吃。看见屋外窗台下放着一捆粗麻绳，我用小刀割了一段，跟弟、妹在院子里跳绳。

近中午，父亲回家，他掀去草帽，拉下脖子上搭着的毛巾，"给爸端水去。热死人哩……"母亲紧跟着进屋，脸通红，几缕头发湿漉漉贴在额头，"咱歇一下，后晌把麦拉到场里，堆到麦垛上，防顾下雨。把娃带上拾麦。"母亲跟父亲说。

晌午饭后，太阳依然火红，父母拉着架子车出门，我和弟、妹跟在后边。路过村前涝池，有青蛙在水边跳来跳去。弟捡起一块土坷垃，朝水里砸去，"哗"，水花四溅。父亲回头看了一眼，弟乖乖跟上。

这片地的麦子已割完，一堆一堆置于田间，父母在装车；我们在麦茬里捡拾掉落的麦穗，不知怎么麦芒扎到了脸上，一流汗，火辣辣刺痛。

"谁把绳绞短了？"听见父亲大吼。

我身子一颤，嗫嚅道："我。"

"你绞绳干啥哩？看我不打你……"父亲扬起手掌，向前走了两步，却叹口气转身回去；从车顶上卸下了几捆麦，才用绳从车辕两边绑紧。装好车，父亲朝手心吐了口唾沫，两手搓了搓，握住车把，把攀绳套在肩上，弓腰曲腿，架子车缓缓移动，母亲在后面推着。

装好最后一车麦的时候，太阳已完全收敛了光芒，像累极了的孩子，垂下头，沉沉睡去。到碾麦场有三四里路，我们跟在车后，比赛谁的步子大。到场里，父母卸下麦，堆好。"走，回家，"父亲说，"你三个坐到架子车上，爸推着回。"

我们一惊，相互看看，又看看母亲，不敢相信刚听到的是真的。"赶紧上。"母亲催。弟猴一般先爬了上去，咧着嘴嘻嘻笑，召唤我和妹上车。架子车"刺溜刺溜"行在土路上，父母亲在车头小声说着话，弯弯的月亮笑眯眯地挂在半空，星星调皮地眨着眼。

三个星期后，父亲返回了部队，走时留给我一沓信封和邮票。

多年后，我在老屋的柜子角落里翻出了那些信封，它们已变黄、发霉，零零星星的霉点像梦里散落的花，那是童年，那

流光故事 305

是我。

花开,花落,流水送流年。

后记

时光·烟火

把时光比拟为桥,每个人都走在自己的桥上。人,从幼至老,一程一程走;桥,在身后,一寸一寸裂。

时光桥没有回头路。

你也一步一步走在自己的桥上,身后风起,隐隐约约的碎裂之声。你知道,又一段时光散落了!

你却不舍,常在某个万籁俱寂的夜里悄悄回头,凝视着过往苍穹,有星光点点,可是解体的时光之桥?!碎片散落于空寂,每一片都拓印着生命的痕迹。

你希望自己是仙子,长袖舞动,揽一兜儿时光碎片,在柔情的目光里,再演一遍过往生活。

风吹过故乡的田埂,油菜花的香甜扑鼻而来,半掩的屋顶炊烟袅袅,奶奶拉长音调喊吃饭,邻居家的黑狗一阵狂吠……

两个少年在餐桌前拌嘴,你一句我一句,互不相让。一只玻璃杯滚落,"啪"的一声,明晃晃的碎片如溅起的浪花儿。一个女人走出厨房,河东狮吼,少年们抱头逃窜……

你不禁嘴角上扬,碎片的星光,闪烁着的竟是人间烟火。

一瞬间,你好像懂得了人生的真谛。

生命浩浩向前,时光不歇地在身后散落;而你,开始专注于脚下。

如此刻，你烹鸡煮米，置身烟火；前呼小儿剥葱捣蒜，后嘱大儿端盘备碗……有那么一会儿，你的灵魂似乎出窍，浮于半空俯瞰此情此景，一时沉醉、不知归路。

你明白，这一幕也即将逝去，随着某个时光碎片散落于渺远的身后。"必须做点儿什么。"你自语。

某日，读苏东坡诗词，有两句赫然入目——慢品人间烟火色，闲观万事岁月长；你深受触动，遂拢时光碎片成册，名《慢品人间烟火色》。